時限

鏑木 蓮

講談社

目次

時限……………5
解説　小椰治宣…406

時限

プロローグ

月の光が、庭を青白く浮かび上がらせていた。

濡れ縁に覗《のぞ》いているのは女の足だ。立て膝にした足をばたつかせ、白いソックスが上下に激しく揺れて片方が脱げた。裸足《はだし》の指が伸びきった後、何かを摑《つか》むようにしぼむ。小刻みに震え力が入っているのが分かった。

女に馬乗りになった男の、紺色のズボンの臀部《でんぶ》が庭から差し込む月明かりに照らされている。下になっている女のジーンズの膝が、力なく濡れ縁に倒れた。

女はそれきり動かない。

男は、周囲を見回し耳を澄ました。女は悲鳴を上げなかった。誰にも気付かれなかったはずだ。

静寂《せいじゃく》を確かめてから、男が女の細い首に食い込んだ指を離そうとした。関節がいうことをきかない。男の表情は曇り、頬を汗が流れ落ちた。

足に力を入れ、のけぞるように首から手を離した。男の体は、女から離れた拍子《ひょうし》に勢い余って仰向けに倒れた。

ちくしょう――。

悪いのはお前なんだ。こうでもしなければお前のような人間には何も分からない。

男は天井を見詰めながら心の中でつぶやいた。

深呼吸をして、男がゆっくりと起き上がった。白いTシャツの胸がまったく動かないのを確かめた。半開きの口の前に手のひらをかざしたが、息を感じなかった。

白い顔には化粧気がなく、耳にピアスもしていなかった。年齢より五、六歳は若く見える。こんな小娘に翻弄されたと思うと、余計に腹立たしかった。

男に明確な計画があったわけではない。ただこの女をどうにかしなければ、自分の人生の軌道は狂ってしまうという焦りがあった。その焦りが憤《いきどお》りに変わった瞬間、女の首に手をかけていた。

焦りも消え失せ、溜飲《りゅういん》も下がるはずだった。しかし今度は、人間の死体という大きな荷物を背負ってしまった。

　徐々に起こる発覚への恐怖が、男の唇を震えさせた。汗が鼻の下に生えた無精髭《ぶしょうひげ》にたまり、その不快感は拭《ぬぐ》ってもとれない。

ふらふらと男は立ち上がり、部屋の中を見渡した。

知り尽くしているはずの調度品まで別物に映る。明かりをつける訳にはいかず、庭からの月光を頼りに女の持ち物を探した。

ショルダーバッグを持っていたはずだ。

指のしびれを払うように手を振り、バッグを掴んだ。低い欄間《らんま》に手をかけ、体重を預けた格好のまま庭に目をやり、女の始末を考えた。

妙案などというものは、そう浮かぶものではないことを男も承知していた。時折吹く秋風で頭を冷やし、何とか解決策を考えなければならない。

焦れば焦るほど考えがまとまらない。自分は人を殺したのだと叫びたくなる。告白してしまった方が気持ちが楽になる衝動すら湧き起こった。

楓《かえで》の葉が、濁った池の水面《みなも》にいくつも舞い落ちた。ふり落ちる葉を見ている内に、こんなことで、人生を諦めてしまうことが愚かしく思えてきた。

起きてしまった事を受け入れることは、あらゆる不運の結果を克服する第一歩。

誰かが言った言葉だ。男は必死に自分を励まし、鼓舞した。そしてショルダーバッグを肩にかけ女の背中に手を回すと、力を込めて担ぎ上げた。

1

京都府警五条署の刑事課に配属された新米刑事《デカ》の片岡真子《かたおかまこ》が、主任から現場に向かうよう指示されたのは、午後九時過ぎだった。

真子は、誰よりも早く現場へ行くために、自分の折り畳み自転車に飛び乗った。

現場は、自転車だと五条署から五分とかからないところにあった。

通報の内容は、仕事から帰った家主が、家の中の欄間で首を吊っている見知らぬ女性を発見したというものだ。一緒にいた友人が救急車を呼び、救急隊員から府警本部に連絡が入った。

周辺は寺が多く、その邸宅も民家には見えないほど広大な屋敷だった。犬矢来《いぬやらい》、紅《べん》殻《がら》の出格子《でごうし》をたどり、ようやく門が見えてきた。

古風なたたずまいだが、漆喰《しっくい》の塀や幅広の木造の門はそれほど古さを感じさせない。淡い月明かりの中でも、むしろ汚れも少なく新しいという印象を与える。メンテナンスが行き届いているのかもしれない。真子は開き切った門の柱のわきに、自転車を駐めて中に入った。

一番乗りだと思っていたが、すでに府警本部のパトカーが門をくぐった玄関先に駐まっていた。

制服警官とともにスーツ姿で長身の若い男性が、家の外観を見ながら話している。通報者だろうか。

「ご苦労様です」

自転車を降りて会釈しながら真子は、制服警官へ声をかけた。

制服警官は素早く返礼した。

「所轄の？」

と訊《き》いたのはスーツの男だ。

「五条署のものです」

「君か、五条署の刑事課にいる京女《きょうおんな》というのは」

「あの、失礼ですが？」

真子は、どことなく高圧的な男の態度に本部関係者であることを察知した。

「先月から府警本部に赴任してきた警察庁の高藤《たかとう》だ」

警察庁は国家公務員で俗にいうキャリア組だ。しかし通常、キャリアが現場にやってくることはない。

「警察庁の警部が現場に？」

階級は警部だがキャリアの場合、五条署なら次長クラスに匹敵する立場だ。

「所轄刑事課の実務を見たい。府警一課との合同捜査になる、よろしく」

高藤は軽く礼をした。

「こちらこそ、よろしゅうお願いします」

背筋を伸ばして一礼した。

「うん？」

怪訝《けげん》な顔を高藤が向けた。

「何か？」

「いや。訛《なま》りがあるんだな」

「へえ、さっき警部が言わはったように、京女どすさかい」

苦笑しながら真子は言った。目をぱちくりして制服巡査が真子を見た。

「いかんな」

高藤はにこりともせず、首をひねる。

「はあ？」

「刑事らしくない。まあ徐々に改めればいい」

真子は返事をしなかった。

ちょうどその時、鑑識係官を乗せたワゴン車と、五条署の同じ班の刑事たちを乗せたパトカーが到着した。

先輩刑事の中野《なかの》主任は、高藤にお辞儀をした後、真子を見た。

「おう、ご苦労さん」

「お疲れ様です」

新米刑事が現場に出ると、何度となく頭を下げなければならなかった。

「高藤警部には挨拶が済んでいるようだな」

中野は、日に焼けた顔に薄笑みを浮かべた。

「ええ、まあ」

真子は小声で返事をした。

「それじゃお嬢は、警部と一緒に。警部よろしくお願いします」

そう言い残すと中野は、鑑識課の班長水森《みずもり》を伴《ともな》って屋敷内へ入っていった。

中野は署長から何らかの指示を受けているようだ。真子の勝ち気な性格を考え、現場で対応することにしたのだろう。

もっとも署長は、真子の性格が組織に馴染《なじ》まないだろうことを知っていながら、刑事任用の推薦を提出した人間だ。任用面接では、交番勤務時における職務質問能力が評価された。直観を頼りに、職質のセオリーなどを無視するやり方を、よく上司から指摘されてきた真子にとって、面接試験のパスはある意味意外だった。

時代の流れで、警察も女性の力の必要性を認め出したのかもしれない。希望を出してから七年目で、中学校時代から憧れ続けた仕事に就くことが出来た。

念願が叶って刑事課に所属したが、周りの刑事たちは真子と話すと調子が狂うと言って、苦笑する。真子の常識は、刑事部屋の男性たちには非常識なのだそうだ。

そこには、京都の花街で生まれ育ったことが影響している。京言葉の婉曲表現が頼りなさげで、そのつもりはないが含みのあるように、刑事たちには聞こえるみたいだ。

真子は自分の意思で、それを改める気がない。

「さて、鑑識係官の報告を待つ間、家主と通報者から話を訊《き》こうか」

表情は変わらず、高藤の唇だけが動いた。

「はい」

返事をして、真子は丹精された玄関の木々を見た。それほど明るくない外灯なのに、高藤の顔がよく見えたのは月明かりのせいだ。

高藤はしゃがんで玄関の扉を前後から何度も見比べ、小さくうなずくと中に入って靴を脱いだ。そして、その手でさりげなく黒革靴を反転させ整えた。

「何をしている。片岡刑事」

慌てて真子も靴を脱ぎ、上がり口で高藤がやったように脱いだ履き物の位置を直した。

現場に到着したとき多くの刑事は、靴のままでビニール製の上履きをはめるとそのまま屋内に上がり込む。少なくとも刑事課に所属して五ヵ月余り、高藤のように靴を脱いだ警察官と会ったことはなかった。

高藤は勝手を知っているかのように、躊躇《ちゅうちょ》なく廊下を奥へ入っていく。その背中を真子が追った。

三間《みま》ほど奥の和室に、応接セットが置かれた部屋が現れた。そこに背広姿の男性が二人座っていて、真子達の姿を見ると同時に顔を向けた。

「府警本部の高藤と言います。こちらは五条署の片岡刑事。早速ですが異変に気付かれたときの様子をお聞かせください。向井《むかい》さん」

挨拶もそこそこに、高藤は早口で近くに座る男性に話しかけた。

「えっ」

名乗る前に、名指しされたことに戸惑っている様子だ。

「家主の向井さんですね」

「ええ、そうです」

部屋は暑くないのに、向井の額には汗が光っていた。

「こちらの方は？」

床の間を背にした男性の方を向いて、高藤は尋ねた。客を上座に据えているという位置関係から向井を家主だと判断したのだ。

「得意先の方で、Jリゾートの木下《きのした》さんです」

商談で一緒に金沢へ出張した帰り、うまく話がまとまりそうなので、前祝いに一杯ひっかけるつもりだったのだと向井は言った。

「向井社長にはよくしていただいていて、ここには何度かお邪魔したことがありました。社長が飲み物を用意されている間に、先に庭の見える和室へ……」

三十代と思《おぼ》しき木下は、うつむいて言葉をかみ殺した。

「ここでは、いつもその和室を利用していたんですか」

そう言って、ようやく高藤はソファに座った。

真子も座ろうとしたが、上背のある高藤が邪魔になった。座るなということかもしれない。仕方なく、立ったまま証言をメモすることにした。

「月がきれいだから、月見酒でもということになったんです」

木下の代わりに向井が言った。

「中秋の名月、ですか」

高藤が、見えるはずもない夜空を見上げるように宙を仰いだ。

「ここは先代が残してくれた屋敷で、建物は時代遅れですが、庭が自慢です。そこから眺める月はぼくも気に入っているもんですから」

「木下さんを誘った、ということですね」

「そうです。しかし、あんなものを見ることになるとは思わなかった。すまないことをしましたね、木下君申し訳ない」

「いえ、向井さんこそ、災難でしたね」

向井と木下は顔を見合わせた。

当然、鴨居からぶら下がった女性の首つり死体と遭遇するとは思わないだろう。大の男でも肝をつぶしたことは容易に想像できる。

「戻られたのは、何時頃ですか」

高藤は、向井に向かって訊いた。

「九時前だったと思います。そうですよね、木下君」

向井はまた木下を見て言った。

「間違いありません」

木下が即答する。

「それから、庭の見える部屋へ行って、女性を発見し、すぐに一一九番へ通報したんですね」

高藤の目が、真子のメモをとる手に注がれた。時間関係を記録しろということか。

「ぼくが一一九番って叫んで、木下君が電話をしてくれました。とにかくその女性を鴨居から降ろさないとと慌てたもんですから」

「女性の様子なんですが、助かりそうな気配はありましたか」

「いや、夢中で……。救急隊が来てくれるまで何が何だか」

木下の連絡で急行した救急隊員は一見してその女性が絶命していることから、すぐに一一〇番してきたのだ。

「ただ……」

「何か？」

「いや、帯締めが気になりましてね」

「オビジメ?」

和服を着る機会の多い真子にはすぐ分かったが、高藤は怪訝な顔をしていた。

「その女性を降ろして、首の帯締めを緩めたんですよ」

「ああ、首を括《くく》った紐《ひも》のことですか」

「うちは呉服屋だったもんですから、その桃色と萌葱《もえぎ》色の二色を使った平打ちの帯締めに目がいってしもて」

「帯締めで首を吊っていたんですね」

「ええ、そうです」

「その女性ですが、本当に見覚えはありませんか?」

「初めは顔を直視できなかったので、分かりませんでした。救急隊員からも知り合いかと訊かれて確認しましたが、まったく見ず知らずの人です」

「木下さんにもお訊きしますが、女性に心当たりはありませんか」

「まったく。見たこともありません」

木下が、手と頭を同時に振って否定した。

「ここの戸締まりは、どうなっています?」

高藤は鑑識係官の様子を気にしたのか、視線を襖《ふすま》の向こうの奥の間に注いだように見えた。

「ぼくの住まいは高野《たかの》にあります。この別邸は主にレセプションなどで使用してまして。昼間は部屋の片付けなどを頼んでいる女性がいますし、彼女が戸締まりはきちんとしているはずです。夜は警備会社と契約していますので、管理は行き届いていると思うんですが」

京都の街の中心部にはかつて和装関係の会社がひしめきあっていたが、繊維業の不振で倒産などが相次ぎ、一時の隆盛はなくなっている。家族ぐるみで経営にあたり、住居も店舗と併設されていた町並みは、夜になっても人の気配があった。しかし商形態が様変わりして、オフィスビルが増加するにつれ夜は閑散とするようになった。そのため用心は欠かせず、管理会社と契約をしているのだと向井は語った。

彼の話は、京都でも古い町並みが残る上七軒《かみしちけん》という花街で育ち、今もそこで暮らす真子にもうなずけるものだった。上七軒は、京都市上京区に位置し中心部とはいえないが、マンションが増えるにつれ地域の結びつきが薄れた気がする。それに伴い物騒になったと嘆く地元の者も多い。

「ほう。どうやって屋内に侵入したんでしょうね」

高藤は二人の男性の顔を交互に見た。

「それは、こちらが訊きたいくらいです」

向井が気色《けしき》ばんだ声を出した。

「昼間に屋敷の面倒をみている女性と、連絡はつきますか」

「もちろん」

向井はビジネス手帳を開くと、その女性、滝口久子《たきぐちひさこ》の連絡先の電話番号を読み上げた。

それを手帳に記すと、真子は部屋を出て自分の携帯電話で滝口に連絡を取った。事情を説明して、何時に帰宅し、その際変わったことや気付いたことがないか尋ねた。

電話口の彼女は余りの驚きにちぐはぐな受け答えをしていたが、真子が落ち着くように深呼吸を促すと、どうにか証言がとれた。

滝口は、向井が出張帰りにちょくちょく別邸を利用することを知っていたので、冷蔵庫には酒の肴《さかな》になるものと飲み物などを補充し、入念に客間の掃除をして五時に帰宅した。戸締まりは玄関、門扉《もんぴ》ともしっかり確認したと言った。

住所を教えてもらい、礼を述べて電話を切った。そしてそのことを、部屋に戻って高藤に報告した。

「なるほど、確かに清掃が行き届いている印象を持ちました。滝口さんとはどういう？」

　真子の報告を聞くと、高藤は向井に視線を投げて訊いた。

「親父が亡くなってから、ずっと管理をしてもらっていますから、かれこれ十年以上になります。家内の知り合いで、人物には間違いはないと思います」

「私が見たところ、鍵をこじ開けた形跡などはありませんでした」

　玄関でしゃがんだ高藤の姿を、真子は思い出した。

「ということは、誰かが合い鍵を持っていたということですか。気色《きしょく》悪いな」

　向井は眉をしかめた。

「鍵はあなたと滝口さん、その他には？」

「いえ、他には誰も。二人だけしか持っていません」

「ほう。奥さんはお持ちでは、ない？」

「ええ。家内は滅多にここにきません」

　向井がそう答えたとき、高藤は骨伝導マイク・イヤホンを押さえた。無線での連絡だ。

「分かりました」

高藤はマイクに向って低い声で言うと、居住まいを正した。

「向井さん、木下さん。ちょっと御足労を煩《わずら》わせないといけないことになりました」

「えっ。どういう事ですか」

向井はそう訊きながら、木下の顔をちらっと見た。

「首つり死体に、ちょっと妙なものが見つかりましてね」

「何なんです、妙なものって」

向井は苛立《いらだ》ちの声を上げた。

「詳しくは署で伺いたいのです。強制ではありません、任意です……」

高藤は立ち上がった。その態度には、言葉とは裏腹に、有無を言わせぬ威圧感があった。

高藤が中野に、向井と木下を五条署へ連れて行くよう指示し、屋敷に真子を残した。

「さあ現場を見ておこう」

「はあ」

「返事は短くハイ、だ」

「ハイ」

「うん」

高藤はうなずきながら居間を出ると長い廊下を奥へ進み、右に折れると大広間が現れた。

我《わ》が儘《まま》な殿様の後を歩く家来のような気分だ。

そこは五十畳ほどもある、署の柔道場を思わせる広さだった。敷居と鴨居が三ヵ所あるところを見ると、元は三部屋だったものを一部屋にしているのだろう。

廊下から一番近い鴨居に女性が吊り下がっていたのだ。そこがもっとも庭に近い場所だ。

「廊下を曲がってすぐ女性を見たんだな」

高藤が濡れ縁と庭を眺めながらつぶやいた。

「びっくりしはったでしょうね」

「しはった？」

「あっ、いえ。驚かはったでしょうね」

「事件の関係者に対して、内部で話すときに敬語はおかしい。感情を入れるな」

「お言葉ですが、はったというのは京都で……」

「不適切な言葉は京都だろうが、東京だろうが関係ない」

「……ですが」

「庭は、枯山水《かれさんすい》か」

縁側に仁王立ちで高藤が言った。

「みたいですね」

ふくれ面で応えた。

「名月だからと言っても、庭は変わらんだろうに」

「庭にも表情があると思いますが」

庭を見渡すと、手前に小ぶりで縦に長く少し鋭角的な石が立っていて、右側には丸みを帯びた大きな石が置かれていた。奥の左側には一際《ひときわ》背の高い立石があった。それらの石の周りには小石か白砂が敷き詰められていて、何本もの筋が描かれている。砂紋《さもん》と呼ばれるもので、水の流れを表現したものだと聞いたことがあった。広間から漏れる明かりと月明かりによってできた陰影が、水墨画を見るような趣《おもむき》があると真子は感じた。

「まあ個人の好みだから、仕方なかろう」

庭を眺める真子に、高藤は言った。

「お疲れ様です」

和室で指紋などを採取している数人の鑑識係官の中から、班長の水森が高藤に敬礼をしながら出てきた。真子には黙礼をした。

高藤が返礼をしてすぐ水森に質問した。

「先ほどの話ですが、間違いなく……」

「ええ。それはくっきりと痕跡が残っていました。私も長年鑑識畑に身を置いていますが、珍しいほど鮮明なものです」

「そうですか」

高藤の言い方は疑問を含んでいた。

「やっぱり引っかかりますか？」

鑑識官の作業着とお揃いのキャップを脱ぐと、水森は尋ねた。五十代の水森の髪の毛は真っ白だった。

「何もかもが、しっくりとこないんです」

「あの、水森さん、何が見つかったんですか。はっきりした痕跡って何のことなんです」

真子が口を挟んだ。

「被害者の頸部《けいぶ》に、扼殺痕《やくさつこん》があったんや」

水森が、真子に対しては関西弁で応えた。

「扼殺痕、ですか。ほな自殺やないと言うことですか」

「そやから、あえて被害者と言わせてもろたんや」

「首を絞めてから、この鴨居に吊り下げたということですか。それはつまり、自殺に見せかけるために……」

真子は鴨居を見上げた。そこには竜の形に彫られた欄間の一部を突き抜け、帯締めを通した跡があるのが分かった。

「他殺なら、通常は発覚を遅らせようと死体を隠すだろう。鴨居に吊るせばすぐに発覚する。自殺だと思わせるにしても、他人の家に侵入して工作するなんて非常識だ。意図が見えない」

「警部」

水森の努《つと》めて冷静で低い声が、高藤に投げられた。

「何か？」

「もっと妙なことがあるんです」

水森が現場に残っていたのは、指揮を執る高藤に報告しなければならない事柄があったからだろう。

「妙なことというと？」

高藤が屋内の水森に近づき、真子の頭越しに訊いた。

真子も、月明かりに青白く浮かび上がる水森の顔を注視する。

「索条痕《さくじょうこん》の上に、扼殺痕があるんですよ」

水森はゆっくりした口調で告げた。

「扼殺痕の付き方は、どうだったんですか」

「のど仏上で親指が交差し、他の四指が頸動脈を押さえつける典型的なものです。指の間隔からして、男性のものだと私は思っています」

「索条痕の上だというのは、間違いないんですか」

「織目の痕を指が消している部分があるんです。帯締めで皮膚が裂けて、その傷口に指の痕がついていますから」

「生体反応は？」

「それは解剖しないと断言できません。しかし、かなり強い力で締めているんですが、皮下出血が見られなかったので」

「帯締めで殺害の後、手で締めて、鴨居に吊したということですね」

「ところが……」

水森が厳しい顔つきをした。

「違うんですか」

「縊《い》死《し》体《たい》と絞殺体は、我々鑑識官からみればまったく違います。首への帯締めの掛かり方とか、頸椎の損傷などから割と簡単に判断がつくものです。あの女性の索条痕は縊死とは矛盾しません。絞められたのではなく、首を吊ったのではないかと思われます。よほど上手く首を吊り上げて殺害しなければ、あのような索条痕にはなりませんから」

一息入れると水森は、また口を開いた。

「ただ、完全な形で頭上へ引き上げれば偽装も可能です」

水森の口調から、どこか申し訳程度に付け加えたという感じがした。

「そうですか」

高藤は額の辺りを押さえた。

「とどめを刺したゆうことは、考えられへんのですか」

真子は高藤の沈んだ顔へ向かって言った。

吊り下げて縊死させたと思ったけれど自信がなく、念のために絞殺したのなら、索条痕の上に扼殺痕がついてもおかしくはない。

「犯人像にぶれがあるぞ、片岡」

高藤は真子を睨《にら》んだ。

「ぶれ？　ぶれって何ですか」

「水森班長の報告を聞いていたか」

「ええ、ちゃんと両方の耳で」

「聞いていたと言うのなら、分析力の問題だな」

「分析したつもりですけど」

真子は小さな声で反発した。

「もういい」

真子を無視して、

「水森班長」

と、高藤は水森に声をかけた。

「何でしょう」

「死亡推定時刻は？」

「硬直の状態と直腸温からみて、死後一、二時間ほどだと思います」

「午後七時から八時ごろになりますね」

高藤は腕時計を確認した。

「顎《あご》、頸部が硬直し始めるころですね」

「ええ」

水森はうなずいた。

「捜査班からは女性の身元を示すようなものは一切なかった、と報告されたんですが、女性の服装やアクセサリー、身体的特徴など気づかれた点はありませんか」

高藤がまた質問をした。

「あのちょっと、分析力のことですけど、やっぱりどういうことなのか……」

真子は蒸し返すようで嫌だったが、気づけば高藤に迫っていた。

「私はいま、水森班長と話をしているんだ」

「でも何か嫌な感じが」

「嫌なら、署に戻って待機してろ」

「そんな……」

「戻れば、任意とはいえ事情聴取だ。私はそれまでに事件の全体像を摑んでおきたい。その邪魔をするな」

「…………」

　これまでの自分なら、高藤の言うとおりにぷいっと署に戻ったかもしれない。しかしなぜか悔しくもなく、腹も立たなかった。

　数多く女性蔑視《べっし》をされてきた経験があったが、高藤の言い方には性差というよりも、刑事としての未熟さを指摘された気がした。

「所持品はありませんが、身体的な特徴はあります」

　水森は真子を気にしながら、親子ほど歳の離れた高藤に言った。

「どんなものです？」

　高藤は真子に目もくれない。

「右手首にリストカットの痕《あと》が無数にありまして……」

「自殺願望の持ち主ですか」

「もはや願望というのを通り過ぎ、実行したが誰かに救われたと思われます。最低二本にある縫合《ほうごう》した形跡からみて、かなり深く切ったんじゃないですかね」

「縫合痕は医師によるものなんですね」

「ええ、もちろん」

「とにかくリストカットの詳細なデータと、顔写真を市内府下の病院関係に照会してみますか。左利きと考えていいですね」

「本気で自殺を図るために思いっきり手首を切ったとすれば、利き腕に刃物を持つはずですからね」

「大きな特徴です。ありがとう」

二人の会話を聞きながら、真子はメモをとった。

死のうとする若い女性。彼女にいったい何があったのだろうか。

その女性の首に手をかけた犯人。

真子は高藤から犯人像にぶれがあると言われたことが、胸にひっかかって仕方がなかった。

高藤は犯人像を摑んでいるとでもいうのだろうか。

「水森さん、庭をもう一度調べてもらえませんか」

「調べましたが？」

「いや、念のためです」

「はあ」

「庭の砂の紋が、きれいに残っているところがあったものですから」

「分かりました」

痛いという顔を作って、水森は真子を見た。

砂紋を見ながら、高藤は鑑識係官がどこまで調べたのかを探っていたのだ。

真子が今まで出会った警察官とは、どこかが違っていた。これが警察庁から派遣されたキャリアというものなのか。

「では私と片岡は署に戻ります。あとはよろしく」

「はい」

水森はキャップを被り直し、敬礼をした。

2

事情を聞く際の補助官を命じられた真子は、高藤と一緒に五条署に戻るとすぐに取調室へ向かった。

「これは取り調べではありませんから、気を楽にしてください」

高藤はそう言いながら、不機嫌な表情の向井の前に腰掛けた。

「しかし、この部屋は」

向井は、背後の窓にある鉄格子をちらっと振り返って見た。

「五条署は外観は近代的ですが、中は他の警察署と大差はありません。じっくりと話を伺えるような部屋となると、このような場所しかないんですよ。気を悪くしないでください」

高藤は柔和《にゅうわ》な表情、穏和な口調だ。

「あの、木下君は？」

向井がキョロキョロしながら訊いた。

「別の部屋で待機してもらってます」

「待機ですか」

訝《いぶか》しげに、向井は高藤と真子の顔を見た。

「彼には悪いことをしたな」

向井が真子にも聞こえる声でつぶやいた。

「遺体が見つかったものですからね」

高藤はやや突き放した言い方をして、背後の書記机にいる真子にお茶を出すよう命じた。

真子が刑事課に配属されて最初の仕事はお茶汲《く》みだった。それは男女にかかわらず新米刑事の通る道だといわれてきた。捜査官の飲み物の好みを頭に入れて、疲れたと思うタイミングを外さず各デスクに出す。その場の空気を読み、人の表情から考えていることを汲み取る訓練なのだと自分に言い聞かせてきた。

何より五条署の捜査官たちは、顎《あご》で使うような態度はとらなかったから、勝ち気な真子も我慢できた。けれどいまの高藤の態度には、あきらかにカチンとくる何かがあった。

あの態度は、分析力がないことに対する軽蔑からきているのだろうか。

真子は取調室を出て、刑事部屋にある湯飲みにお茶を注ぐと盆に乗せた。持って行こうとして、立ち止まる。

急に美味しいお茶を淹《い》れたくなった。

真子は煎茶《せんちゃ》教室を開いている叔母からもらった、自分だけの、とっておきの宇治茶を引き出しから取り出した。

湯の温度を六十度ほどにして急須に注ぎ、茶葉は半開きの状態で湯飲みへ出し切る。たちまち馥郁《ふくいく》としたお茶の香りが刑事部屋に広がった。

真子は握り拳をつくると大きくうなずき、静かに湯飲みを盆に乗せた。

取調室のドアを軽くノックし、高藤の返事を聞いてから静かに中に入る。

「粗茶ですが」

真子は会釈をしながら、音も立てずデスクにお茶を置いた。

「ありがとう、ございます」

向井が丸い目を真子に向けた。

「いい香りですね」

向井は湯飲みに手を伸ばした。

「驚きましたよ。警察ってこんないいお茶を飲んでいるんですか」

お茶を一口啜《すす》って向井が言った。

「いや……」

高藤の眉間に、さらに深い皺《しわ》が寄った。そして鋭い目を真子に向けてきた。

「淹れ方がええんかな、これは」

そう言った向井の顔色から、幾分だが不機嫌さが消えていた。

それを確認すると、真子は補助官席に腰掛けた。

「なぜご足労願い、詳しい事情を聞かなければならないのか、本当に見当がつきませんか」

「またそれですか。お茶が不味《まず》うなりますよ。さっきから言《ゆ》うてますでしょう。他人の家で勝手なことされて、ぼくの方が被害者やって」

「あの女性が誰なのか、向井さんはご存じないとおっしゃるんですね」

「勘弁してください。何度聞かれても、知らないものは知りません」

「実は、あの女性の死因には疑問がありましてね」

「疑問やったら、ぼくの方もあります。そりゃ疑問だらけですよ」

「いやそういう意味ではなく」

高藤の声から判断すると、微笑《ほほえ》んでいるのかもしれない。

「どういう意味です？」

「向井さんたちが発見された女性なんですが、他殺の疑いがあるんです」

「他殺？」

向井は、すでに空になっているはずの湯飲みを手にした。

「ちょっと待ってくださいよ。他殺って。あっ、妙なものが見つかったゆうのは、そのことですか。しかし、そんな馬鹿なことがあるわけないでしょう」

これまで以上に向井は早口で言った。

「なぜ馬鹿なこと、なんです？」

向井の慌て方とは対照的に、高藤の口調は静かだ。

「何でって、ぼくと木下君でぶら下がってる彼女を下ろしたんですよ。ほな何ですか、あれは誰かに殺された後に吊るされてたと言わはるんですか」

興奮気味に話すと、向井は関西弁が混ざる。

「結論はでていませんが、そうかもしれませんね」

「かもしれんって。他殺の痕跡が見つかったんやったら、そうに決まってますやんか……。えっ、もしかして、ぼくら二人がその女性を……まさか、そんなことないですよね」

「あらゆる可能性を否定しません」

「冷静になりましょうよ、刑事さん」

向井は両手を高藤の面前につきだし、何かを制止する格好をした。

「私は冷静です」

「見ず知らずの女性をやね、何でぼくらが……。そうか見ず知らずというところも疑ってはるわけか。けどほんまに知らんのです。もちろん木下君かて」

向井は金沢からずっと、木下と一緒に行動していたことを強調した。

「その辺りについては、調べてゆきます」

「だいたい、あの女性が亡《の》うなったんは何時です？」

「気になりますか」

「そやのうて。人間、死んだら冷たくなるでしょう」

向井は体温があったと主張した。

「こちらの調べでは、死後一、二時間ですからね」
一、二時間なら完全に冷たくはならない。
「それなら七時か八時ですよね。その時刻なら二人ともぎりぎりサンダーバードの中です。良かった、これで無関係やってことが分かってもらえる」

「乗った列車を教えていただけますか」

「確か八時九分に着くサンダーバードです。京都駅からはニューみやこタクシーで屋敷まで。ニューみやこタクシーはぼくがいつも利用している会社やから、確かめてもらえばはっきりするはずです」

紅潮した顔で向井は話し、獅子鼻の上にかいた汗をブランドもののハンカチで拭った。

真子は向井の言葉を速記でメモしながら、彼の表情を観察していた。昔から人の嘘が不思議に手に取るように分かった。どうして分かるのかと聞かれても、答えられない。目の動きや口調、言わなくてもいい文言などいろいろな要素から、ピンとくるものだ。

初対面から向井は嘘をついているのかと疑って見てきたが、真子のアンテナは何も受信できなかった。

何より自分の所有する屋敷に死体があったことに、正直困惑しているようだ。

遺体に他殺の形跡があったことで任意同行は仕方ないことだが、これ以上向井を問い詰めても何も聞き出せないのではないだろうか。

むしろ向井に恨みを抱く人物か、商売敵の線を洗うべきだ。

何を考えているのだろうと、上背のある高藤の後頭部を見上げた。

「向井さんのお仕事は、どういった？」

少し間を置いて向井を落ち着かせ、高藤が質問した。

「うちは元々親父の代まで、『丸雅《まるが》』ゆ呉服屋やったんです」

「お父さんの代まで？」

「ご承知のようにイトヘンは構造的不況に見舞われてしもて、にっちもさっちもいかんようになりました」

繊維業界をイトヘンと呼ぶことに、真子は懐《なつ》かしさを憶えた。真子の周りは華やかな和服に溢れていたし、呉服屋さんの営業担当者の出入りも目の当たりにしてきた。反物を持ってくるたび、イトヘンはもうあかしまへん、と口癖のように言っているのをよく耳にしたものだ。

向井の父、雅一朗《まさいちろう》が十七年前に脳卒中で倒れ、病床についたのを機に二十七歳の若さで、活況の時期を過ぎた呉服屋を継いだ。しかしそのときすでに業績は落ち込み、累積赤字は十数億にまで上《のぼ》っていたという。

「ただ創業二百九十年ゆ丸雅の看板はだてやのうて、これまでの地道な商売のお陰とでもいうんですか、田畑《でんぱた》とか山とかを結構所有してまして」

「先祖伝来の土地ということですか」

「ええ。それで借金の返済をしつつ、商社へと転身させたんです」

仕事の話になると、向井はなめらかに話す。

「若い経営者ですね」

「それがかえって良かったんです。親父の商売仲間はほとんどが六十代以上ですから、アホな六代目がいちびってるいうて、怒りもせえへん」

「いちびってる？」

「てんごばっかりしてるって」

「てんご？」

高藤はしきりに首を振り、真子を見た。

「いちびるは、調子に乗ってふざけているというような意味です。てんごというのも悪ふざけのことです」

真子はさらりと助け船を出した。

「なるほど」

「あれ、刑事さんは京都のお方とちゃうんですか」

「東京生まれの東京育ちです」

「どうりで……」

向井は言葉を濁した。

どうりで、いけすかんかった。いや、どうりでつっけんどんなお人やと思った。自分の頭の中で、彼の飲み込んだ言葉を想像し、真子は口元をほころばせた。

「商社化は、成功したんですね」

分からなかったことが悔しかったのか、また新米の真子に教えられたのが癪《しゃく》だったのか、ことさら真面目な声で高藤が訊いたのが、いっそう真子にはおかしかった。

「和装の伝統的な図案をモチーフにして、外国人デザイナーを起用したんです。それだけやありません。地下足袋《じかたび》を派手なデザインにして外国のアンテナショップで売ったりしたんです。今ではそんな珍しいことやないですけど、当時は新しいビジネスモデルでした。やらしい言い方ですけど、当たりました」

　ニューヨークでショッキングピンクの地下足袋が話題になったというニュースを聞いたことがある。中学生ぐらいの頃だ。

「今はリゾート開発に力を入れてます」

「和装とは畑違いですね」

「いまさらリゾートって、思たはる顔ですね」

「いや」

「海外の人間と仕事をすると、彼らの余暇の過ごし方に正直、驚かされるんです。仕事のできる人間ほど、あんじょう遊ばはる」

「余暇の過ごし方が上手いということですね」

「アメリカやヨーロッパのお方は上手にリフレッシュしますね。けどぼくが今ターゲットにしてるのは、それほど休日の楽しみ方が上手くない中国の富裕層です。ごっつお金を持ってるさかい、それを使わせるおもてなしゅうのを考えてます。ええロケーションに贅沢《ぜいたく》な建物とグルメ、温泉ゆう要素を加えましてね」

　身振り手振りを加えて話す向井は、まるでプレゼンテーションでもしているように見える。

「ご家族は？」

悦に入る向井を現実に引き戻すかのように、高藤はそっけなく言った。

「妻とひとり娘が」

「お名前を教えてください」

「妻は靜代《しずよ》、娘はみやびです」

向井がそう答えたとき、ドアをノックする音がした。

「警部、ちょっと」

ノックの後ドアから顔を出した中野が、高藤に声をかけた。

高藤は立ち上がって、部屋の外に出た。

真子は、宙を仰いでいる向井に悟られないよう素知らぬふりをしながら、外にいる高藤たち二人のやり取りを聞こうと耳をそばだてた。

「木下は無関係ですね。別邸にはよく行っていますが、あくまでも仕事の付き合いのようです。それに身体の不調も訴えております」

別室で木下の審問をしていた中野が言った。

「分かりました。任意出頭ですから、これ以上は法律違反になってしまいます。仕方ないでしょう、帰ってもらってください」

「了解しました」

中野が他の刑事に、木下を放免するよう指示した様子だ。

「それと警部」

「何か」

「水さん、いや水森班長からこんなものが出てきたと報告がありました」

「ほう、小さいものですね。これは何ですか」

おそらく高藤は、鑑識用ビニール袋に入れた証拠物を手にしているのだろう。ドアの隙間から覗きたい気持ちを懸命に抑えた。そんな気持ちを気付かれたのではないかと思い、向井を見たが、彼は天井に顔を向けて目をつぶっている。

「合成樹脂だそうです」

中野の声がした。

「樹脂」

「成形後のバリじゃないかって。プラモデルなんかで部品の周りに余分な材料が固まって付いているでしょう。あれです」

「色が変わっていますね」

「その肌色で、製品を特定しようと調べてくれています」

肌色のバリ。確かに変わっている。真子は自分の身の回りにあるプラスチック製品で、肌色のものを思い浮かべようとした。

「さらにこんなものも発見されました」

今度はなんだろう？

真子は耳を付けそうになるまで、壁際に身を寄せた。

「ペンダント？」

「庭にあったそうです」

庭か。高藤が再度調べるように指示した場所だ。

「指輪をペンダントトップにしているんですよ。指輪の裏を見てください」

「イニシャルですね」

「J to Kと読めます」

「イニシャルに、プラチナ台に真珠。特徴がありますね」

「ええ」

「こんなものが出てきたか……」

「どうかしましたか」

高藤の煮え切らない言葉に、中野は引っかかりを憶えたようだ。

エリートというのはそれでなくとも、難しい顔に見えるものだ。リズムが合わないと真子は感じていた。

「刑事さん。ぼくはいつまでここに拘束《こうそく》されるんですか」

身を乗り出さんばかりに首を伸ばす真子に、向井が話しかけた。

「拘束。いえ、拘束なんてしてません。任意ですよって」

刑事訴訟に関する法律の規定によらない限り、身柄の拘束、強制的連行、答弁の強要は許されないという警察官職務執行法の一文が頭をよぎった。このまま向井を引き留めることは、先ほど高藤が言ったように法律違反になる。

「じゃあ、もう帰ってもええんですね」

向井が、肩を揉《も》み首を回しながら言った。

「おぶでも、どうどす？」

「さっきのお茶は美味しかった」

「ほな、もう一杯淹れましょう、一服茶は良うない言いますよって」

「お茶飲めば、帰してもらえるんですか」

「ええ、もちろん」

真子は作り笑いを浮かべて、部屋を出た。

「もう少しだけ辛抱してもらえませんか」

向井がお茶を飲んで部屋を出たところで、高藤は彼の前に立ちはだかった。

真子は向井に続いて出るタイミングを失い、ドアに背中をぴったりくっつけ息を殺した。

「でも女刑事さんが帰ってもええと」

まずい、いきなり暴露か。ますます高藤に合わせる顔がない。

二杯目のお茶を淹れに行く際、廊下にいる高藤に向井が帰りたがっていることを目で告げたはずなのに。無視した高藤が悪い。

「見てもらいたいものがあるんですよ、向井さん。それを確認してもらえば帰宅していただきますので」

「本当ですか」

向井は不服そうな声を出した。

「じゃあ応接室が空きましたので、そちらに移りましょうか。木下さんは先ほど帰宅されましたよ。大変ご迷惑をおかけして申し訳ありませんでした」

「そうですか、彼は帰りましたか。気になっていたんですよ」

「ご迷惑をかけましたね。ゲストでしたのに」

「まったくですよ。ほんま悪いことをしました」

「こちらへ、どうぞ」

二人の声が遠ざかっていく。


「あの、主任」

真子はドアを少し開き、顔だけ出して廊下にいる中野に声をかけた。

「出てこい、お嬢」

「へえ、すんません」

真子は後ろで束《たば》ねた髪の毛のほつれを直しながら、廊下に出た。

「許可もなしに帰ってええなんちゅうことを……」

短い首を中野は傾けた。

「警部さん、怒ったはる様子でした？」

「どやろな」

猪首をことさらかしげさせ、中野は言った。

「分からへんのですか」

「ああ、分からん。まだよう分からんちゅうのが、ほんまのところや」

「分かりにくいんは、確かですね」

「だいたい京都府警への赴任を望んだいうのも妙な話やし、とにかく現場を経験させてほしい、現場が見たいと上に言うたいうのもけったいや」

「京都が好きなんやろか」

「好き？　好き嫌いでこられてもな。T大法学部出身のエリートさんがそんな感情だけで動くとも思えへんけど」

「T大法学部ですか」

「まあお嬢。反省文か始末書ぐらいは覚悟しとけや。新米デカがキャリア警部殿を差し置いて参考人を帰宅させかけたんやから」

「新米やから、そこのところ、許してもらうというわけにはいきませんやろか」

「そんな上目遣いしても、わしは知らんで」

中野の四角い顔がにやりとしたが、すぐ厳しい顔に戻った。

「ちょっと聞いてええですか」

「何や。借金と上司への取り成しは勘弁してや」

「そんなこと初めから望んでません。そんなんと違《ちご》て、さっき警部に見せてはったでしょう」

真子は壁越しに耳にしたことを話した。

「感心や。どんな状況でも情報を得ようとするのは、ええ心がけや」

「バリいうんは、どんなもんです」

「警部に渡してしもたな。けどプラモデルのバリみたいなもんで、ぎょうさんズボンから見つかった。お嬢らはパンツ言うんかいなあ。七分丈のそれの折り返しから出てきたんや」

「ぎょうさん、ですか」

プラモデルが趣味の女性もいるだろうが、数多くのバリを付けたまま外出するというのは珍しいだろう。

「職業に関係あるかもしれへん。例えば模型屋とか。いやそんなもんあらへんかな」

「もう一つのペンダントの方は？」

「薄いピンク色した真珠の指輪や。それをネックレスに付けてあるもんや」

「きれかったですか」

「よう分からんけど、きれいやったし、裏に刻まれたJ to Kちゅうのから判断すると、ええ衆《し》からの贈り物とちゃうか」

四角い顔の中野が笑うと、顔は丸く見える。

「そう、ですか」

「なんや警部みたいに、辛気《しんき》くさい顔して」

中野が真子の顔をのぞき込む。

「実は私、ガイシャを見てへんのですよ」

「ずっと警部と一緒やったもんな」

「そうか、ほな警部も見たはらへんのですよね」

「そういうこっちゃな」

「そんなんで初動捜査、上手くいくんですか」

「何を言い出すんや。かなんな、わしは幹部批判なんかしてないで」

そう言って中野は、周りを見渡した。

「批判やのうて、ほんまにええのんやろかと」

「まあ、みんな自分のやり方がある。何か考えるところがあったんや、きっと」

「けど……」

「ふくれるな。天真爛漫《てんしんらんまん》が売りのお嬢らしないな。わしの机の上に現場写真が置いてあるさかい、なんぼでも見たらええ。ほんで刑事部屋で警部の指示が出るまで待機しとけ」

「わしは現場や。水さんもがんばってるさかいな。もう一遍ゆうとくぞ、幹部批判はノーや」

「……主任」

「…………」

真子は、立ち去る中野の背中に制服時代のように敬礼した。

3

刑事部屋には、別の事件で待機している刑事たちが数人いた。真子が入ると、高藤と組んでいることで、若い刑事が軽口をたたいた。彼らは互いに冗談を交わすことで、疲れを癒《いや》そうとする。ただ、さらに捜査が行き詰まると、冗談も出なくなる。

若い刑事は、滋賀県との境で起こった強盗事件の聞き込み結果をまとめ、早朝行われる捜査会議用の資料作りだと漏らしながら自分のデスクへ戻っていった。

それを目で追いながら、真子は主任の机に近づいた。

机上は雑然としていたが、現場写真を入れた黒いファイルはすぐに見つかった。中身を見ると、中野の普段の言動からは想像できないような几帳面な文字が並んでいる。

そう言えば、主任の書いたものを見たのは初めてだ。

平成二十年九月十四日、午後九時三分、駆けつけた消防隊員より縊死体発見の通報あり。現場は京都市下京区《しもぎょう》仏光寺《ぶっこうじ》通烏丸《からすま》東入ル××町旧丸雅店、現在向井雅也《まさや》氏所有の邸宅、と記され、その横に手書きではあったが全体の見取り図も添付してある。門から玄関、そして玄関から庭園に至るまでに四つの小部屋があって、突き当たりを右に折れると庭を見渡すことのできる濡れ縁に出る。濡れ縁の南側、庭と対面している部屋が大広間だ。

この広間の欄間に帯締めがかけられ、そこに女性が吊り下げられていた。むろん警察が駆けつけたときは、向井たちによって畳の上へ下ろされていたから、吊り下げられた様子は中野も目にしていない。

被害者の性別は女性、身長百五十センチ程度。所見での年齢は十七歳から二十五歳までと推定される。着衣は長袖ポロシャツに七分丈のズボンで、上下とも紺色。目立つ外傷、着衣の乱れなし。

次のページから十数ページにわたって被害者の写真が続く。

写真に向かって合掌し、ファイルのページをめくった。

女性はやせ形で背丈は真子よりも七センチ低く、髪の毛は肩胛骨《けんこうこつ》ぐらいまで達している。長い間美容院に行っていない印象だ。目は閉じられ、口は半開きで齧歯類《げっしるい》を思わせる前歯が覗いていた。血の気がない分だけ色白で、微笑《ほほえ》んでいるようにも見える。

苦痛に歪《ゆが》んでいないことで、胸をなで下ろした。現場経験が少なく、ましてや殺人被害の遺体との対面は数えるほどしかなかった。しかしこれまでのどの被害者の死に顔にも、無念さが色濃く表れていて、真子の胸は痛んだ。

女性の顔は整っているが、どことなく地味な印象を与える。それは服装からくるものでもなさそうだ。

顔のアップ写真に目を近づけた。

口紅もしていない、すっぴんだ。

死に顔は唇の色が黒ずんでいたが、目をこらして見れば紅がさされていないのが分かった。化粧をせず、紺色一色の服装。

頸部の写真には赤紫色の索条痕が、のど仏の上部から耳の後ろへとついているのがくっきりと見て取れた。

刑事研修で見たことのある典型的な縊死体の索条痕だ。その下にあるもう一枚の写真を見て、真子はさらに彼女が縊死である確信を得た。

白い手袋の指が女性のまぶたを押し広げて、目の様子が写し出されている。その白目が蒼白だった。

体重が完全に頸部にかかった場合、目の出血がないことがあると教えられた。何者かによる外的な絞殺では、一瞬で頸動脈の血流を遮断することは難しいのだ。

やはり彼女は自分の意思で死を選んだのか。この時期に長袖なのは、傷を隠すためかもしれない。

次のページにある右手首の傷跡を見ながら思った。写真を見て分かるだけで、線状の惨《むご》い傷跡が三本はあった。そのうち一、二本の縫合跡がムカデのように見え、真子の背筋に冷たいものが走った。

彼女が自殺したのだとすれば、すでに遺体となった人間の首を絞めた者が存在する。

頸部だけをフレーム一杯に写し出したものを、もう一度確認した。水森から聞いた扼殺痕は判然としなかった。

それにしても、それほど女性が憎かったのだろうか。いや、怨恨ならもっと分かりやすい方法で遺体損壊の行為に走るにちがいない。すでに息をしていない人間の首を絞めても、苦痛を感じさせることもないし、これほど憎かったんだというメッセージとしての傷痕を残せるわけでもない。

それに向井がシロだった場合、彼の屋敷に遺体を遺棄した目的も分からない。

例えば向井を罠《わな》に陥《おとしい》れたいと目論《もくろ》んだ犯人がいたとしても、そう簡単に自殺する人間を調達できるはずもない。もしそんな偶然が起きても、向井の屋敷に忍び込み遺体を運び入れるリスクは大きい。

ということは犯人があの屋敷内で、女性を殺害したのか。

あっ。犯人像にぶれ——。

完璧に縊死を偽装できるほどの知識を持ち合わせている犯人ならば、扼殺痕が生体に付いたのか、死体に付けられたものかを鑑識が見抜くことも知っている。

真子は、扼殺痕の解釈として、犯人がとどめをさしたのではないかと言った自分の言葉が、確かに的外れだったことに気付き、顔面が熱くなった。

どこでどう殺害しても、向井を困らせることには成功した。けれど向井とこの女性とに接点がなければ、犯人が冒した危険以上のダメージを彼に与えることはできないではないか。

この犯人は、賢いのか、それとも——。

考えれば考えるほど訳の分からない事件に思えてくる。

ちょっと待って。

向井の戸惑った表情を思い浮かべた。それと、饒舌《じょうぜつ》になってプレゼンテーションのような口調になった彼の顔は別人だった。

ちぐはぐな感覚、不可解さ、それらすべてが計算だったとしたら——。

だから高藤は、木下を帰宅させたのに向井は署内に止《とど》めた。

経験のないキャリアから学ぶことなどないと思っていたが、それは間違いだった。

謝罪してでも、高藤に張り付いた方がいいかもしれない。

ファイルの内容をメモすると、刑事部屋を出た。


真子は誠心誠意謝ったが、高藤は帰宅しろと命令を下した。それについて管理官も主任も異論を唱えてくれなかった。

駐車場に駐めていた自転車のチェーンキーを外す音が、妙に寂しかった。嬉しいことがあるとどこか弾んで聞こえる金属音だけに、嫌になる。

吐息をついて夜空を見上げる。満月は、街灯にも負けず煌々《こうこう》とアスファルトを照らしていた。

光量というのではなく、蛍光灯と月光はひかりそのものの質が違うようだ。

自転車に跨《また》り、烏丸《からすま》通りを北へとこぎ出した真子だったが、四条通りの手前にさしかかったとき思い立ったようにUターンした。

水森に確かめたいことがあった。

九月に入って残暑は影を潜めたが、まだどこかに蒸し暑さが残る風を切って現場へ向かった。

黄色の規制線が張り巡らされた屋敷からは、風情というものが消え失せ、物々しさが漂っている。内部から漏れる明かりを見て真子はホッとした。鑑識作業は終わっていない。

高藤のように靴を脱ぎカバーを付けて、玄関から上がった。

光源は、枯山水の庭の方だ。

廊下を真っ直ぐ進んで、右に折れた。

「水森班長いらっしゃいますか。片岡です」

庭の砂紋に這いつくばっている、何人かの係官へ向かって声をかけた。

「おう、お嬢。こんな時間にどうした」

顔を上げた水森に言われて、真子は腕時計を見た。午前一時を過ぎている。

「高藤警部に、鑑識がちゃんと仕事やってるか見てこいって言われたんか」

「その方がましです」

縁側から庭へ降りた。

「ましって。何かあったんか」

水森はできるだけ砂を踏まないようにつま先立ちで歩き、真子の側までやってきた。

「家《うち》に帰れって」

他の者には聞こえないように声量を絞って言った。

「ヘマしたんか」

「ちょっとだけ」

片目を瞑って答えた。

「ちょっとか。それで帰れはきついな。まあ厳しそうなお人やけど」

「厳しいけど、理路整然としてはるさかい」

「そやさかいに、何や？」

「スカンタコや」

「キャリアの警部も嫌われたもんやな」

嬉しそうな顔で水森が笑った。

刑事課に配属されてから、花街に育った女性という珍しさと、改まった場所でもつい口から出る京言葉がおかしいのか、中年の男性警察官にはよく可愛がられた。ことに水森は何かと気にかけてくれたこともあって、つい甘えの気持ちが首をもたげてしまう。

「そんなことはええんですけど。ちょっと聞きたいことがあったんです」

甘えた気持ちを払拭《ふっしょく》しようと、背筋を伸ばした。

「汚名《おめい》をそそぐチャンスをつくるんか」

「そんなんや、ありません」

「ほな、なんや」

「ガイシャの女性の写真を見てたらかわいそうになって。こんな目に遭わした犯人に腹が立ってきたんです」

「なるほど、刑事の顔になっとるな」

「茶化さんといてください」

「ほんで、聞きたいことって何や」

水森はマスクを外し、キャップも脱いだ。

「縊死の偽装ゆうんは難しいんですよね」

「かなりの条件が揃わんとな。例えば体格差がもの凄うあって、無抵抗の相手を地蔵背負いで一気に吊り上げるとか」

「睡眠薬を飲ませて、自由を奪ったらどうです？」

「いま解剖に回してるけど、アルコールとか睡眠薬系の物質が検出されたちゅう報告は受けてへん。何や、偽装自殺やと踏んでるんか」

「警部に、犯人像にぶれがあるって言われたでしょ」

「けんもほろろやったな」

「言われた意味は分かったんです。けど、それら全部が犯人の計算やったらどうやろと」

真子は自殺と思わせて、実は他殺だったというのが犯人の描いたシナリオではないかと言った。

「そのために完璧な縊死体をこさえた、言うんか」

「そう考えたら、むしろ犯人像をぶれさせることが目的のような気がしたんです」

「我々に犯人像をぶれさせて、攪乱《かくらん》させた。なんでそんな回りくどいことを？」

水森は真剣な眼を真子に向けた。

「それは……。この家の人間を困らせる。いえ恨みを……」

と言ってはみたが、自分の気持ちとしっくりこない。

「私自身、まだ何も分かりません。あんまり奇妙なことばかりなんで、混乱してます」

真子は、庭の亀の甲羅のような大きな石を眺めながら言った。

「そうやな、どの推論も一長一短あるもんな」

「一番の疑問は、ガイシャのことなんです」

「自殺未遂の過去を持つ女の子」

「そうです。過去に自殺未遂をした傷跡が残ってるから、縊死のままにしておけば、おそらく自殺で処理されたんと違いますか。この女性の殺害が目的なら、警察は事件性が低いと判断するでしょうし、犯人にとっては危険性も少ないと思うんです。にもかかわらず、ガイシャを知らない人間の家に遺棄し、首に指の跡まで付けた」

「うん、そこに作為を感じるわな」

「その上、さっき主任が高藤警部に渡したペンダントが、引っかかって」

「そこの、一番大きな庭石の陰から見つかったんや」

真子が見つめていた亀石を、水森はキャップで指した。

「そう、それが知りたかったんです」

「どこにあったかか？」

「はい。そうなんですが、屋敷内にあったのではなく、庭石の陰、ですか」

「陰やゆうても、見える場所やで」

「見つかる場所？」

「注意して探したら、すぐ見つかるやろな。それに、ここに出入りしてる庭師の話も聞いてある。昨日の午前中に庭の砂紋をきれいに描いたそうや。客があるさかいにと聞いたんで、いつもより丁寧に紋を引いたちゅうてた。つまり、ペンダントみたいなもんがあったら、気付くいうこっちゃな。ガイシャのもんか、遺体と一緒に運ばれた確率が高いやろな」

「どこかで殺害して運んだんやとしたら、そのペンダントの説明がつきませんね」

考えをまとめるような口調で訊いた。

「その他に、身元の分かる所持品は見つかってへんさかいな。わざとペンダントだけ庭に残しておいたんかもしれへん」

「身元を隠す一方で、ヒントを残す。完全なる自殺に見えるように殺害しておきながら、他殺の余地を残すような細工を施してる。どう考えてもガイシャの女性のことを弄《もてあそ》んでいるような、そんな怒りを覚えるんです。この犯人の企《たくら》みが見えてこうへんだけに余計」

唇を嚙んだ。

「ホシの罠ですやろか」

「罠でも何でも、あるもんから片付けんと、しゃあないやろな」

そう言って水森は、マスクとキャップを被った。仕事に戻るという合図だろう。

真子は帰宅してもなかなか寝つけなかった。

離れの二階にある真子の部屋の窓を開けると、月明かりに照らされた北野天満宮の緑が見える。早く東から日が昇って欲しいと思いながら時計に目をやる。まだ午前三時過ぎだ。あと四時間余りで、署に向かうことができる。午前八時からの捜査会議には出るように言われていた。

一晩頭を冷やせということだったのだろうが、現場に足を踏み入れ、水森の話を聞いて神経が高ぶっていた。

不規則な娘の暮らしを思って、母親が提供してくれた離れで真子は寝起きしている。母は花街で日本舞踊の師匠をしていて、昔は内弟子を数人養っていた。その内弟子用の部屋の一つを、母屋《おもや》を通らずに出入りできるように改築してくれたのだ。幼い頃から内弟子のお姉さんたちと遊んで育った真子には、懐かしくなじみの深い部屋だ。

父はいない。五歳ぐらいの頃に母のもとを去っていった。その後、多くの芸子や舞子たちに囲まれて育ったために、男性という生き物に対して耳年増《みみどしま》になった。恋愛や結婚への憧れも強い代わりに、男性への幻滅も感じていた。

そんなときに「乙女《おとめ》」という女性を知った。

乙女とは、坂本龍馬の姉のことだ。坂本家の三女で、龍馬より三つ年上だった乙女は、十二歳で母を亡くした龍馬の教育係ともいえる存在だった。剣術をはじめ馬術、弓術、水泳までこなしつつ、四書五経に通じ、和歌や絵画、琴、三味線、一絃琴、舞踊、謡曲、浄瑠璃などを身につけるという文武両道をゆく女性だ。

男性しか参加できないといわれていた「お馭初《のりぞ》め」という馬術の正月行事に、参加したこともあるといわれている。

身体も大きく百七十四センチほどあったといわれ、「坂本のお仁王さま」とのあだ名を持つ豪傑だった。

今の時世は、女だからと家事にのみあけくれていてはいけない。犬死にせぬよう、お前さんも剣術の稽古《けいこ》をしなされ。これは乙女が知り合いの女性に言った言葉だといわれている。

江戸末期に、そんなことを言った女性がいたことに、真子は驚いた。そしてその女性がいたから、龍馬という常識に捕らわれない人間が育ったのだと納得した。甘えん坊の弱虫、おねしょ癖のなかなか抜けなかった龍馬が時代を動かす源泉は、乙女にあったのではないか。

花街の華やかな世界の陰で、日夜血の滲《にじ》むような稽古を積む女性たちを見てきた真子には、本当の女性の強さ、可能性を信じることができた。大鼓《おおかわ》という日本伝統の打楽器は、馬の皮を張り詰めて甲高《かんだか》い音を出す。乾燥させて極限までカチカチに堅くなった革を打つ女性のツメの間から、鮮血が滲んでいる光景を何度も見てきた。三味線の糸を血で染める彼女たちの指を、手当てしたこともある。

時代を変えるのは女性の力かもしれない。

真子は、自分は大きくなったら芸子になるだろうとおぼろげに思い描いていたが、乙女の存在を知った中学生の頃に、男性社会に飛び込んで乙女のように周りの価値観を変えたい、と真剣に考えるようになった。

母はそんな真子の考えに、反対しなかった。むしろ積極的に応援し、弓道を始めたときも最高の弓を買ってくれた。

言い出すと聞かないのが、真子の性格だということも、母は理解しているからかもしれない。

乙女という強い女性に憧れ始めたころ、中学校の国語の教師から京言葉を改めるよう言われたことがあった。

高藤も指摘した敬語の問題だ。

女友達が教師に対して、遅刻した理由を告げた。

「弟が熱をださはったんで、お医者さんに連れて行って遅なりました」

その言葉を聞いた教師は、遅刻の理由は分かったが、言葉がおかしいとみんなの前で笑った。

友達がどこがおかしいのですかと聞くと、教師は弟に敬語を使うのは間違いだ、と断定した言い方をした。

気の弱い彼女は、真っ赤な顔をしてうつむくだけだった。

「京都では子猫に対しても鳴いてはるといいます。先生の言う敬語とはちょっと違うんやと思うんです」

真子が立ち上がって発言した。

教師は相当頭にきたのか、顔色を変えて間違いを正そうと真子を叱りつけた。それでも真子は聞き入れず、「〜してはる」というのは敬語ではなく、大切にしているものへの愛情表現だと言い張った。

そのことがあってから、国語教師とうまくいかなくなった。テストの点数は良かったのに、成績は振るわなかったのだ。

頑固なところは私に似たのだ、と、経緯《いきさつ》を知った母が微笑んだとき、胸が熱くなったのを今も憶えている。

窓から星を見ながら、絶対にめげないと真子は自分に言い聞かせた。

布団に横たわり目を閉じても、いっこう眠気が起こってこなかった。何度めかの寝返りを打ったとき携帯電話が鳴った。

4

真子は慌てて着替え、自転車に飛び乗った。

電話は中野からで、向井が急に被害者に会ったことがあると言い出した、というものだった。

この事件の不可解さのひとつが、まったく知らない女性の遺体が向井の別邸にあったという点だった。そんな状況での被害者との接点を認めた向井の証言は、不可解さの一角を崩すことになり得るのではないか。

一足飛びに捜査が進展することは珍しいが、少なくとも被害者の身元を明かす糸口にはなる。そう思うと、真子のペダルを踏む足に力が入った。

はじめから認めればいいのに——。

いや、知った女が自分の所有する家屋で遺体となって発見されることは、普通に暮らす人間にとっては災難中の災難だ。当然警察は、その家の持ち主を疑う。向井のとった行為は、防御本能として当然のことだ。

今出川通りを京都御苑まで東へ走り、そこからは烏丸通りのなだらかな坂を南下していく。途中、「丸竹夷二押御《まるたけえびすにおしお》池《いけ》、姉三六角蛸錦《あねさんろっかくたこにしき》、四《し》綾仏《あやぶつ》……」と通り名を行き過ぎて、高辻《たかつじ》通りの手前に五条署はあった。

駐輪場から駆け足で署内に入り、刑事部屋へと階段を駆け上がる。すでに中野と数人の先輩刑事が、ホワイトボードの前に参集していた。ボードの前には高藤が立っている。

「遅くなりました」

真子は皆に声をかけながら、輪に加わろうと近づいた。

中野が小さく手を上げて応えてくれたが、他の人間はちらっと見ただけで、すぐ高藤の方へ向き直った。

「片岡刑事、何しにきた。会議は午前八時からだ」

高藤の冷たい声が飛んできた。

「私が呼びました」

中野が言った。

「そうですか。それなら仕方ないですね」

「あの、勝手なことをしたのは謝ります。もう二度としませんので許してください」

真子は身体を折った。

高藤からの返答はなく、そのまま取り調べ中の向井の様子を話す。

真子はうつむき加減で、中野の隣にあった隙間に身体を滑らせた。

「いくつかの証拠品を見せたところ、ガイシャと会ったことがあるかもしれないと向井が証言しました」

「ガイシャと面識があったと」

中野が訊く。

「面識、とまではいかないんですが」

窓に差し込む月明かりを見ていた向井が、何を思ったのか「あの顔」とつぶやいた。

「女性を鴨居から下ろした光景を思い出したんだと彼は言った。それから月明かりに浮かんだ女性の顔に、見覚えがあるかもしれない、と言い出しました」

しかし女性の身元などについて、いくら問いただしても話さないのだそうだ。

「世間話には応じるものの、事件に関することに触れると態度を変え、黙秘です。これは向井が、何らかの形で事件に関与していると見るべきだと考えます」

「彼には、アリバイがあるんじゃないですか」

中野が質問した。

「アリバイに関しては、重要視しません」

一同に、一瞬驚きの空気が流れたような気がした。

「言葉が足りなかったようですね。人の記憶に頼ったアリバイの有無では、公判維持ができないことが少なくありません。考えてもみてください、自分がどこで何をしていたかを他人が証言してくれることの方が珍しい。ましてや自分が不利になる事柄は、話さないでもいいのが法律の原則です。物証以外のアリバイ証拠は重要視しない、ということです。とにかくガイシャの身元を明らかにしなければ、捜査ははじまらんでしょう」

高藤は水森から渡された証拠、ペンダントと樹脂片の入った袋を見せた。

「このペンダントトップと樹脂片、さらにもう一つ重要な証拠があります」

証拠品がもうひとつ出てきたのか。

真子は高藤の右手に注目した。そこにはまた別の小さなビニール袋があった。

「先ほどのペンダントもそうですが、これも庭の片隅から発見されました。この古風な鍵にいくつかの指紋が認められました。その中にガイシャの指紋と向井の指紋が付着していたんです」

どよめいた。

水森はあの後、そんなものを発見し、さらに指紋までも調べていたのか。

「詳しくは、明日にでも鑑識さんから報告してもらいますが、緊急で集まってもらったのは、向井をこれ以上、任意で引き留めることは困難だと判断したからです」

「それじゃ逮捕?」

誰からともなく、そんな声が出た。

「ガイシャとの邂逅《かいこう》を認める証言と、この鍵によって、逮捕状を請求します。が、現在は時間的に逮捕状が間に合いません。それまでは、できるだけ任意で署内に留まってもらいます。しかし、どうしてもこちらの要請に応じない場合、犯罪事実の要旨を告げて緊急逮捕を執行します。何か意見があれば伺います」

「逮捕事由はどうなります？」

中野が訊いた。そして仮にも会社の代表者で、社会的地位もある点から、慎重に事を運ぶべきだと意見を述べた。

「確かに、細心の注意を払わなければならんでしょうね」

「事由は、死体遺棄罪でいきましょう」

高藤が一瞬黙り、

と言い切り、刑事たちを見回した。

「あのう、その鍵ですけど、どこのものですか？」

恐る恐る手を挙げて、真子は尋ねた。

「別邸に手を入れる前に使っていた玄関の鍵だと、向井は証言した」

高藤の表情には真子に対するわだかまりなどなかった。

「手えを入れるゆうのは？」

少しほっとした真子の、京都弁のイントネーションが、刑事部屋に響く。

「十三年前、先代が亡くなった後に、屋敷を改装している。主にセキュリティ面を強化したらしい」

「そうなんですか。何でそないな古い鍵が、庭にあったんでしょう」

思わずつぶやいた。

「古い新しいは関係ない。そこにガイシャと向井とを結ぶ、指紋という物証がでてきたことに意味がある。間違いなく、その鍵に二人は触れているんだから。奇妙な事件だが、一つ一つ事実を重ねていくしかあるまい」

「私は、みんな計算されているような気がして仕方ないんです」

思い切って、胸のもやもやをはき出した。

「計算か。うん、それもまたいいじゃないか」

「ホシの計算に乗ってしもても、ええと言わはるんですか」

「計算のない企《たくら》みなどない。しかしすべてが企み通りにいくというものでもない。どちらかが読みを外し、勝ち負けが決まる」

高藤が笑みすら浮かべたことに、真子は呆気《あっけ》にとられた。自信家もここまでくると、嫌みを通り越している。

言葉を失った真子が視線を感じた方向を見ると、そこに中野の顔があった。中野は目を閉じ、小さく首を振った。

それ以上言うなという合図に見えた。


明けて午前十一時過ぎ、検察庁から高藤自身が逮捕状を持って帰ってきた。そして十一時三十分、身元不明女性の縊死体遺棄容疑で、向井雅也を通常逮捕した。

いよいよ取り調べが始まるというとき、中野が刑事部屋で待機している真子に声をかけてきた。そして言いにくそうに、向井の取調官を務めるよう指示した。

「えっ、私が、ですか」

向井の捜査から外されることはあっても、尋問の機会を与えられるなんて考えられなかった。

「ほんま何を考えてんのか」

「ほんまですね」

「わしにも、かいもく分からん」

額を両手でこすりながら、中野は言った。

「ややこしい人」

「そんなこと大きな声でいいなや、聞こえたら大変や」

京都弁でややこしいという言葉は、込み入ったという意味もあるが、怪しげなとか胡散臭《うさんくさ》いというニュアンスを含むこともある。

「警部のことじゃなく、向井のことです」

「そっちかいな」

安堵《あんど》の声を中野は出した。

現場にキャリアが口を出すことが、中野にも大変なプレッシャーになっているようだ。

「手強《てごわ》そうですね」

「ややこしいゆうのは当たってるな」

「ひょっとして、私に失敗させたいのと違いますか」

「誰が」

「警部のことです」

「もういらんこと言わんといてくれ。とにかく取り調べを開始するように。四十八時間の勝負やさかい」

逮捕は九月十五日の午前十一時三十分だから、十七日の午前十一時三十分には釈放か、身柄を検察庁に送致するかを決めなければならない。その後は検察官の判断に任せるしかなく、警察官に与えらた時間はこの四十八時間しかないのだ。

「あの」

しかめっ面のまま、立ち去ろうとした中野を引き留めた。

「まだ何かあるんか」

「補助官は、どなたが」

「高藤警部自身がやるって」

中野は言い捨てて、逃げるように他の刑事と部屋を出て行った。

彼が逃げ出した理由は、真子にもよく分かる。補助官は直接尋問に加わらない。ただメモを取りながら、文字通り取調官を補助する役目だ。

つまり、高藤に一挙手一投足を監視されながら、取り調べを行わなければならないことになる。

ややこしい人が、前にも後ろにも——。

ノックをして第一取調室に入った。後から入った高藤が、補助官席に腰掛けるのが気配で分かった。

正面には疲れた表情の向井が机に座り、両手を前に出して指を組んでいた。

「私は片岡刑事です」

会釈をして椅子に座った。

「知ってます。しかし酷《ひど》いな」

「酷い？」

「あっ、それは」

「刑事さん、帰ってもええ言うたのに」

「刑事さんが、嘘をついたらあかんよ」

向井はほとんど眠れなかったと文句を言った。

「人権、やかましいんとちゃいますのん？」

「…………」

返す言葉がなかった。

「あなたのお名前は向井雅也、四十四歳。現住所は京都市左京区高野K町一の二十四……職業、株式会社丸雅の代表取締役社長」

真子は気を取り直して、手続き上の人定確認を読み上げた。

「……以上に間違いはありませんか」

「へえ」

茶化すような返事だった。

「逮捕事由についてですが。向井雅也氏所有の下京区仏光寺通烏丸にある別邸より、推定十七歳から二十五歳の女子の縊死体とみられる遺体を発見。ただし頸部には縊死の原因である紐の痕とは別に扼殺痕が認められた。よってこの遺体は第三者にて向井氏の別邸に遺棄されたものと推定……」

読み上げている最中、指を鳴らしたり、首を回したりと向井は落ち着きがなかった。

「おたくらも公務員やね」

「はい？」

「そんなお役所の文書読まれても。疲れ果てた頭に入りまへんねん」

「必要な手続きです」

「ほんま大変や。任意やいわれたさかいに協力したら、夜通し責め立てられて」

「責め立てたりは、してないと思います」

「それにうちの屋敷から出てきたペンダントやら、プラッチックの破片とか見せられて、大変でしたわ。ほんで、ぼくかて忘れてるような古い鍵に、指紋がどうやといわれて、逮捕やて。あほらし」

昨日会った向井とは別人のような態度だった。少なくとも昨夜、老舗《しにせ》呉服屋の六代目の品格のようなものを真子は感じていた。しかし今はごろつきみたいな態度をとっている。清潔に見えていたパーマのかかった短い髪の毛すら、脂ぎって不潔に思えてくる。

これも計算なのだろうか。

「では、取り調べにはいります。その古い鍵のことなんですが、忘れていたとは、どういうことですか」

自分のペースを掴まなければいけない。

「そんなもん改築した頃でっさかい、大昔に用済みの鍵や。とっくにどっかへやってしもてる。使わへんもんを大事に持ってる方が、変わってるのんちゃうかな」

「鍵はなくしたと言うんですね」

「どこでなくしたなんて聞かんといてや。それやったら在処《ありか》を知ってるのと同じやさかい」

「いつ頃から見当たらないのですか」

カチンときたが、努めて冷静さを保ち質問をした。

「それも分からんな」

「その鍵にあなたの指紋と、遺体で発見された女性の指紋が付着していたことはお聞きになりましたね」

「聞きましたよ。でっち上げ証拠のことですやろ」

と向井が言ったとき、真子は後頭部に高藤の視線を感じた。それを振り払うように前髪を掻《か》き上げ、耳の後ろへと撫《な》でつけた。

「でっち上げではありません。科学捜査で、なくしたとおっしゃる鍵から女性の指紋が検出されたんです。それにあなたは、女性に会ったことがあるかもしれないと証言していますね」

「刑事さん」

「何ですか」

「警察官にしておくのもったいないな。昔使《つこ》うてた和服のモデルさんより、あんたの方が遥《はる》かにべっぴんさんや」

「いい加減にしてください」

「リゾート施設のパンフレットに出てくれへんか」

向井は下品な笑い方をした。

「あなたは、あの被害者女性のことになると口を噤《つぐ》むか、誤魔化すんですね」

「会ったような気がするいうただけで、真に受けられてもな。あんな気色悪い死に顔を何回も見せられたら、目に焼き付いてしもて……。だんだん怖なって、知ってるとでも言わなバチがあたりそうに思たんや。ましてや昨夜は満月や」

「満月が何か関係あるんですか」

「お月さんの魔力で、ぼくって犯罪者かもしれへんって、気がおかしゅうなりそうやった」

向井は大げさに顔面を両手で覆い、指の間から真子を見ている。狡猾《こうかつ》な目だった。

「常識で考えても、見ず知らずの女性の遺体が、別邸とはいえ自分の家に独りでに転がり込むことはあり得ません。警察は、必ずあなたと被害女性の間に接点があるとみてました」

「だから満足ですやろ。ぼくがひょっとしたら会ったことがある言うて、逮捕できたんやから。正直者が馬鹿をみるゆうのはほんまですね」

「もし向井さんが正直者だとおっしゃるのなら、全部話してください」

「全部って何を」

「亡くなった女性は、誰ですか」

「またそれか」

利《き》かん坊のように、向井がそっぽを向いた。

「亡くなった女性にも家族があります。あなたにお嬢さんがいるように」

「リゾートとか、ターゲットは富裕層だとかバブリーな話をしてるとね、誘蛾灯《ゆうがとう》に寄ってくる虫みたいに若い女性も近づいてくる。その中の一人かもしれない女性の、氏《うじ》素性《すじょう》を知ってる方がおかしいんとちゃうか」

「最初はまったく知らないと、証言したんですよ。なら、どの時点で会ったかもしれないと思ったんです。あなた自身が会った女性の特徴と、被害者に共通点があったから、前言を撤回されたんじゃないんですか」

「特徴いわれても、さあな……。お月さんに照らされた顔を思い出して、どこかで会うたかもしれへんな、と思たさかい、素直にそない言うただけや」

「具体的には思い出しませんか」

「見たことあるなって思うこと、刑事さんかてあるやろな。ただそんな感じ。それだけや」

向井は黙ったまま、目を閉じる。

被害者に関することは何を尋ねても、発言しなくなった。

「黙秘ですか」

「眠いだけや。それにそろそろ、お昼やろ」

真子は腕時計を見た。午後一時前だった。

「一時になったら休憩をとります」

「あと何分や」

「まだ十分少々あります」

「ぼくはあの女性を一刻も早く鴨居から降ろしたろと思うて……。遺体に触ったのはそのとき初めてや。それを遺棄罪やと言うんかいな警察は。そんなアホなことあるかい」

向井は不満ばかりを真子にぶつけ、やはり肝心なことはしゃべろうとしなかった。

そのまま一時を迎え、一旦休憩を挟むことにした。

無言のまま、真子は刑事部屋へ向かう。やや遅れて向井を留置場に連れて行く高藤と目が合ったが、彼は何も言わなかった。

たった一時間半の取り調べだったのに、疲労は目や肩に鬱積《うっせき》していた。裸眼で一・五ある視力だが、廊下に張られた各種の防犯ポスターの文字がぼやけて見え、肩から首にかけて鈍痛がある。

肩を叩きながら刑事部屋に戻り、脱力したように席に着いた。

管理官が真子に一瞥《いちべつ》をくれたが、すぐに机上の書類に目を落とす。高藤が補助官をつとめるという特殊な事情を容認したことを、少しは気にしているのだろうか。

キャリアが現場にいること自体、気苦労が募《つの》ることなのに、六畳しかない取調室に一緒にいる苦痛は計り知れない。疲れた顔は見せたくないが、取調室を出たとたん強い倦怠感《けんたいかん》に襲われた。

ややあって、高藤が刑事部屋へ入ってきた。それを、管理官と数人の刑事たちの居住まいをただす気配で真子は知った。

「腹ごしらえ、しておいた方がいい」

高藤が真子のデスクに近くのコンビニの袋を置き、すぐに立ち去った。

定時出勤のときは、母がお弁当を持たせてくれていた。しかし今日は緊急呼び出しで、何も用意できていないことに気付いた。

袋の中を覗くと、お茶とおにぎりが三つ入っていた。鮭、ツナマヨ、明太子とおにぎりの定番が揃えてある。

三つも食べられないし、野菜もんがあらへん。偏《かた》よった昼食やないの。

そう心で悪態をついてみたが、お腹は鳴った。

おにぎりに手を伸ばし、ほおばった。ご飯を飲み込むと改めて空腹だったことが分かった。

お腹が満たされ始めると、向井との対決意欲も次第に回復していく。

倦怠感があったのは、ただの空腹だったかと思うと可笑《おか》しかった。

真子はおにぎりを片手に、手帳を開き、休憩が終わる二時まで、向井から何を引き出すべきかを考える時間に充てようと思った。

送検するまでに、少なくとも遺棄罪の自白を得る必要があった。できれば殺害を認める証言なり、証拠を見いだしたかった。そうすれば舞台は検察庁へ移されるが、証拠集めの捜査を継続できる。その道筋を立てられるかが、取り調べの攻防にかかっている。

しかし、なぜ向井は被害者を見たことがあるなどと口走ったのだろうか。古い鍵から被害者と向井の指紋が検出されたという物証が出てきたとはいえ、被害者のことを知らないと言い通した方が彼には有利だったはずだ。

不利な証言をしたことが、単純ミスでないとすれば何か狙いがある。いったい何を考えているのだろう。

「がんばってるな」

背後から声をかけられ、振り向いた。ブルーの鑑識作業着を着た水森が立っていた。

「お疲れ様です。昨夜《ゆうべ》はどうも」

慌てておにぎりを置くと、席を立って頭を下げた。

「いやいや。疲れてるのはお嬢の方やろ」

「いえ」

「耳に入ってるで。警部自ら補助官やて、そら大変や」

かむりを振りながら水森は言った。

「取り調べに入ったばかりですし、すぐ交代するかもしれません」

午前中の真子の対応に、高藤が及第点をくれるとは思えない。彼が何も言わずにおにぎりを買ってきたのは、まだ取調官は務まらないことを思い知った新米刑事への哀れみかもしれない。

「まあお嬢、焦ってもしゃあない」

「はい。あの」

「うん？」

「鍵の指紋ですけど」

十三年前まで使っていて、なくしたという鍵に、向井の指紋が付着していたことに真子は疑問をもっていた。

「ああ、あのこじつけ指紋な」

水森は真子の隣の椅子に座った。

「こじつけ」

「鍵そのものから出たんとちゃうんや。鍵にタグが付いてたやろ」

「え、あれは警察で付けたものではないんですか」

「ちゃうちゃう。もとから付いてた。その厚紙に丸雅って書いてあった」

「自分の家の鍵に、わざわざ屋号を」

「おかしいけど、そのタグから苦労して採取したんが、向井の指紋や」

水森は古い紙から、液体試薬を使って指紋を採取することの難しさを愚痴った。

「それに、お嬢も知ってるとおり指紋ちゅうたって、片鱗《へんりん》指紋やからな」

判で押したように鮮明な指紋印象など、現場には存在しない。力の入れ具合や接地面の凹凸などから指紋は流れ、一部は重なりバラバラに採取されるのが常識だ。それを片鱗指紋と教えられたことを思い出す。

「こじつけた、というのは」

「タグの紙の部分に二種類、鍵の部分にも一種類の指紋があった。そのうちのひとつが弓状紋やった」

日本人の場合、弓状紋は一割程度しかみられないと言われている。

「もしかして、その弓状紋が」

「向井のやった。まあ不鮮明な片鱗指紋やったけど、弓状紋ちゅうことも手伝って、半ば決め打ちでこれは向井のもんやと判断した。まあ間違いないやろけどな。しかし問題は……」

水森は真子の耳に顔を近づけ、声を潜めた。

「ガイシャの方のや」

「女性の指紋は、鍵にあったんですよね」

「そや。しかもこっちは真新しい。つまりは接触いうても時間の壁がある。それは警部にも伝えたんやで」

困ったという表情で、水森は真子を見た。

「けど、そんなことは聞いてません」

「直接だろうが間接だろうが、この鍵上を二者が交差したことは間違いない、というんが警部の言や。自白へのツールとして使用してみましょういうてな」

強引過ぎる。アリバイ証言は公判でひっくり返ることがあるから重要視しないというなら、強引な証拠の提示も、まったく同じ問題を含んでいる。

「でもその鍵を見て、会ったことがある女性かもしれないと証言した。やっぱり何か妙ですよね」

「こじつけやのにな」

水森の言うようにガイシャの女性と向井の指紋が、同じ鍵から見つかったというのはまったくのこじつけだ。

そのこじつけに向井はひるんだ。

「もう一つの指紋はどのような」

複数の指紋と聞いたときから気になっていた。

「古くてほとんど分からんかったけど、蹄状紋《ていじょうもん》ちゅうのだけなんとか。逆に紙に付いてくれてて劣化が進まへんかったんちゃうかな。鍵にはガイシャの他にも雑多な指紋が痕跡はあるけど、判別は無理やから」

「何で向井がなくしてた鍵に、ガイシャは触れたんでしょう。いえ触れることができたんでしょうか。水森班長はどう思われます？」

他人の家の鍵を手にすることは少ない。例えば家の鍵を渡す相手は、留守宅の管理を任されている滝口久子のような仕事の人間か、ごく親しい間柄の女性ということになる。

「愛人《イロ》というのはすぐに思いつくけど、あの鍵は使いもんにならへんのやからな」

「完全に違う鍵に、変わっているんですよね」

「古い家やけどロックは最新のもんや。ピッキングにも強いやつや」

「使わへん鍵。何でそんなもんを見て、自分に不利な証言をせなあかんかったのか」

使われていない鍵にあった被害者の新しい指紋、鍵に付いているタグに残っていた向井の古い指紋。そんな証拠に反応した向井。この鍵もまた捜査をかき乱すアイテムなのか。

首をひねるしか、真子にはなかった。

「そや、ガイシャの身元に関してやけどな」

水森が思い出したように言った。

「朝から検死医の先生が、全国の病院へ特徴を列挙したメールを送ってくれてる。それでひょっとしたらという歯科医院、病院の問い合わせが数件あったんや。そこへガイシャの顔と傷口の画像送って返事を待ってる。うまいことといったら、勾留《こうりゅう》期間中に判明するかもしれへん」

「本当ですか」

向井の証言を待つまでもなく、ガイシャが特定できれば二人の接点の追及を強めることができる。すでに遺体を遺棄した場所が向井の別邸であり、さらに犯行の機会があったことを認めさせることができれば、遺棄罪での立件は可能だ。

「プラスチック片の方はいかがですか」

少し明るい気分になって訊いた。

「あれもいろいろ分析してる。肌色に着色したポリスチレンなんやけど、バリの細かさに難儀してる。金型《かながた》からはみ出した余分な部分がバリやさかいに、逆に余分な部分から本体を特定しよう思てるんや。小さなパーツなんやろ。プラスチックの金型を製造してる会社を何軒か、中野主任に当たってもろてる」

プラスチック成形工場やそれに類する会社の数は多いが、金型を製造する機械を卸す会社の数は知れていると水森は付け加えた。

その話を聞いて、被害者に関する情報が徐々に寄せられる気配を感じた。

真子は、みんなが後押しをしてくれているという気持ちで午後からの向井との対決に挑もう、と自分に気合いを入れた。

午後二時から取り調べを再開した。

「ここのお昼はカツ丼、ちゃうねんな」

真子に続いて、高藤が補助官席に着くのを待ち構えていたかのように、向井が言葉を発した。

「あれは落ちたときに出るのんか？」

「食欲はあるようですね」

できるだけ表情を変えずに尋ねた。

「まあまあな。おうどんは好物やさかい。味も良かったで」

「では取り調べに入ります。取調官は午前に引きつづき、わたくし片岡、補助官を高藤警部が務めます。よろしくお願いします」

軽く会釈をする。

「早速ですが、もう一度いくつかのものを見ていただきます」

真子は大きめのショルダーバッグから、ビニール袋に入った帯締めを取り出し机に置いた。被害者の首に巻き付いていたものだ。

「あなたは被害者の女性を鴨居から畳へ降ろす際、この帯締めが目に入ったと証言されています。この帯締めに心当たりがあるんですか」

向井は帯締めを見ようとしない。

「ちゃんと見てください」

語気を荒らげて、顔をにらみ付けた。

「刑事さん、前も言うたと思うけど、ぼくは呉服屋やったんや。一遍見たらよう分かります」

「見覚えがあるのかどうか、を訊いているんです」

「うちの和箪笥《わだんす》にしもてあったもんや」

向井は吐き捨てるように言った。

「向井さんの家にあった、帯締めなんですね」

「帯締めだけやのうて、着物も帯もそれこそ売るほどあるで。いやほんまに売ってたんやから」

向井が笑った。

「この帯締めは、屋敷内のどこにあったものですか」

「どこて、広間の奥の箪笥や」

「箪笥のどこです？」

「二段に分かれてる下段の最上部は、引き出しが左右にある。そのどっちかに帯締めと帯留めが入れてある」

「では、被害女性はその引き出しから、この帯締めを取り出し、鴨居に引っかけて首を吊ったということになりますね」

「ぼくのところで扱《あつこ》うてた和装小物の中でも、残してるんは上物ばかりや。そんなもんで首括られたらどうもならんな」

そう言う向井は、苦虫を嚙みつぶしたような顔をしてみせた。

「その女性があなたの別邸に上がり込み、簞笥の引き出しからこの帯締めを取り出した。そんなことが可能でしょうか」

「可能でしょうかって、現にそないなことをしはったんやから」

それ以上は答えようがないと、向井は小首をかしげ大げさに両手を広げて見せた。

馬鹿にしている。向井は自分を嘗《な》めきっていると真子は唇を嚙みしめた。

「もう一度鍵を見てください」

古い鍵をビニールごと、今ある帯締めの横に並べた。

「この鍵はもう、使えませんね」

「古いさかいな」

「しかし改装するまでは使用できた。それは間違いないですね」

「当たり前や」

「このタグは何のために付けてあるんですか」

「タグ？　ああこれか、これは……」

向井の目が、かすかに揺れたように思えた。

動揺しているのか。

「どうしました、向井さん」

できるだけ低い声で訊いた。動揺したにせよ同調は禁物だ。持ち札をたくさん持っているような振りをすることが大事だと習った。

「あっいや。これはどうしたのだったか、思い出しますね。鍵をなくしたことも忘れていたぐらいなんやから……、ええっと」

真子は、向井の額に汗の玉が浮き出すのを見逃さなかった。

「暑いですか、この部屋」

「えっ……いや」

「この鍵は、身内以外の方が使うことがあったんじゃないですか」

質問を重ねた。

「そうやったかも」

向井の声は弱々しかった。

「家の人間が使用するのに、このようなタグは付けないと思いますが」

「ああ思い出した。ぼくと、親父と従業員用の鍵があったんや。もちろんぼくのにも親父のにもタグなんかつけてへん」

「じゃあ、これは従業員用なんですね」

「そういうこっちゃな」

「この鍵を被害者が持っていた、と仮定すれば」

「ちょっと待ってえな。何でそんなこと」

向井が初めて慌てたような、物言いをした。

「あくまでも仮定の話です。ここにあるのは、古いとはいえあなたの家の鍵です。これと同様に鍵の複製を作り、誰かに手渡していたとは考えられませんか。滝口さん以外の誰かに」

「複製なんか、ぼくは作ってない」

「向井さんでなければ、別の誰かが」

「刑事さん、無茶苦茶や。あの屋敷には壺とか甕《かめ》、花瓶、掛け軸かて置いてあるんや。それもかなり値の張るもんばっかり」

「でも、以前は従業員にこれを持たせていたんでしょ」

鍵の入ったビニール袋をつまみ上げた。

「……何でやろな」

「特別なことでもあったんですか」

「そんなもんあらへん」

「まあいいでしょう」

深追いはしない。警察が一体何をどこまで摑んでいるのかという不安感を持たせて、話題を変える。その方が心理的に追い詰めて行けると言われている。

「これも、よく見てください」

今度は真珠のペンダントを手にした。

「見たことないもんやって、そこの刑事さんに言いましたで」

「だから、もう一度よく見て欲しい、とお願いしているんです」

ビニール袋を、向井の目の前へと差し出した。

「なんぼ見ても一緒や」

向井が、念を押すように口を突き出して言った。冷静さを失い始めているように見える。

「庭の一番大きな石の陰に落ちていました。誰のものでしょう」

「知らん」

「昨日の午前中に、枯山水の砂紋を描いた庭師さんの証言では、何もなかったということです」

また向井はそっぽを向き、真子から顔を背ける。

「被害者のものではないか、と思うのですが」

「…………」

貧乏揺すりをしながら、向井は天井や背後の窓に目を移し、短いため息をつく。

「指輪をペンダントトップにしてあるんですね。そのリングの後ろにJ to Kと刻んであるんですが」

「…………」

「これは誰でしょうか」

「…………」

向井はそれきり口を噤んでしまった。

世間話を持ちかけたり、彼の体調を気遣っても反応しない。そのまま一時間ほど様子を見たが、態度は変わらなかった。

三十分の休憩を挟んで、尋問を再開したが向井は何もしゃべらなかった。仕方なくその日の午後九時、取り調べを終了した。

5

「歌わないかもしれんな」

高藤が刑事部屋に戻ると、真子に言った。歌うとは隠語で自白のことだ。

「時間は、まだあります」

と言ったものの、頭の中で残り時間を数えると不安感が先に立つ。

向井に八時間の睡眠時間を与えたとして、逮捕から約十六時間を差し引く勘定だ。残り時間は三十時間と言いたいところだが、さらに睡眠時間を引かなければならないから二十二時間が真子の持ち時間。いや、食事や休憩時間を考えれば二十時間を切る。

「留置場で一夜を過ごすことに、抵抗がない風に見えたな」

高藤がふと漏らした。

「どういうことですか」

「仮にも老舗の六代目だ。家の誇りがあるだろう」

京都には創業百年を越える老舗が数多く存在する。そのすべてが伝統を誇りに思っているといっても過言ではない。業態を変えているとはいえ屋号を引き継いでいる以上、高藤の言うように丸雅もその一つだ。

「豚箱で一泊するということを、恥と思うだろう」

「そら家の恥やと思います」

「任意同行も恥ずかしいだろうが、実際、豚箱に留置されるとなると経験のない者は、とてつもなく不安になると思う。少なくとも私なら打ちひしがれる」

高藤の口から、打ちひしがれるなどという言葉が出るとは思わなかった。

「その辺、向井はまったく?」

「鼻歌が聞こえた気がした」

「鼻歌って」

確かに肝が据わっている態度だ。威勢のいいやくざでも、一人になると案外おとなしい。向井という男はいったいどんな人間なのだろう。

指紋の照合でも前科は認められなかった。ただ本当に悪い人間は、警察の世話にはならない。経歴に前科を残す過ちを犯さないのだ。

それにしても、留置場で鼻歌とは恐れ入る。元来物事に動じない性格なのかもしれない。

「あっ」

声を上げてしまった。

「何だ」

「いえ。何でもないです」

向井が動じない質《たち》だとしたら、むしろ動揺したように見せて、ミスリードしたということだ。

真子は急に自信がなくなってきた。

同時に、向井を完落ちに向けて、攻めていると思っていた自惚《うぬぼ》れが恥ずかしい。

「一気に落とそうと思わない方がいい」

「ですが……」

不起訴処分だけは避けなければならない。それは高藤も分かっているはずだ。

「検事勾留には持ち込める。最大二十日の勾留に望みをかけよう。焦れば、どうも向井の術数にはめられそうだ」

「勾留延長に」

「その気構えで行こう」

「分かりました」

「これまでの攻防、悪くはない。今日は帰って休め。疲労が焦りにつながりかねないからな」

高藤は、刑事部屋を出て行った。

次の日の午前八時より行われた捜査会議で、真珠の出所が判明したと中野から報告された。

関西で真珠といえば三重県の鳥羽《とば》市が有名で、そこにある真珠を扱う店をすべて当たった。その結果、現場遺留品であるペンダントトップの桃色真珠の特徴と、それを乗せたプラチナ台のデザインから取り扱い店を特定できたのだった。

そのペンダントトップは『ペルナ』という店の特別注文だったために、購入者へメンテナンスカードを発行していた。中野たちはそのリストからJ to Kを刻印した記録を探してもらったのだが、該当者は見つからなかった。カードの記録は五年分しか保存していないことを考えると、購入はそれ以前だったということになる。

加工所の従業員にも話を訊いたが、よほど変わったものでないかぎり、刻印するイニシャルなど記憶に残らないと口を揃えて言い、空振りに終わったということだった。

向井の別邸の玄関錠には、やはりピッキングなどの痕跡はなかった。勝手口や玄関以外の戸口についても不自然な損傷箇所はない。鍵はオーナー以外はスペアキーが作れないよう登録制が採用されていた。錠前の設置時に三本作られた鍵は、すべて確認された。

オーナーである向井、昼間の留守管理をする滝口久子、もう一本は管理会社に保管されていた。つまり第三者による複製の事実はまったくない。

そして最重要報告が水森班長によって行われたのは、会議が始まって半時間経過したときだった。水森が会議に遅刻してきたからだ。

遅刻を謝罪すると水森は、数枚のスライドをプロジェクターで映し出した。

「帯締めの組目が、轍《わだち》のように皮膚に食い込んでいたため、判然としませんでしたが、ご覧のように皮膚を拡大してみると、もう一本の索条痕が見つかりました」

一瞬どよめいた。

「よく見ると、太さはほぼ帯締めと変わりませんが、組目がありません。その代わりに中央に一本線が認められます。おそらく電気コードではないかと思われます」

「電気のコードって」

真子が頓狂な声を出した。

帯締めを使っての縊死、その上に両手で絞めた痕跡があった被害者女性の首に、もう一本電気コードが巻かれたということに頭がついて行かない。真子には、そんな現実離れした死体状況が飲み込めなかった。

「その索条痕は帯締めの上ですか。下ですか」

高藤が、真子とは比較にならないほど冷めた調子で水森に尋ねた。

「下にありました」

一同が、少し遅れてざわついた。刑事たちの気持ちに、もし帯締めの下だったら混迷するという予感があったのかもしれない。

「では、コードで縊死したガイシャに帯締めの細工をしたということですか」

「そして、さらに両手で首を絞めたということになります」

水森は高藤の質問に、迷うことなく応えた。

「水森班長。コードの縊死に作為はあらへんのですか」

中野が訴えるような口調で訊いた。奥歯を噛んでいるのか、えらの張った顔がいっそう四角く見える。

「コードの索条痕が見つかったことで、判断が難しくなってきました」

「じゃあ、あるいはということも？」

席に着いている中野が、水森を仰ぎ見た。

「顔面に鬱血がないところから、典型的縊頸だと検死医は言っています。気管と頸動脈の両方を閉鎖したことによる縊死に見せかけることが難しいことは、法医学の常識です。ですが、帯締めと扼殺が作為以外の何ものでもない以上、その主因の縊死も……」

「また作為ありちゅうことですね」

水森は黙ってうなずいた。

「何のコードを使ったか分かりますか」

高藤の声だ。

「今朝方、別邸にある電気コードをすべて、ガイシャの縊死痕と合わせてみました。該当するものがありませんでした。もし向井の別邸のものだったとしても処分しているでしょう」

「現場の特定の手がかりなしですね」

「ええ」

「歯科医師からの反応はどうですか」

高藤の言っているのは、被害者の歯の治療痕や身体の特徴、さらには手首の縫合痕などのデータを配信した結果のことだ。

「一件、長崎市油木町《あぶらぎまち》の松尾歯科医院から問い合わせがありました」

「長崎。それはずいぶん遠方ですね」

「ちょっとびっくりしました。実はガイシャの左上顎側切歯《そくせつし》、二本前歯の隣にあたる歯なんですが、そこにダイレクトボンディング法という治療が施されていまして」

「分かりやすく解説してください」

そう言うと、高藤が刑事たちの顔を見渡した。

「ガイシャの左上顎側切歯は、外的な力によってだと思いますが、半分ぐらいから斜めに欠けていたようです。その歯を歯科用のレジンと呼ばれるプラスチックを使い、欠けた部分を元に戻す方法がとられていたんです。その歯の欠け方が、三年前に治療した十六歳の女性のものに似ていると言ってきました」

「欠け方が似ている」

「むろんそれだけでは照合できませんので、X線画像を送りました。本日中にははっきりするはずです」

「かなり有力な情報ですね」

「長崎市というのは驚きですが、かなり確度の高い情報になると思います」

水森はそう言って席に着いた。

「あのバリの件はいかがです」

高藤が、中野へ目をやった。

「あの細かいバリから、金型を特定する捜査を進めてます。金型製造機器メーカーが挙げてくれたリストが京阪神で十三工場ありまして、ちょうどその半分ぐらいまできました」

立ち上がって中野は報告した。

「特定を急いでください」

「電話とメールに画像を添付して見てもらう方法をとっていますんで、今日中には何らかの答えが出ると思てます」

「リスト中にはバリに関する製品を扱った工場がないと判明した場合、範囲を全国まで広げてください」

高藤は簡単に言ったが、大変な捜査だ。

「分かりました」

中野はゆっくり腰を下ろした。

その後議題は、犯人が何のために向井邸に被害者を遺棄し、鴨居に吊り下げたのかという点に移行した。

高藤は、あえて被疑者を特定せずに意見を出すようにと要求した。

向井のイロ、つまり愛人が被害者で、その女性に言い寄る男の犯行という意見が出た。コードで絞め殺した上に帯締めで首を吊り、さらに扼殺したのはかわいさ余って憎さ百倍という情念の現れだ。遺体を向井邸に遺棄したのは、向井への憎悪ではないか。

向井がどれほどの精神的ダメージを負っているのかと、中野から取り調べに当たっている真子へ意見が求められた。

「のらりくらりといった感じで、精神的に追い込まれているような様子はないように見受けられます」

高藤を気にしつつ起立し、真子は言った。

「そんなんやったら、ガイシャを向井の別邸に遺棄した意味ないな」

「向井への憎しみから遺棄したとすれば、まったく効果がなかったと思います」

「手の込んだことしても、相手には何もこたえへんかった。また振り出しに戻らなあかんのか」

中野は手のひらで二度ほど額を叩いて悔しがった。

「ただ、ペンダントトップのことについて追及を始めたら、落ち着かなくなりました」

「ペンダントトップに何かあるんか」

「それは分からへんのですが、少なくとも向井はペンダントのことを知っているのではないでしょうか」

「ほな今日は、そこんとこ突いたれ」

中野は人差し指で空《くう》を突く動作を見せた。


会議が終了して十五分ほど休憩の後、午前十時から向井への取り調べが再開された。

「ぼくら朝早いのんが普通やさかい、起きてから時間が余って仕方なかったわ」

高藤と第一取調室へ入ると、向井が嫌みを言った。

無精髭は濃くなっていたが、よく眠れたのかさっぱりとした表情だ。疲労している様子もみえない。

「このペンダントのことですが、向井さんはご存じなんですね」

昨日と同じように証拠品を机上に出した。

「ああこれな。どっかで見たことがあると思たんやけど、よう分からへん。どうもぼくには、指輪とかアクセサリー類はみんな同じに見えるようですわ。和装小物は強いねんけどな」

「なかなか変わったデザインで、これを加工した店はよく覚えていてくれたんです」

「店が？　またまた冗談きついな刑事さん」

一旦身を乗り出した向井だったが、すぐ椅子の背にもたれた。

「事実です」

「ほんまか？」

「お店は鳥羽市にあって、特別注文品だったんです」

「特別注文。これが……」

向井がペンダントを凝視した。

「困りますか」

「何で、ぼくが困らなあかんのや」

「加工店が判明したことを、気にされているようですから」

　向井の顔をのぞき込んだ。

「いや、こないなもんの加工店まで分かるやなんて、凄いなと警察の力に感心しただけや」

「改めてお聞きします、このペンダントの持ち主に心当たりはないですか」

「……………」

「黙《だんま》りですか」

「黙秘や」

「どうして黙秘なんですか。黙秘権は、自己に不利益な供述を強要されない権利です。つまり向井さんにとってこのペンダントは不利な証拠だと思っていいのですね」

「不利、有利やない。不毛やからや」

「不毛というのは？」

「何も生まない会話ちゅうことや」

「生むとか生まないとかそんなことではなく、被害者が可哀想だとは思いませんか。若いのに命を落とし、あんなところに吊り下げられて」

　向井はうつむいたまま、腕を組んだ。

座禅を組むように目を閉じ背筋を伸ばした。何も話さない、という意思表示にちがいない。

「あなたの別邸から女性の遺体が出てきた。しかもその女性の死因に、他殺の疑いがあるんです」

向井の眉だけが微かに反応した。

「帯締めで首が絞められて窒息したのではなく、電気コードによる絞殺の公算が大きくなってきました」

向井は堅くまぶたを閉じたまま、唇を結んでいた。

「あの女性の首には、電気コード、向井さんの家の箪笥にあった帯締め、そして何かの手で絞めた痕が残されていたことになります。そこまでして、女性を殺害した犯人があなたの留守に勝手に屋敷に上がり込んだ。このことについて、向井さんのご意見を聞かせてください。どうお思いなんですか」

「…………」

「こうも考えられます。あなたは第一発見者を演じたのだと」

「…………」

「そんなことをする目的はなんですか」

向井は真子を睨みつけたが、口は開かない。

「それとも、誰かをかばっているのですか」

「…………」

「でなければ、あなた自身が手を下した」

「…………」

怒らせてみようとしたがやはり向井はしゃべらなかった。

その後も向井は質問に応えなかった。時間だけは刻々と過ぎ、途中三度の小休止を挟んで、気付けば午後九時を過ぎようとしていた。

その間、何度か若い刑事が高藤に何やら耳打ちをしていたが、真子には何も告げられなかった。中野や水森から届いた捜査の進捗《しんちょく》状況かもしれないと、気にはなっていたが高藤には訊けない。

向井が黙秘を続ける中、彼以上に硬い表情を高藤は見せていた。真子が相談したり、捜査状況について聞ける状態ではなかったのだ。

「片岡刑事」

高藤に声をかけられ、驚いて振り向いた。

「はい」

「そろそろ終わりにしようか」

「しかし」

「向井さんも疲れている」

高藤は瞑想《めいそう》している向井に目をやった。

「分かりました」

返事をして向井へ向き直り、

「本日の尋問は終了します。お疲れ様でした」

と言って唇を噛みしめた。

高藤は立ち上がると、向井をつれて部屋を出て行った。

明日の十一時半で、検察庁に送致しなければならない。朝九時から取り調べを行っても二時間半しかない。そんな短い時間で、向井を自白に追い込めるはずがないではないか。

真子は、今まで向井が座っていたパイプ椅子の背もたれをじっと見つめていた。焦りと不安で身がすくみ、身体に力が入らなかった。

「片岡、まだいたのか」

高藤が入ってきて、真子の前の席に座った。向井よりも背が高く、少し見上げる格好になった。

「自信、ありません」

高藤の目ではなく、ネクタイのあたりを見て言った。

「何が」

「警部は、何で私なんかを取調官に」

「質問の答えになってない。自信がないとは、どういうことだ」

向い合うと威圧感がある。高藤が取り調べをするときの被疑者は、まずこの圧迫感に耐えなければならない。

「私には、明日の十一時半までに向井を落とせません」

「落とす自信がない、ということか」

高藤は、できの悪い女刑事を馬鹿にしているのか。それとも元々完落ちさせることなど期待していなかったのだろうか。

「なぜだ。なぜ自信がない」

「警部は、私が尋問してるのをずっと見てきたはずです。結局黙秘のまま……」

「片岡は向井に説明したじゃないか。黙秘権は自己に不利益な供述を強要されない権利だと。このときの不利益とは何だ？」

「刑事責任を問われるような事柄です」

「彼は刑事責任を問われるような事柄の発覚を恐れ始めている。私は黙秘権を行使するとは思っていなかった」

「どういう意味ですか」

「自信家だから、弱みを見せないと思っていたんだ」

「弱み」

黙秘権が向井にとって弱みだというのだろうか。

「自白せず黙秘したことで、充分なんだ」

高藤はさらに続けた。

「明日検察に送ってからが勝負だ。片岡、忙しくなるぞ」

そう言ってから高藤はメモを真子に差し出した。

そこには走り書きで「夏山千紘《なつやまちひろ》、生年月日一九八九年三月一日一九歳。長崎県長崎市青山町△△」とあった。

「これは、被害女性の」

「松尾歯科の松尾医師は、代々検視警察医として歯の身元確認作業を務めてくれているのだそうだ。だから当初から協力的だったんだな。例の歯の欠け方と、その他の口腔X線画像から割り出してくれた」

　身元が判明して、すぐに中野が夏山家に連絡を入れた。

「三年前から千紘は家出をしている。ちょうど歯の治療をした直後だ」

「家出ですか」

「それがな、家出人捜索願は提出されていない」

「娘がいなくなったのに、ですか」

「母親を気遣い、言葉を選んで遺体の確認を要請したんだが、冷たい反応だったそうだ」

「やっと、お家《うち》にかえしてあげられるのに」

　自分の母親ならば、どうなるかと考えた。おそらく想像できないほど取り乱すにちがいないと思うと、いっそう辛い。

「事情がありそうな家だったと、主任は言っている。明日の昼、母親が遺体の確認にやってくるから話を聞いて欲しい。勾留期間内に最大限の証拠集めをしていく。以上だ」

　高藤は席を立って取調室から出て行った。

　廊下に響く靴音を聞きながら「すべてが企み通りにいくというものでもない。どちらかが読みを外し、勝ち負けが決まる」と言った高藤の言葉を思い出した。

読みを外しているのは、どっちなのだろう。

6

翌日、向井は午前十一時三十分まで黙秘を続け、京都地検に身柄を送致された。敗北感に打ちひしがれている間もなく、長崎から出てきた夏山千紘の母を京都駅へ迎えに行くよう高藤に指示された。

駅に着くと、まだ秋の風情にはほど遠い京都への観光客でごった返している。八条口の駐車場に車を止めると、鉄道警察派出所に向かった。そこで待っていてもらう手筈になっている。

千紘の母親であることは一見して分かった。冷たくなった千紘の顔写真しか真子は見ていないが、ほっそりした顎や広い額、通った鼻筋など顔立ちがよく似ていた。メイクやファッションが派手なせいか、千紘よりも垢抜けて見える。

「警察ちゅうのは、ひとの都合ば聞いてくれんとね？」

真子が名乗ると、母親は言った。

「身元の確認は、ご本人のためにできるだけ優先しています」

行方不明者の身元確認を渋る遺族はこれまでなかった。怖々《こわごわ》ながら、一刻も早い対面を望むことが多かった。

「ほなまあ、お世話になります」

不機嫌な母親は、夏山千代子《ちよこ》と名乗っただけで車に乗ってからは一言も話さなかった。この母から娘の話を聞き出すのは骨が折れるかも知れない。

K大学病院で千紘と対面した千代子は、ちらっと見ただけで、娘に間違いないと言った。

遺体確認と遺留品受け取りに関する書類に記入した千代子に、真子は遺体を運ぶ業者と打ち合わせをするよう言った。すると千代子は京都で茶毘《だび》に付し、遺骨を家へ持って帰りたいと言い出した。

手続きさえ済ませば、遺族の望むように処理する。もちろん口出しのしようもなかった。遺体を前に涙を見せて欲しいのではない。ましてや取りすがって泣き叫ぶシーンなど目にしたくもなかった。しかし、娘の遺体を前に、それほど表情を変えなかった母親の姿を見て、千紘が不憫《ふびん》に思えた。

その後真子は、千紘のことを詳しく聞くため千代子と一緒に五条署へと戻った。

千代子は五条署の玄関口に着くなり、総ガラス張りで七階建ての近代的な外観を見て、

「こげん洒落た警察署ば見たことなか。京都ちゅうんは何か違うたいね」

と目を丸くしていた。

四階の待合室で真子が茶を出すと、千代子がしきりに腕時計を見ている。

「少し、時間をください」

まだ話があるから、すぐには帰れないことを暗に伝えようとした。

「お店があっけん、遅うなるんは困るとよ」

そう言いながらまた時計に目をやる。

「お店というのは？」

盆を傍《かたわ》らに置き、真子はソファに座った。

「松山町《まつやままち》でスナックばしとっと」

「何時に戻れば間に合いますか」

「店は六時からやっとるばってん、九時頃にお得意さんが来らるっと」

急いで、事務職員に時刻表検索を頼んだ。空路なら伊丹空港、十八時四十五分発の便に搭乗すれば、八時過ぎに長崎空港へ、鉄道なら十五時五十二分の新幹線で、二十

一時少し前に長崎駅へ着く。

それを千代子に伝えると、新幹線で帰りたいと言った。

「今三時ですから、五十分ほどしかありませんね」

「うちはそれで良かばい」

「いろいろお聞きしたいんです」

「刑事さん。あの子の死因、本当はなんね」

真子の態度から何かを感じたのか、千代子が訊いた。

「大変言いにくいんですが、第三者の関与が」

「難しか言葉ば使わんでくれんね。よう分からん」

千代子はたばこを取り出して、口にくわえた。ハンドバッグから携帯灰皿を出して、それを真子の目の高さまで上げて示し、火を付けた。

「初めは縊死、あ、いえ首を吊って亡くなったと思われたんです。ですが……」

逡巡《しゅんじゅん》したが真子は、コードと帯締め、そして人間の手の首に残った痕跡の違いを簡単に説明した。

「それはいったい、どがんことね。娘は誰《だい》かに殺されとぉてゆうんね」

「断言できませんが、その可能性があります。ですからお嬢さんのことを知りたいんです」

「知りたか、と言われても……」

千代子は、たばこを携帯灰皿にねじ込むようにして火を消した。

「交友関係など、お母さんがご存じのことを」

「ばってん、うちも千紘のこと、そいほど詳しゅう知らんもん」

千代子がブラウンに染めた髪の毛を掻き上げた。

苛ついているのが分かった。

「なら、一緒に長崎へ行きましょう。その途中で話をさせてください」

「はあ？」

真子の申し出に千代子は目を丸くした。

「刑事さん、なんば言うとっと」

「上の許可を得てきますので、ちょっと待っていてください」

真子は刑事部屋に走った。

中野が京都駅まで、真子と千代子を車に乗せた。たまたま刑事部屋にいた中野が真子の出張願いを聞き、管理官の許可をとった。そんな経緯から、駅まで送ることになった。

本庁に行っていた高藤には事後報告となる。

「刑事さんと長崎へ帰るとは思わんかった」

新幹線の席に着くなり千代子は、嫌そうに何度もため息をついた。

「刑事だと思わず、同じ女性として話しましょう」

千代子を、リラックスさせることから始めようとした。

「夏山さんは若く見えますが、おいくつですか。ごめんなさいね女性に歳の話をして」

「来年、四十歳ばい。若くはなか。刑事さんこそ色白でピカピカや」

千代子は笑わなかったが、目尻が下がった。

「じゃあ千紘さんは二十歳で」

「あん子が生まれたんは、うちが十九のときやった。前の亭主との間にね」

「再婚されたんですか」

「ううん。結婚はこりごり。今一緒に住んどる男とは籍ばいれとりません」

新幹線の大きな窓に、雨だれが何本もの横線を引き出した。

「千紘さんの手首にリストカットの痕があるんですが、それについて何かご存じですか」

躊躇を見せずにさらりと訊いた。雨を見るふりをしながら、窓側の千代子の表情を窺《うかが》った。

千代子は目をしばたたかせて、真正面を見つめた。

「やっぱい、そいを聞かるっとね」

「事件に関係があるのかどうかは分かりませんが、気になります」

「あの子の父親は、酒乱でしたばい。酒好きでうちと知り合《お》うたんもお酒の席やった」

千代子は長崎の中学を卒業して、居酒屋に勤めていた。そのときの客で、不動産業を営んでいる男と恋仲になった。

「うちの実家は空調のダクトを作る小さな工場ばしとった。三人ほどの従業員を使《つこ》とるだけやけど経営者ばい。経営者は苦労ばかり背負いよる」

朝から夜遅くまでステンレスの板を裁断して板金加工をしても、暮らしは楽にはならない。下請けのその下、孫請けだから、利ざやは微々たるものだった。常にコストダウンと厳しい納期を突きつけられる。親会社に数円の値上げ、一日の納期延長を願い出るだけで、注文数は激減したという。

「代わりは、どんくらいでんいるっちゅうことですばい」

たばこを取り出したが禁煙車両だと気づき、千代子は座席テーブルの上に放り出した。

「だけん、早《はよ》う家を出たかった」

「その男性と結婚されたんですね」

「羽振りのええ男と所帯もったら、貧乏暇なしの暮らしから抜け出せると思とった」

土地の転売や地上げで羽振りがよかったその男性だったが、大手デベロッパーの競争相手にはならず、盛況も一時だけのものだった。

大手が手を出さない土地に目を付け、危険な売買計画を立てては失敗する。借金がかさむのと比例して男の酒量も増えた。居酒屋勤めもやめられないどころか、昼間のパートにも出なければ生計が立たなくなった。

「酒が入れば暴れて手が付けられん。もう決まり切った転落ばい。そんうち千紘が学校へ上がる歳ぐらいになると……」

うつむいた千代子に、初めて母親の横顔を感じた。

「千紘さんへも暴力を？」

リストカットの原因は父の暴力。

「ほんとうのところはよう分からんと。あん子は何《なん》も言わんけん。ばってん急に金回りがようなった」

「お金？　それはどういうことですか。まさか……」

小学校に進学したばかりの少女を使って商売をすると聞いて、真子の頭に浮かんだのは児童ポルノの類しかなかった。

「だけん、分からんと言いおったやろ」

語気が荒かった。

車窓の雨脚も強まったようだ。水滴がひっきりなしに後方へと流れている。

「心配やったけん、千紘が高学年になった頃、居酒屋の店主に頼んでお店の空き部屋で勉強させとった。しばらくは何も起らんかったんやけど」

ややあって千代子は言葉を発した。

千紘が中学一年の時、千代子の働く居酒屋の二階でカッターで手首を切った。傷は浅く、店のアルバイト男性が気付くのが早かったため大事には至らなかったということだ。

「そんくらいから、うちを避けるようになったと」

「多感な時期ですからね」

「そうじゃなか。手首を切ったことでうちは亭主と別れると決めたと」

元凶と離婚することは、千紘にも朗報ではないのか。その決心をした母を避けるのはなぜだ。

「今の男といい仲になっとったんを、千紘は知っとったと。居酒屋の店主ばい。薄汚いもんでも見るような目でうちんこと見とったんやろね。もの凄い反抗やった。その暴れ方が前の亭主に似てきよったもんやから……」

千代子と千紘の溝は深まる一方だったようだ。

「千紘さんの歯のことですが」

「警察は、何でんお見通ししたいね」

「松尾歯科医院で治療してますね」

「千紘が中学を出てから、ますますそりが合わなくなったとよ。暴れるようなことはなくなったとやけど、口ばきかん。こっちもようやく居酒屋の儲けで松山町にスナック『ちよ』を開店したばかりで、忙しかったけん。かまいもせんやったんが悪かったんかもしれん」

「親子げんかを?」

「つまらんことで、かっとなってうちが箒《ほうき》で叩いてしもた」

振り上げた箒の柄が当たって、千紘の左上顎の側切歯が欠けたのだった。唇も切れて出血し、顔面を覆ってうずくまったのを見て、慌てて松尾歯科医院に駆け込んだ。

そんなことがあってから二週間後の二月末に、千紘は家を出たという。それから三年の月日が流れたということになる。

「心配じゃなかったんですか」

いくら相性が悪くても、まだ十六歳の娘が突然家を出たのだ。

「女友達と一緒だったと」

「友達」

千紘を知る人物がいる。

「いくら女性の友人と一緒だと言っても、家出でしょう」

四条の繁華街で交番勤務をしていたとき、家出をしてきた少女グループを何度か補導したことがある。一人ではできないことを、仲の良い友達が寄ることで敢行してしまえるのだ。ただ互いの依存心が強く、些細《ささい》な諍《いさか》いで結束にひびが入ると、右往左往して都路を迷走する。交番に助けを求めにきたときは、すでになぜ家を出たのかさえ分からない状態なのだ。

「友人ちゅうても年上や。家から出て二、三日して、その子からハガキが届いたと」

その友人は千紘の中学校の先輩で二十一歳、美容師見習いをしている。三月から大阪の大型店に採用が決まり店の寮に入ることになったが、寮は窮屈なので嫌だと近くにアパートを借りた。そこでしばらく一緒に暮らし、千紘が冷静になったら帰るように説得すると、ハガキには書いてあったそうだ。

「そのハガキは現在も残っていますか」

先輩女性に話を聞くことができれば、家出をしてからの足取りを追う大きな手がかりを得られるかもしれない。

「あると思いおるよ」

千代子が返事したとき、新幹線は博多駅十三番線ホームに滑り込んだ。

「かもめ」に乗り換えるためホームを移動すると、千代子は飢えていたようにたばこを吸い出した。

もうそこには、さっき見せたような母の面影はなかった。

その夜十一時過ぎに、事務職員を通じて予約を入れてある長崎の駅前のビジネスホテルにチェックインした。

千代子が店に出る前に、自宅兼店舗の居酒屋に立ち寄り千紘に関する資料を入手した。一人娘が亡くなったという感傷が千代子にはなく、例のハガキの他、小学校の卒業アルバムといった思い出の品も簡単に提出した。

子供が死んで悲しくない母親などいない。そんな常識にとらわれていたのか、からりとした千代子のことが、理解できないでいた。

親子というものにはいろんな形がある。いがみ合い、憎しみ合う親子、命に代えても互いを守ろうとする親子。刑事というのは、そのいずれも目の当たりにすることとなる職業だ。感情移入をしていてはきりがないし、身が持たない。いや気に病んだところで、どうすることもできないことを思い知るだけだ。

部屋に入り、気持ちをニュートラルに切り替えるためにシャワーを浴びた。そしておもむろに手袋をはめるとアルバムを手にした。

それは、娘の友達関係をまったく知らなかった千代子が、真子に手渡した小学校の卒業アルバムだ。

中を見ると千紘の姓は夏山ではなく、岩永《いわなが》となっていた。その岩永千紘が写っていたのは、集合写真の他に班に分かれてとった二枚しかない。運動会や学芸会、夏のプール授業や秋の遠足のどのシーンにも彼女は見あたらない。

そこに写る女の子たちの顔は幼く見えるが、体の発育は良かった。無邪気な表情で写るこの子たちを、性の対象とした男たちがいたかもしれないと考えるだけで、真子は寒気がした。

ましてそれが実の父親の手引きによることだとしたら、千紘の絶望感は相当大きかったにちがいない。生きていくのが嫌になったとしても、やみくもに千紘自身を責めることはできないだろう。

どことなく伏し目がちな写真の千紘を見ていると、父親に対する怒りが猛烈な早さで膨れあがり、胃の辺りがきりきりと痛んだ。

それを身を挺《てい》しても阻止しなかった母親への不信感が、その後の千紘の態度となって現れたのではないか。そう考えるとリストカットも、家を出たこともうなずける。

遺体に刻まれたリストカットの傷は、縫合した痕がはっきり残るほど深かった。千紘は家を出てからも、自らを傷つけたということだ。

千紘と一緒に大阪へ出た中学校の先輩から送られたハガキを手にした。千代子から渡されたときに目は通していたが、もう一度ゆっくり読みたかった。

差出人は桐生倖子《きりゆうさちこ》で、住所は大阪府枚方《ひらかた》市楠葉《くずは》A町二の十　樟葉《くずは》ハイム一〇二号。

ハガキを裏返す。

女の子らしい丸く可愛い文字がびっしり書かれていた。その文章の下には、ヘアメイクのスタイル画のようなイラストがある。色つきで達者なイラストだ。

前略　千紘のママへ。私はMが丘中手芸部出身の桐生といいます。中学時代は千紘と重なっていないんだけど手芸部の先輩ということになります。手芸の展覧会をやったときOGとして会場に行って千紘と話が合って、ときどき浜屋《はまや》とかで会ってました。私のやってる美容師に興味があるみたい。家を助けたいから、一日でも早く独立したいって相談を受けました。私はちょうど春から大阪の美容院で働くことが決まったので、そこの店長に千紘のことを話しました。店長は見習いで入って、専門学校に通うのはどうかと言ってくれました。実は寮生活をするように言われていたんですが、どうしても嫌で、安いアパートに住もうと思っていたところで、千紘が一緒なら心強いなって。そんなわけで千紘は今、私と一緒にいます。だからママ安心してください。落ち着いたら連絡させます。

倖子が、千紘の中学校時代所属していたクラブの先輩だったということは分かるが、どのような人物なのか、ハガキの文面だけでは見えてこない。

それに、勤めることになった美容院の名前が書いてなかった。

このハガキが郵送されてきて安堵した千代子は、家出人捜索願を出さなかった。しかし千代子は倖子の存在を知らなかったと、真子に言ったのだ。面識のない人間からのハガキをいとも簡単に信用した。

桐生倖子という女性が実在するのかを、調べなければならない。

携帯を開き、中野の番号をプッシュした。

「おう。そろそろお嬢からのラブコールが入るんやないかと思てたんや」

中野は電話に出るなり明るい声を出した。

「今、話して大丈夫です？」

時刻は午前零時前になっていた。

「久しぶりの我が家や。書斎での映画鑑賞の真っ最中やけど、お嬢の電話や、しゃあないな」

中野が書斎と呼ぶのは居間のことだ。夜中一人で晩酌をしながらビデオ鑑賞をすることでストレスを解消すると聞いたことがある。電話の向こうに聞こえていた真子の知っている俳優の声が徐々に小さくなっていった。ボリュームを絞ったのだろう。

署内でも評判の愛妻家だが、ビデオは一人で観る。中野が観るのはもっぱら「男はつらいよ」で、全四十八話を制覇しようとしていた。五作品ほどまでは奥さんも付き合ったが、さすがにそれ以上になると、やんわりと断られたと聞いたことがある。

「ガイシャの母親はどうやった」

中野から質問してきた。

「私もよく分からへんのですけど、娘との距離があるような印象です」

真子は長崎までの移動時間内で、千代子から聞いた彼女自身の生い立ちと千紘に起こったであろう不幸などを中野に話した。

「母親も薄幸なんやな」

真子の話を聞き終わると、中野がしみじみとした声で言った。

「でも千紘は、もっと不幸だったと思います」

「そうやな。父親からの暴行ゆうか、性的な嫌がらせみたいなもんが千紘の人生を狂わせたんやろうな。ほんま酷《ひど》いやっちゃで」

中野にも二人の娘がいた。

「千紘さんが生きていたら、強制わいせつでひっつかまえてやるのに」

「公訴時効が七年やから、ガイシャが十二歳の時点でわいせつ行為があったちゅう証拠が必要や。それは難しいやろな」

証拠そのものが、深く少女の心を傷つけると、中野は漏らした。

「それに何があったか、ほんまには分からへんのやろ」

「千代子も知らないと言い張りますからね」

「その男、ほんまたちが悪いな」

たちが悪い男。真子の育った花街は、現世を夢に変えて遊ぶところだ。それゆえ虚実ともに受け入れる度量がなければ粋《すい》とは呼ばれない。しかし、中にはたちの悪い男に騙《だま》される芸妓《げいぎ》もいる。

姉のように慕っていた芸妓がいた。その芸妓が惚れて貢いだ男がまさにたちの悪い詐欺師だったのだ。真子の正義感が、そんな男たちを許せなくなり選んだ仕事が刑事だったと言ってもいい。

「明日、千紘の友人関係に当たってみたいんです。ひょっとしたら京都の向井に結びつくような証言が得られるかもと思てるんですけど」

「明日中に戻ってきたらええ。勾留期間の十日間は認められるやろって警部も言うてたから、ここからは迅速かつ、着実な証拠を見つけていかんとな」

「十日間でもっと具体的な証拠が見つからへんかったら、延長は」

「厳しいかもしれへんな。担当検事はんが警部と同じT大の先輩やて。その検事はんの性格を知ってはって、証拠至上主義の頑固者やと言うてたな」

「警部から見て頑固者やったら、相当ですよ」

「そやから厳しいと言うたんや」

「ちゃっちゃと調べて、早《はよ》う帰ります」

「それがええな。そやそや、別働隊が向井の周辺を調べてるけどな、あいつ相当の女たらしや。学生時代の友人とか、あの木下の会社の人間、向井が出入りしてる飲み屋なんかの情報やけどな」

向井は学生の頃から複数の女性と交際があって、それは結婚後も変わらなかったという。現在もリゾート施設建設予定地ごとに、特定の女性がいた。

「お金があるように見えるんは、そないに魅力的なんか。とにかくお盛んや」

「お金があるように見える？」

中野の婉曲的な表現が気になった。

「おう、聞き逃さなんだな。よっしゃよっしゃ」

「もう、主任ゆうたら」

「やっこさんの会社、自転車操業より酷い状態や」

十三年前から先祖伝来の田畑、山林を手放しはじめて、現在も切り崩しが止まっていない。

「ようは事業収益は上がってないちゅうこっちゃ。土地を担保に借り入れをしている間は良かったんやけど、返済できんようになって売却に次ぐ売却なんや。丸雅の元番頭は先代の三回忌の頃、突然首を切られてる。その番頭曰《いわ》く、その当時でさえ所有する不動産の三分の一に手を付けてたちゅうんやから、底を突くのも時間の問題ちゃうかって」

「それでも女性関係は、派手なままなんですか」

向井の奥さんはどういう気持ちでいるのだろう。

「そこに、もつれっちゅうんは生じるもんや」

「千紘との間にも、何かあった？」

「警部がな、こんなこと言うとった。計算高い向井が、わざと自分に不利な行動をした可能性があるって」

「けど、警察に捕まることの方がリスクが低いとでも言うんですか」

「わしゃ分からん」

中野の猪首をさする光景が目に浮かんだ。

「頼みがあるんですが」

千代子から預かった桐生倖子という女性のハガキのことを報告した。差出人の住所を告げて、樟葉ハイムを調べてほしいと頼んだ。

「楠葉か」

中野の言葉に力がこもっていた。

「何か？」

「バリの形状から割り出してもろたプラッチックの金型を追ってたやろ。その金型製造機を扱《あつこ》うてる工場の一つが、楠葉にあるんや」

「で、そこには」

「いやまだ確かめてない。三重県、和歌山県にもあるんやけど、先に楠葉を攻めてみよか」

「ぜひ、樟葉ハイムの件と一緒にお願いします」

携帯電話を持ったまま、頭を下げていた。

「よっしゃ分かった。しかし、その倖子からのハガキだけで、三年も音信を絶った娘を放置してたんか」

「そうなんです」

「親子断絶か。そんなんいうたら身も蓋《ふた》もないな。ほな気ぃつけてな。明日でええから警部にも連絡入れたれ」

「はい……分かりました」

「嫌そうに言いないな」

中野は笑って電話を切った。

嫌がってなんていない、と即座には言えなかったことを悔やんだ。


翌日、真子は千紘の卒業した小学校を訪ねていた。

通された一階の応接室に姿を現した教頭へ、京都府警五条署の刑事であることを名乗り、岩永千紘が亡くなったことを告げた。その上で千紘を知る教職員がいないか尋ねた。

「卒業アルバムの、この子です」

白髪の教頭がきょとんとした表情を浮かべているのを見て、真子はアルバムの写真を指さした。

「ああ平成十三年卒業なら、私はここにいないですね。ちょっと待ってください。十三年におられた先生をお呼びします」

そう言って応接室を出て行くと、まもなく五十がらみの女性教諭が姿を見せた。

「今里《いまざと》と言います。平成十三年卒業の岩永千紘さんのことは覚えております。京都で亡くなったと、教頭から聞いてびっくりしています」

今里は、身体はほっそりしているが顔だけ丸いという印象の女性だった。目が細く、深刻な顔をしているのだろうが、どこか微笑んでいるように見えた。

「事件に巻き込まれた可能性があります。それで千紘さんの友人に話が聞けないかと」

「岩永さんの友達、ですか」

今里は、昔の資料を持ってくる、と一旦部屋を出た。

五分ほどして戻ってきた今里は、数冊の大学ノートを手に持っていた。今里は担任を受け持ったとき、通知表以外に指導日誌を付けているのだそうだ。その日誌には性格や交友関係などについて気付いたことを書き込んでいた。

「私は五、六年と受け持ちました。各三冊ずつあります」

一冊に一学期分が記録されていることになる。

「少し待っていただけますか」

今里はノートを繰《く》った。やはり真剣な顔付きでも、目が微笑んでいる。

授業が終わる鐘の音のチャイムが鳴った。真子にも懐かしい音だ。

一瞬にして、真子が通った小学校の校舎や花壇、飼っていたウサギの顔まで頭に蘇《よみがえ》った。音とは不思議なものだ。耳が脳に近いから、記憶の引き出しを刺激するのだろうか。

どこからともなく押し寄せる子供たちの声が、校舎内に潮のように満ち引きする。こんな長閑《のどか》な小学校にも、当然のようにいじめ問題はあった。

今里が真子に示すノートの記述には、千紘へのいじめを懸念する文章が綴《つづ》られていたのだ。

一時間目の国語、教科書を忘れたと言った岩永さん。二時間目の社会では筆箱、ノートを忘れたと言う。注意すると、周りの子供たちから嘲笑が。その前日、体操着を忘れたことで指導をしたばかりだ。五年になってからこれでひと月、岩永さんが忘れ物で注意されること度重なる。これはおかしい、誰かが彼女の持ち物を隠している可能性がある。要注意だ。

理科の授業。水中の小さな生物を見つける実験で、岩永さんだけが顕微鏡を触らせてもらっていない様子。班から除《の》け者にされている。

日誌は授業内容よりも、子供たちの性格を掌握するために付けられているようだ。

そして今里のクラスを見る目は、細部まで行き届いているように感じた。

「今もそうですが、当時も子供たちからヒヤリングをしたことはありません。もちろんいじめられている本人から、私や他の教職員に訴えてくることもないんです。けれど、分かりますよ」

「千紘さんは、いじめられていたということですね」

「そうです。おそらく村八分、今の子供たちが言うシカトですね」

「じゃ、みんなから……」

千紘は父親から嫌がらせを受け、母親はそれを黙認し、さらに学校でも学友からいじめを受けていた。

「どうにかしなければと、悩んだことを覚えています。それで仲のいい友達がいないかと調べました」

今里は真子の前に開けられているノートに目を落とした。

ノートには「登下校時、休み時間、放課後のいずれも岩永さんは一人だった」と書かれていた。

「仲のいい友達が、ひとりもいなかったということですか」

ノートから顔を上げ、今里を見た。

「ええ。残念ながら」

「彼女がいじめられていた理由は、何だったんです？」

「……たぶん」

今里はうつむいた。

「先生には、見当がついているんですね」

「お父さんの評判が良くなかったせいだと思います」

「父親の評判といいますと」

「これは保護者から聞いたこととして、ここに書き留めているんですが。小学校の校門で、一年生の女の子に声をかけていた男性に特徴が似ていたんだそうです」

「娘が通っている学校の一年生に」

「はっきりしたことは確認できていないんですが、その光景を見た岩永さんが、止《や》めてと言ってその男性に近づいたのを見た子がいました」

「それが同級生？」

「そうです。それでその子が両親に告げました。その親御さんはＰＴＡの役員をされていて、日頃から学校運営にも協力されていた方です」

瞬《また》く間に、その情報がクラス中の保護者へ伝播《でんぱ》されたことは想像に難くない。

「先生は、彼女の父親が何の目的でそんなことをしていたとお考えですか」

「分かりません。まさか誘拐しようとしていたとも思いませんが。けれどその前から不審者がよく出没していたもんですから」

「なるほど。岩永さんのお父さんが、その不審者だったということになった訳ですね」

嫌がらせをするには充分な理由になった。そしてそれは、保護者たちが千紘から我が子を遠ざけるために選んだ方途だったにちがいない。

事件にはならなかったにしても、声をかけたのが小学一年生の女児だったことは、千紘が小学校に上がったばかりの頃に何があったのかを想像させる。

岩永は、どこまで卑劣な男なのだろう。

「それでも学校を休まなかったのは、立派でしたよ」

いじめられていても学校にきている方が、家にいるよりましだったのかもしれない。それはそれで悲しい学校生活だ。

「岩永さんが、ここを卒業した後のことを知るような友人はいないんですね」

「小学校時代には、見つかりませんね」

「そうですか。あのMが丘中学校はここから近いんですか」

中学校の場所だけでも確かめたかった。

「歩いて十分ほどのところにあります。地図書きましょうか」

「お願いします」

「中学時代の岩永さんのことも、お調べになるんですね」

今里は、わら半紙にボールペンで地図を書きながら言った。

「ええ。中学校時代に、ようやく自分のことを話せる人間ができたようなんです」

「そうだったんですか」

すでにこの世にいない生徒なのに、今里は安堵のため息をついたように見えた。

「三つ上ですけどね」

「それでしたら、学校生活は重ならなかったんですね」

「そうなんですよ」

真子はそう言ってから、桐生もこの小学校の出身者かもしれないと思った。

「その女性、桐生倖子さんというんですけど」

「桐生さん、ですか」

「やはりご存じですか」

「そりゃ……」

今里の顔がにわかに曇った。

「どうかされました？」

「岩永さんが中学生時代に、桐生さんと話したとおっしゃいましたね」

彼女の目は、もう微笑んでいるようには見えない。

「ええ。手芸部の展示会があって、そこにきたOGの桐生倖子さんと会ったらしいんです」

「あり得ません」

「えっ、どうしてですか」

「桐生、桐生倖子さんはおっしゃる通り、岩永さんの三年上の生徒でした。でも彼女は中学二年生のときに亡くなっているんです」

「そんな……」

倖子が中学二年生で亡くなったとき、千紘は五年生だった。当然ながら、十六歳の千紘と楠葉へ同行できるわけもない。

「この学校の前で車にはねられたんです。救急車で運ばれ、その後、半年ほどして息を引き取ったという知らせがありました。事故をうちの生徒が目撃しまして壁新聞に書いたんです。それでちょっと問題になりましてね。すぐに違う記事に書き直させたということがあったので、桐生さんのことは忘れられません」

千紘もその壁新聞騒動は知っていた。桐生倖子の名前をしっかり記憶に留めていても不思議はない。

桐生倖子から届いたハガキは誰が書いたものなのか。もしかして——。

「先生、卒業文集はとってありますか」

真子は早口で訊いた。

「ええ、一部ずつですが保管してあります」

「それは手書きですか、それともワープロで打ち直したものですか」

「うちは卒業文集はみな手書きです。イラストなんかを描く子や絵文字を書く子もいますから」

「よかった。申し訳ないのですが、それをコピーさせてください」

コピーを受け取り、小学校を後にした真子は目に入った近くの喫茶店に飛び込んだ。店の奥へ進みながらウエイトレスにホットコーヒーを注文して、できるだけ隅のテーブルに着いた。

バッグから文集のコピーと、差出人が倖子となっているハガキをテーブルの上に出した。

二つを照合比較し、それぞれの特徴を見てみる。

千紘が書いた文集の文章は短かった。

勉強もスポーツもがんばらなかった六年間でした。でも中学校に入ったら、思いっきり勉強してスポーツもいっぱいやって、みんなからほめられる人になりたいと思います。そしたらモモちゃんのルウみたいに大切にしてもらえるからです。

岩永千紘

モモちゃんというのは松谷みよ子の『ちいさいモモちゃんえほん』シリーズに出てくる主人公の名前にちがいない。真子も子供の頃よく読んだ童話だ。そのシリーズにルウというくまのぬいぐるみがでてきた話をおぼろげながら覚えている。確かぬいぐるみのルウは、モモちゃんの心ない一言が原因で家出をするのだ。ルウを探しに出たモモちゃんが、実はくまのぬいぐるみを大切に思っているのが分かる台詞があったはずだ。思い出そうとしたが出てこない。

歯がゆいが、気分を変えて文字を見比べた。

まず共通している漢字「千紘」を見ると、両方共にハネもトメも判然としない平坦な書き方だった。けれども「千」の一画目を右から左へはらわず、左から右肩上がりに引くところは酷似している。その他「が」「も」「な」「す」「学」の特徴に似ているところがあった。

科捜研に鑑定してもらわなければはっきりしないが、真子の見たところ同一人物の可能性が高い。

これはいったいどういうことなのか。文集は平板な印刷文字のような書き方、ハガキは丸文字ではあるものの、実の娘の文字に千代子は気付かなかったというのだろうか。

ならば樟葉ハイムへ一緒に行ったのは誰だ。

十六歳の少女がこれほど大胆な「嘘」をつくのには、そこに異性の存在があったのか。男が彼女に偽のハガキを送らせて、家出人捜索願を出させないようにしたとも考えられる。そしてその男は――。

その時、テーブルの上の珈琲カップが小刻みに振動した。

携帯電話を取ると、液晶表示板に中野の名前が出た。

「お嬢。お手柄や」

開口一番、中野が大きな声で言った。

「ちょうど連絡をしようと、思てたとこです」

「警部とはちごて気が合うな。あんな、お嬢が突き止めたハイムやけどな」

「その樟葉ハイムに、一緒にいたと千紘が書いてた桐生倖子のことで」

「先、こっちの話を聞けや」

「あ、はい」

「樟葉ハイムは実在してた。表札がな、夏山となってたんや」

「千紘本人の名前ですか」

「そや、管理会社に問い合わせたら契約者名も本人や」

真子はてっきり男の名が出てくると思っていた。

「管理人を連れて部屋に入った。間違いのう、夏山千紘の住居やった」

「そうやったんですか」

「なんや、そのがっかりした声は。千紘の住居を発見したちゅうのに」

「でも家出した千紘は仕事もないのに賃借なんてできますか」

金銭的な問題もあるだろうが、それ以前に職業や保証人などがなければ賃貸借契約は結べないところが多い。

「仕事は株式会社KP樹脂となってる。保証人が、ちょっと待ってくれ」

中野は何かの書類を見ているようだ。

「ええ、京都市北区にあるNPO法人いのちの一一〇番『エクステンド』ちゅうところが連帯保証人になってる」

「いのちの一一〇番エクステンド」

自殺願望のあった千紘が救いを求めた場所なのだろう。

「エクステンドってどういう意味や」

中野が訊いてきた。

「うちかて、いえ私もよう分かりません」

「まあええわ。とにかくこれからKP樹脂に行く。バリの件もこれで片が付く」

金型機械を卸していた工場リストに、楠葉にあるKP樹脂が含まれていたのだと中野は付け加えた。

「ほんでそっちの話。桐生倖子がどうしたんやて」

「いえ、もういいんです」

「気になるな。ええから言え」

「桐生倖子は、千紘が小五のときに交通事故で亡くなっていたんです」

「あのハガキは捏造《ねつぞう》なんやな。やっぱり桐生倖子なんかいいひんかったんや」

「そういうことです」

真子は声に力が入らなかった。せっかく自分で筆跡鑑定まで行ったのに、徒労に終わったと思うとため息が出た。

「お疲れのところ酷なこと言うけど、警部に連絡入れろや。待っとるようやで」

「警部が？」

「そらそうや。お嬢も組織の人間なんやからな」

そう言って中野は電話を切った。

気が重いが、仕方なく高藤の番号を入力した。

「連絡が遅いな」

低く冷たい声だった。

これだから連絡を敬遠するのだ。

「申し訳ありません」

「ガイシャの住居の件、中野主任から聞いたな」

「はい」

「樟葉ハイムに行き着いたこと、よくやった」

「ありがとうございます」

「夏山千代子の元夫、岩永誠治《せいじ》を調べた。彼は五年前に暴行事件を起こして、現在服役中だ。したがって娘殺害および遺棄事件への関与はない」

「はあ」

真子は岩永の関与など、はじめから考えていなかった。

「娘を食い物にしていた男だ。本件関与の可能性もあると考えなかったか？」

「あ、はい」

「岩永の娘への蛮行を耳にした時点で、長崎県警への照会を、私に依頼するかと思っていた」

「………」

「だいたい誠治のような男が、そう簡単に千代子と別れると思うか。そこに何かあると思わなければいけない」

「すみません」

水を入れにきたウエイトレスが、真子の沈んだ様子をみて気を遣って戻っていった。

「まあいい。今日中に戻るように」

「分かりました。失礼します」

髪の毛をぐしゃぐしゃにかきむしりたい心境だった。

どうも歯車が合わない。高藤と相性が悪いということではなく、彼と話すと自分の未熟さを痛感させられることが嫌なのだ。

同時にいままで刑事部屋にいた刑事たちは、真子には甘かったとも思う。その甘さの中には、女だから仕方ないという諦めがあったのかもしれない。

真子は一番早く戻れる、午後六時台の飛行機を予約した。

搭乗時間まで三時間ほどある。その時間を利用して、気分転換に坂本龍馬ゆかりの場所、亀山社中跡《かめやましゃちゅう》と風頭《かざがしら》公園へ行ってみたくなった。

新大工町《しんだいくまち》というところまで路面電車で行く。

母親からかつて京都も路面電車が走っていて、その車両が今は広島や長崎で使われていると聞かされたことがある。ゆっくりとしたスピードで街を走る電車は、京都に一番マッチしているような気がするのにもったいない、と思っていると、七、八分ほどで電停に着いた。

そこから龍馬通りと呼ばれる急斜面をひたすら歩いて登る。途中、民家の裏手を通るような狭い道に出たり、ふと振り向くと遠くに長崎湾が見えたりバラエティに富むハイキングコースだった。そんな坂道を十五分ほど登り続けると、古びた門の傍らに石碑が現れる。

亀山社中は、坂本龍馬が作った私設の海軍であり、日本最初のカンパニーといわれている倒幕結社だ。地元の焼きものである亀山焼きの、窯元《かまもと》に働く人間の住居跡に志を同じくする者たちが集まった。

その根城が亀山社中跡として残っているのだが、現在は屋内を見学することはできない。近くに展示物などを運び出し、公開している亀山社中資料展示場があるが、開館は土日と祝日に限っていた。

石碑の前にたたずんで、真子は大きく深呼吸をした。

何かを成し遂げようと意欲に燃える、龍馬たちの息吹を少しでも分けて欲しかった。

そこから風頭公園までさらに急な坂道を歩き、石段を上れば龍馬像がある。龍馬の目は、長崎湾を睥睨《へいげい》しているようにも、さらに遠くの太平洋を望んでいるようにも見える。それは見ている人間の気持ちを反映させているのかもしれない。

今の自分には足下を気にしているかに思えた。

もっと遠くを見よう。この龍馬を育てた乙女姉さんに自分は憧れているんだから。

真子は龍馬像を仰ぎ見た。

7

次の日の午後、真子は中野とNPO法人いのちの一一〇番『エクステンド』の事務所にいた。エクステンドは京都市の北方にある北山通《きたやま》から、南北に走る鞍馬《くらま》街道をさらに深泥池《みどろがいけ》の方へ北行した場所にあった。三階建てのマンションの一階が事務所で、大きめの木製看板が設置されていてすぐに分かった。

エクステンドの文字の傍らに「ちょっと待って、あなた。あなたの大切ないのち」と書かれていた。中に入ると「命を延《のべ》ることこそ大事!」というスローガンも目に飛び込んでくる。

エクステンドは延るという意味だった。パーティの時などに利用するおしゃれな付け毛をエクステンションとよぶことを思い出した。

法人の代表は、二瓶孝子《にへいたかこ》という栗色のショートヘアに赤いメガネフレームが似合う六十歳代の女性だった。

「女性の刑事さんが、本当にいらっしゃるのね」

中野が身分を明かし、続いて真子を紹介すると二瓶はちょっぴり微笑んだ。

八畳ほどの部屋の壁に向かって机が六脚あって、その上に電話が一台ずつ置かれ、それぞれに仕切りがしてあった。部屋の中央にある大机に真子と中野が座り、対面に二瓶が腰掛けた。

「昨日、連絡をいただいて、あの夏山さんが亡くなったやなんて……」

二瓶が肩を落とした。

「我々もまだ、結論が出せてへんのです。夏山さんが自殺したのか、それとも何者かに殺害されたのか」

中野の言葉を聞き、二瓶は怪訝な表情となった。

「そしたら、夏山さんは自殺とは違うかもしれへん、ということですか」

「調べてるとこです」

「もちろん殺人やなんて怖いことはとんでもないんですが、自殺やったら自殺で、私らの無力感、どないすることもできません」

メガネを外して、二瓶は目頭をハンカチで押さえた。

「夏山さんはどういう経緯で、ここへ？」

真子が尋ねた。

二瓶はメガネをかけ直し、あらかじめ用意していた書類を開いた。

「ここへ初めて電話があったのは、平成十三年の三月一日です。その時はまだ『九州の千紘』としか名乗っていませんでしたけど」

九州地方にも「いのちの電話」に類するものはあった。エクステンドは前年の夏休みに、ある民放テレビ局の二十四時間チャリティー番組で活動が取り上げられてから、地方からの相談者が激増していた。地元で嫌なことがある相談者は、少しでも離れた土地に住む人間へ相談する方が話しやすいのかもしれない、と二瓶は言った。

「ということは、十二歳」

「小学校卒業の直前で、三月一日は自分の誕生日だと電話で話してますね」

記録によると、自分は不必要な人間だから死んだ方がいいのだと、担当者に打ち明けていた。その理由について、ただみんなから嫌われているからとしか言わなかった。

「嫌われていて、自分なんかいない方がいいという小学生からの電話は多いんです。その場合、ほとんどが直近にあったこと、例えば親から叱られたとか、学校で友達と喧嘩したといったことが原因であることがほとんどです。だから何があったのかを聞き出せれば、悩みの七割以上が解決して、死というものに目が行かなくなるんですよ」

　担当者は、エクステンドでのボランティア歴も七年目に入っていた三十五歳の男性で、マニュアル通り直近にあった出来事を尋ねた。

「ですが、夏山さんは、これといって何もないと答えたみたいです」

「死にたくなるような理由が見あたらないと」

　と言いながら中野は、真子に視線でメモをとるように促した。

「お母さんから叱られるほど一緒にはいない。お父さんはお母さんと仲が悪いので家にいたことがない。学校の先生とは話さない。そして友達もいない。そんなことを言ったと記されています」

　一拍おいて二瓶は、言葉を継ぐ。

「子供にしては、非常に大人びた返答です。大人がいうところの疎外感に満ちた心理状態やと思いますね」

「そんな子供には、どういう対応をされるものなんですか」

　中野は身を乗り出した。

「とにかくしゃべらせるんです。会話を途切れさせないように話しかけます。日常のこと、趣味や好きな歌、タレントのこと、何でもいいので。その中から問題点を見つけます」

「夏山さんの場合は？」

「三月一日が誕生日の六年生ということから生年月日は分かりますよね。後、長崎市内に住んでいること。勉強は好きだけど学校が嫌いということを初回の電話で引き出しました。それからあなたがいなくなると、もの凄く悲しむ人が必ずいると告げたようです」

だが真子の調べでは、中学一年生のときに千紘は手首を切っている。

中野は真子の表情を見て取り、質問役をするように目配せした。彼はメモを開き、筆記者になる意思表示をした。

「夏山さんはその後、リストカットをしています。その前に電話はなかったんでしょうか」

真子の質問を待っていたかのように、二瓶は幾度もうなずく。

「手首を切った後に電話がありました。そのときは岩永千紘だとフルネームで名乗りました。そして手首を切ったけど、誰も悲しまなかったと電話口で泣いていたんだそうです」

「誰も悲しまなかった」

真子は二瓶の言葉を繰り返しながら、その当時を述懐する千紘の母、千代子の顔を思い浮かべていた。

確かにその様子は、困惑していたかもしれないが、悲しんでいる風には見えなかった。

「担当者が大変心を痛めていましてね。もう少し話を聞いてやればよかった、リストカットの実行だけは何とか阻止できなかったかと、悔しがっていたのを私も覚えてます。まあその後は、毎月定期的に電話をかけることを約束したようです」

「家出をしたときのことなんですが」

「こちらでは家出の認識はなかったんです。美容師養成専門学校へ通いたいという相談を受けて、そのための学費を貯めたいからエクステンドのある京都か、近い大阪に出てきたいのだと言っていたんですよ」

すでに死んでいた桐生倖子の名をかたり、美容師見習いのために大阪へ行くという話は自分の将来の青写真でもあったのだ。その前段階としてお金を貯める必要があって、KP樹脂に勤めていたということになる。

中野が当たったKP樹脂では、契約している業務請負会社の名簿に千紘が登録されていたことも明らかになっていた。また彼女の着衣から検出されたプラスチック樹脂のバリは、ＫＰ樹脂で製作しているフィギュアの腕にあるジョイント部分の部品から出るものと一致した。千紘が受け持つラインは、フィギュアの腕を組み立てる工程である。バリは、その際関節部分をスムーズに動くようにするために、専用のサンドペーパーで削って出たものだった。

「夏山さんから直接相談を受けた方は？」

「他に仕事を持っていますので、今晩六時頃に出てくる予定ですね」

「六時ですか」

真子は中野を見た。彼は小さくうなずく。

勤め先の斡旋《あっせん》や住居などの手配をした人物の方が、普段の千紘を知っているだろう。長崎時代のものではなく、楠葉に引っ越してからできたリストカットの深い傷跡についても何か知っている可能性が高い。

「その方のお名前は」

「山本祐一《やまもとゆういち》と言います」

「では六時過ぎに、担当の方へお話を聞きにきます」

真子と中野は礼を言うとエクステンドの事務所を出た。

十日間の勾留が決まり、五条署六階の留置場に向井が戻ってきた。検察官主導の取り調べが原則となるが、捜査については引き続き高藤が指揮を執ることになる。

仕切り直しの会議で高藤は、勾留請求は認められたものの、次の十日間延長はないという気構えで捜査に臨むよう発破をかけた。会議の終了間際、捜査官の陣容について管理官より発表されたのだが、真子には再び高藤の補佐が命じられた。

しかし、午後六時にエクステンドの事務所へ向かったのは真子だけだった。高藤が府警本部に呼び出されたからだ。

一人の方が気が楽だ。

真子のペダルを漕ぐ足は、高藤からの解放感で軽快だった。

ただ、長く続く登り坂は、途中で何度も休憩を取らなければならなかった。

紺色のパンツの臀部がサドルにすれて、テカるのも嫌だ。高藤がミニバイクを使うように言ったのを、素直に聞かなかったことを悔やんだ。

それでも、賀茂川にかかる北山大橋を通過するところまでくると、川風が心地よかった。もう暗くなった空には、少し欠けた月が姿を見せ始めていた。

昼間は賑やかな北山通りも、夕方になると人出は少なくなる。もっと夜が深まれば、右手に見える植物園のうっそうとした緑は暗く、刑事の真子でも女一人は心細くなるだろう。

女一人。そんな演歌にでも出てきそうな言葉を、これまで意識したことがなかった。妙な言葉が思わず浮かんだのは、長崎から出てきた少女が、一人寂しく死んでいった事件のことが心から離れないせいだ。

十六歳で知らない土地の一人暮らしは不安だったにちがいない。その千紘の背中を押したのがエクステンドだとすれば、今から会う担当者への信頼は厚かったと考えていいだろう。

真子は、千紘に関する新しい情報を期待していた。

煌々と明かりが灯《とも》るファミリーレストランのある角を左に折れ、鞍馬街道へ入る。また薄暗い道を行き、右側にエクステンドの看板が見えてきた。

自転車を置き、ショルダーバッグに詰め込んであった紺色の上着に腕を通すと玄関の前に立った。

「山本さんいらっしゃいますか。京都府警五条署のものです」

ドアを開き声をかけた。

「どうぞお入りください。私が山本です」

山本は大柄でがっちりした体軀だった。日焼けした顔にスポーツ刈りの髪型は、刑事部屋でも見慣れたタイプの男性だ。

真子は、昼間と同じ場所の椅子に腰掛けた。

「話は代表からお聞きしています。夏山さん、ほんとうに残念で……」

山本は言葉を詰まらせ、大きな手で額の辺りを覆った。

「彼女がここに電話をかけてきた頃からの担当だった、と伺ったのですが」

「そうです。まだ小学生でした」

遠い目をして答えた。

「長いですね」

「ええ、自分の家族を失ったような感じです」

山本の目は充血していた。

「おそらく夏山さんが信頼を寄せていたのが、山本さんだったんじゃないかと思うんです。我々は夏山さんの死の真相を解明しようとしていますので、どうかご協力をお願いします」

「私で分かることなら、何でも」

真子は千紘の首にあった三つの痕跡について少し触れた。そして亡くなった場所が、ある民家であり、そこの住民に死体遺棄の疑いがかかっていることも説明した。当然容疑者の人権に配慮して、名前や住所は伏せたままだ。

地元新聞社に対しても「会社社長宅から女性の身元不明遺体発見、家屋の持ち主に事情を聞く」という一報から後の捜査については、「身元判明の続報と死因の特定を急ぐ」とだけ告げている。

真子が何も言わないで、なおかつ千紘の関係者として向井雅也や丸雅の名が飛び出してもすれば、千紘と向井を結びつける客観的な状況証拠となり得るのだ。

「自殺したのではないかも知れないと、代表から聞かされて驚いていたんですが、そんな理由があったんですね」

「亡くなった後に、帯締めや指で首を絞めた人物がいることは確かなんです。その容疑で、発見された家屋の持ち主が調べを受けています。常識的に、その容疑者が夏山さんの死にも関与していると考えられます」

「それで、夏山さんのことをお調べなんですね」

山本は腑に落ちたような顔を、真子に向けた。

「夏山さんからの電話は、すべてここの報告書に書き込まれているんですよね」

「ええ、すべてと言いたいんですけど……」

山本は額にあった手のひらを頭に移し、さすりながら苦笑した。

「山本さんだけに話した事柄がある、ということですね。つまり個人的な……」

上手くは言えないが、千紘が本心を語った相手であってほしいという願望が、口をついた。

「私だけに。そうかもしれません。夏山さん本人が、これは誰にも言わないでほしいと言ったことや、山本さんだから言うんだよ、と前置きした事柄については、報告書には書きませんでしたし、代表にも伝えていません。勘の鋭い子だったので、私が誰かに相談したり、指示を仰いだりすれば感づいちゃうんじゃないかなと思って」

「これからお聞きすることは、事件捜査に関することです。まして夏山さんを殺害したかも知れない加害者を特定し、犯罪を暴くために行うということを分かってください」

真剣な視線を山本へ注いだ。

「分かっています。私も、もし千紘ちゃんを殺した人間がいるのなら憎いですから」

「千紘ちゃん」

親しみを籠めた呼び方だと思った。

「ああ、私の中では、彼女は最初に話した小学生のままなんで、ついそんな風に」

「そうですか。それでは千紘ちゃんで。私は普段の夏山さんを知りたいので」

まず、山本の勤め先から聞くことにした。

「西京《にしぎょう》メンテナンスに勤めています。マンションとかビルなんかのメンテナンスを請け負う会社で営業をしてます。営業ですが何でもやりますよ。マンションなんかだと廊下の蛍光灯交換から貯水槽の清掃まで」

山本はワイシャツの胸ポケットから名刺を出した。

それを受け取り、住所から大体の位置を頭に浮かべる。阪急桂駅に近い住所になっていた。続いて住まいと家族構成を訊く。

「平野神社と北野天満宮の、ちょうど中間ぐらいにあるマンションに住んでいます」

そう言ってから、彼は正確な住所を淀みなく真子に告げた。

それは真子の住む上七軒から、徒歩でも十数分ぐらいの場所だ。

「家族はいません」

「お一人ですか」

「もう四十二になるんですが。訳あって未だに独身なんです」

山本はぎこちない笑顔で答えた。

「訳？」

何にでも疑問をもつ悪い癖が出た。引っかかる言葉を聞くと、すぐそれに反応してしまう。そこが良くないという友達と、刑事向きだと賞賛する友達に分かれる。

「訳あってって言っても、妙な想像しないでください。十五年前にいなくなった妹をずっと捜しているんですよ。仕事とエクステンド、それに妹捜しとまったく時間がなかったということです」

「そうだったんですか。妹さんの捜索願は？」

「提出しています。でも警察は動いてくれなくて、いや刑事さんに文句を言っても仕方ないんですけどね」

「妹さんはおいくつのときに、いなくなったんですか」

「二十二歳です」

　警察が失踪者探しに全力を注げるのは、事件か事故に巻き込まれていることが明らかなときと、未成年の場合が多い。女性であっても事件性に乏《とぼ》しく、成人している場合は捜索の優先順位がどうしても下がっていく。慢性的人員不足と犯罪の増加によって、手が回らないのが実情だ。山本のような事案は山ほどあって、どこへ行っても不満の声を耳にする。

「心がけておきますので、お名前は」

と尋ねるのも不満を抱く人の溜飲を下げさせるために、先輩から教わったテクニックの一つだ。自然にそれが出た自分に対して、少し嫌な気持ちになった。

「山本久美子《くみこ》といいます。短大で社会福祉を勉強してまして、介護の仕事をやり始めたばかりだったんです」

「控えておきますね」

「私は母を、自殺によって亡くしています。その上、妹が行方知れずになった。身近な人間が突然いなくなることの不幸を嫌というほど味わいました。だからエクステンドで、自ら命を絶とうとする人を助けたいと思ったんです。千紘ちゃんのことも何とかしてやりたかった」

力を込めてそう言った山本の顔は、紅潮していた。

その時、事務所の電話が鳴った。

「ちょっと失礼」

山本はすぐにメモを持って、奥の電話機の前に座った。

受け答えから、自殺願望者からの電話であることは分かった。山本の声は優しく、話を聞き出すことに徹しているように見えた。

会話は続き、山本が受話器を置いたとき三十分近くが経過していた。暑くはなかったが、彼の顔は汗で濡れている。

その姿を見れば口調は静かだったが、心の格闘をしていたことが分かる。

彼は受話器を置くと、メモを激しく握りつぶし机の下のゴミ箱へ投げ入れた。

電話での穏和さとそぐわぬ行為に、驚いた。

「すみません。お待たせして」

気を取り直したのか、ミネラルウォーターのペットボトルを手に大机へ戻ってきた山本は、元の穏やかな顔付きに戻っていた。

「大変なんですね」

「いや、電話をくれた女性も必死です。大変なのは彼女の方ですよ。とにかく電話をくれた勇気に感謝ですね」

山本も真剣なのだ。

千紘が、山本には何でも打ち明けていたことが、今の彼の取り組み方を見て納得できた。人から傷つけられた人間ならなおのこと、親身になって話を聞いてくれる山本の存在はありがたいはずだ。

その後何度か相談者から電話が入り、聞き込みは中断された。そして山本は、どの相手にも同じように全身全霊を傾け、相談者と闘っているように感じた。ただそれだけにどうしようもない重圧があるのか、電話の後には激しく舌打ちをしたり、机を拳で叩いたりしていた。

さっきメモを捨てたゴミ箱が、ひしゃげているのに気付いた。

夜十時になって、山本と交代する別のボランティアがエクステンドにやってきた。そこで近くのファミリーレストランで、珈琲を飲みながら話の続きをすることにした。

「何だか、話が途切れ途切れになってしまって」

山本が席に着くと謝った。

「とんでもありません。自殺を考える人、多いんだと改めて痛感しました」

真子も、年間三万人以上が自殺をしていることは知っている。ただその予備軍がおそらく何倍も存在し、山本たちの奮闘によって食い止められている現実を目の前で見せられた感じだ。

「母が自殺したと言いましたよね」

「ええ」

「私が小学校五年生で、妹が幼稚園児のときでした。その一年ほど前に父と離婚をして、母もいろいろ悩んだんでしょう。私は十一歳で、いっぱしの男だと思っていて、母を支えている気でいたんです。でも死なれてしまった。今だから無力感だって分かるんですが、自分は役立たずのぼんくら、だから母を助けられなかったんだと……」

「自分を責めていたということですか」

「責め続けましたね。自分で自分を責めると、他人が責めるより、えげつないかもしれません。限度を知らないっていう感じです」

「限度を知らないって、それは壮絶ですね」

「自殺というのは、それほど残酷なもんなんです」

山本はコップに手を伸ばし、一気に飲み干した。

彼は母の自殺後、半年ほどは言葉がしゃべれなくなったという。父は関東の方へ行ってしまったという噂で、連絡が付かない。兄妹は四日市にいる母方の親戚に育てられ、山本が高校を卒業して京都に就職したのを機に狭いアパートを借り、二人は一緒に住むことになった。

「五つしか離れていませんが、私は久美子の父親代わりです。久美子だけは結婚して幸せになるまで守ってやろうと思ってました。だから刑事さん、私に力を貸してください」

山本はテーブルに額を着けそうになるほど、頭を下げた。

珈琲を運んできた女性が、お盆を持ったままテーブルの前で立ち止まった。その気配に気付き、彼は頭を上げた。

「協力しますから、山本さん」

そうとしか言えなかった。

「夏山さんのことですが」

話を事件のことへ移行させたかった。

「彼女の手首には、深い傷跡がありました」

と早口で言うと、珈琲カップを引き寄せシュガーとミルクを入れてかき回す。

「縫合跡が痛々しく、可哀相でした」

「何度か切った形跡がありますが、その一つである彼女が中学一年生のときのものは、我々も摑んでいます。ですが、その傷は浅く、あの縫合跡とは一致しません。母親が把握しているリストカットはそれのみなんです。長崎を出てから、つまり楠葉へ引っ越してからの傷だと思うんですけど、それについて何か？」

「私の力の無さから、起こったことです」

山本は、自分に向かって怒っているような言い方をした。

「彼女の自殺願望の原因を考えれば、一時も油断ができないはずだったんです。なのに住むところと働く場所が見つかって、油断してしまったのがいけなかった」

「これは大事なことなので、確認したいのですが、そもそも夏山さんが自殺をしようとする原因は何なんですか。母親もちゃんとは言いません。いえ、母親自身も本当のところは知らないのかもしれないですね」

真子の方からは、あえて児童ポルノや売春などの言葉を使用しない。事実関係は当事者から語らせないと、証拠能力が落ちると教えられているからだ。

「酷い父親です」

ことさら顔を歪めて吐き捨てた。

「父親に原因があることは、何となく分かりました」

「金銭的に困窮した彼女の父親は、娘で一儲けしようと思いついたんです」

「夏山さんが、いくつの頃ですか」

とぼけて訊く。

「それが、六歳の頃だというんですよ。そんな子供に……」

「六歳児の娘で一儲け、というのは？」

「惨《むご》たらしいことなんですが、性の対象としてビデオ撮影をして、そのテープを売ってお金に換えたんでしょう。それが高学年の頃まで続いたんだと言ってました。いわゆる児童ポルノです」

「娘のビデオを販売して、お金を稼いでいたというんですね」

「幼い頃は何も分からなかったけど、小学校の三、四年生にもなれば……」

「やっていることの意味が、分かってきますね」

最近の子供は、身体だけでなく、その手の成長も早熟だ。

「千紘ちゃんの、心と身体の両方に大きな傷ができてしまった。でもそれらの事実を彼女から聞いたのは、手首を切った後だったんです」

中学校に進学してようやく一年が経とうとしたとき手首を切った千紘は、その苦しかった胸の内を吐き出すように山本に語った。

「手首を切った痛みで、何かがはじけたのかも知れませんね。電話でも痛い痛いと何度も言っていましたから」

顔をしかめた山本が、自分の右手首を見ながら言った。

同じ痛みを共有している？

山本の言動には、そんな感じを持った。

その山本をして、二度目のリストカットは止められなかった。

「夏山さんが長崎を出たとき、すでに両親は離婚をしてました。その上距離的にも楠葉なら父親の影響はないはずです。さらに我々の調べでは父親はある事件で服役中だった。楠葉にきてから、何が彼女を自殺へと追いやったんでしょう」

「それは……」

いっそう充血した目で真子を見る。

「インターネットです」

山本は、また大きく口を歪めた。

人相を変えてしまうほど頰を引きつらせる彼の様子を見て、相当神経が参っている印象を持った。

「ビデオ画像のネット流出ですか」

府警本部からもサイバー捜査についての研修が行われるが、裏サイトの殺人や暴行、恐喝の請負、爆弾の作り方、ドラッグの個人輸入とネット犯罪には手を焼いているのが現状だ。研修でも、児童ポルノの被害者が、その後何年にもわたりネットでの二次的被害を受ける場合、時間の経過が問題解決に結びつかないことを指摘していた。

「千紘ちゃんがそれを発見したのは、インターネットそのものではなく、ポスティングのチラシでした」

マンションの郵便受けに放り込まれていたピンクチラシを目にした千紘は、吐き気を催して部屋で寝込んだという。紛れもなくそこに印刷されていたのは、幼い日の千紘だった。

「具合が悪いからと連絡を受けて、千紘ちゃんの部屋に飛んでいきました。彼女はベッドで横になったままで、立ち上がることもできなかった。チラシを見るとそこに、ネットに流出した無修正画像をCD－ROMにて販売、と書いてありました」

「本人の写真が載せられていたんですか」

「顔は分からないようにモザイクがかかっていましたし、ちゃんと洋服も着ています。でも服装とかで、本人には分かったようです」

チラシなどは猥褻《わいせつ》図画の範疇《はんちゅう》に含まれないようにし、文言でマニアを刺激する。そこが卑劣で巧妙な手口なのだ。

「千紘ちゃんはそれから一週間、会社を休みました。その間、エクステンドのメンバーが交代で声かけを行ったんです。ただ児童ポルノの件は本人のたっての願いで、誰にも言ってなかったんです。様子がおかしいから気をつけて欲しいとしか」

メンバーのとらえ方に温度差が生じていた、と山本は言った。

「彼女の精神状態がかなり重篤な状況だと、メンバーに伝わらなかったことを反省しています」

メンバーの一人がかけた、何気ない言葉が引き金になった。

「その女性に悪気はないんです。それは分かっているんですが」

山本が悔しそうな表情を見せた。

「どんな、言葉を？」

「元気な顔をデジカメで撮って、みんなにメールで送ろうって」

デジカメという言葉から撮影を、メールという言葉からインターネットを連想したと、後になって千紘は語ったのだそうだ。

その夜、メンバーの女性が帰った後、千紘は発作的に浴槽で手首を切った。

「夏山さんの恐怖は、自分の過去のビデオが存在する以上、ずっと続いていた訳ですね」

「そうです。拭いようのない恐怖が、今現在も」

改めて岩永誠治という男への憤りが湧いてくる。撮影した岩永も卑劣だが、それを買い求める男たちにも嫌悪感以外の感情はない。

千紘は、世界のどこかで誰かが自分を見ている、という気持ち悪さから永遠に逃れられない気がしたにちがいない。恋愛して結婚をし、子供をもうけるといった平凡な幸福は、生涯訪れることがないと思い悩んだことだろう。

同性として、絶対に許せない。

「手首を切る直前に、千紘ちゃんはメッセージをくれたんです。その様子が変だったため私は彼女を救うことができた。心情を分かってくれる人に何らかのサインを出すもんなんです」

基本的に人のぬくもりに飢えているから、と山本はつぶやいた。

そして、十四日も何らかの信号を出してくれていたら、と低くうめくような声を出した。

いっそう自分を責めているのが伝わってきた。

「山本さんの他に、夏山さんが心を許す方はいないんでしょうか。例えば交際相手」

「私も警戒しているとはいえ、二十四時間彼女を監視している訳ではないんで、絶対いないということはできませんが、もしそういう男性がいたのなら、私にだけは打ち明けてくれたと思います」

「そうでしょうね」

千紘と山本の間に、隠し事が成立する余地はないように思えた。

次の日の午前九時、起訴前弁護をと丸雅の顧問弁護士が五条署にやってきた。たまたま対応した真子に、この六十がらみの弁護士は徳山厚志《とくやまあつし》と名乗り、向井への接見交通権の行使を要求してきた。それは横柄そのもので、真子が向井を取り調べている担当官であるとはまったく思っていない態度だった。

高藤に告げると、面会室に通すように言った。

真子が徳山を面会室へ案内し、そこへ向井を連れていった。

「ボン、何で任意で連れてこられるときに、わしに言わんのです。草葉の陰から先代にえらい睨《にら》まれますがな」

向井の顔を見た徳山は、大きな声を出しながら抱きつかんばかりに近寄った。

「何してますのや、そないなもん早《はよ》う外しなはらんかいな」

徳山が二重顎で手錠を指し、真子を睨み付けた。

真子は黙って手錠を外した。

「ボン、どうもおへんか。ほんま可哀相にな、警察の横暴ですな」

「接見が終わったら言うてください」

徳山のねちっこい視線を躱《かわ》して、部屋を出た。

「昨夜、奥さんから聞きましたんや、びっくりしましたで。新聞の、会社社長いうのんが丸雅のボンのことやったやなんて。奥さんに、三日ほどして戻らへんかったら、わしに言うてくれって頼んではったんやて。そんなもん、いの一番に言うてもろたら何とかしましたのに」

真子はドアの前で、二人の話に耳を傾けていた。

「接見交通権は、立会人なしの接見交通を許している。刑事訴訟法三十九条の一」

声のする方に、高藤が立っていた。

「警部」

「盗み聞きも、立ち会い行為だ」

「すみません」

「入り口の見える場所で待とう」

と言うと高藤は、一間ほどはなれた場所に移動した。

真子も高藤の横に並ぶ。

「面会が長引くようであれば、捜査妨害と解釈して申し出よう」

「はい」

「不幸な人生だったな」

「はあ？」

「ガイシャだ」

「ええ。ほんと可哀相な子です」

高藤が感情を示したことに少し驚いた。

「始末に負えないな、児童ポルノとネット流出か」

目線は面会室のドアに向いたまま、高藤は言った。

「いくら時間が経っても流出し続けますから、彼女の恐怖感を考えるとやりきれません」

「片岡ならどうした？」

「私なら……」

「自ら命を絶とうと考えたか」

「それは……」

真子は言葉を失った。

千紘の気持ちになっているようでいて、実際にはそこまで突き詰めていないことに気付いた。いや高藤に気付かされた。

「分からないのなら、それも答えだ」

高藤の言う通り、分からないというのが正直な気持ちだ。

「しかし、命を絶つことが苦痛を逃れることとは思えない。私はそう思っている」

「周りの人を傷つけますからね」

千紘の母親ではなく、山本の顔を思い浮かべた。

「周りもそうだが、当事者もな。私はまだそんなに場数を踏んでいる方じゃないが、ベテランの鑑識さんや監察医から聞いた話では、自殺者で安らかな死に顔に出会ったことがないというからな。ある医師は、その苦しみに歪んだ死に顔が、永遠に続く苦痛を象徴しているような気さえすると語っていた」

「やりきれませんね」

真子も面会室のドアを見詰めた。まだ徳山は出てこない。

「エクステンド、命を延ばすか。ガイシャのよりどころは、そこだけだったんだな」

高藤が首だけ回し真子を見た。そしてすぐ面会室を向く。

「担当の山本さんにのみ、本心を明かしていたようです」

「親しい男性の影もない。KP樹脂での働きぶりは至って真面目だったそうだ。フィギュアの組み立てをしている女性は五人で、その誰ともプライベートでの付き合いはない。決められたローテーション、決まった勤務時間内だけ働くとすぐに帰宅する。

そんな生活だったという。となれば、ガイシャの仕事以外での行動を解明する必要があるな」

「住まい周辺の聞き込み、ですね」

「そうだな」

と高藤は何度かうなずいて、向井の取り調べを夕方にすると言った。何も手札がないままの尋問は、かえって向井を増長させるため取りやめたいが、それも得策とは思えないということらしい。

「長崎での交友関係はまずない、と見ていいんだな」

「いじめられていましたから」

「いじめ、か。風頭公園にでも行って海を見れば、同じ学校の人間をいじめようってな気持ち、吹き飛んでしまうのにな」

高藤が頭を少し上へ向け腕組みをしたせいで、風頭公園で見た龍馬の銅像を連想した。

「警部もあの公園へ行かれたこと、あるんですか」

「君は行ったのか」

「……ええ。以前に」

「隠せない性格だな。刑事ならまだしも犯罪者には向いてない」

「そんな」

「冗談だ。私は学生時代から坂本龍馬が好きでね。おおげさに言えばこの国を『せんたく』したくて警察庁に入庁した。せんたくというのは……」

「知ってます」

説明しかけた高藤の言葉を遮った。

乙女に憧れる女性として、高藤から説明されることが嫌だった。龍馬は高藤のように嫌みな性格ではない。

「文久三年六月二十九日、坂本乙女さんに宛てた龍馬の手紙に出てくる言葉です」

文久三年は、龍馬が勝海舟の海軍塾の塾頭になった記念すべき年だ。その同じ年に、長州の海軍が外国の軍艦に手痛い目に遭わされる事件があった。その際、損傷した外国船の修繕を江戸幕府が行ったという情報を聞いた龍馬が憤って、幕府の腐敗によって日本は外国に侵略されてしまうと奮起する。その気持ちを乙女に「日本を今一度せんたくいたし申候」と綴ったのだ。

「日付まで覚えている人間に、初めて会ったぞ」

高藤は驚いた顔を向けた。

「意外だ」

高藤はそう言ったが、彼の口から龍馬の名が出たことの方が真子には意外だ。そんなことを思ったとき、徳山が太った身体を揺らして面会室から出てきた。暑くはないのに顔中汗をかき、それを日本手ぬぐいでせわしく拭いている。

「あんたがキャリアの、高藤はんですか」

真っ直ぐ高藤に近づき、徳山が言った。

「ええ。高藤です」

「ここにくる前に府警の知り合いに聞いたんや。なんや珍しいキャリアがいるいうて。警察官一人あたりの負担率が警視庁に次いで高い京都府警に、えろう興味をもってるんやて。数を増やすんやのうて、質を上げることで検挙率を改善できることを証明したいとか。ほんま変わり者ですわな。検挙率四十七都道府県中、四十番目ほどの京都府警でっさかいな、まあせいだいおきばりやす」

徳山の言い方は、府警本部とも太いパイプがあることを匂わせていた。

「今の言葉、先生からのエールだと受け止めます」

高藤は意に介さず言ってのけた。

「へえへえ。そんなことより、ボンの扱いあんじょう頼みますで。市民として協力は惜しまん言うてはりますのや。わしは誤認逮捕で訴えると言うたのに、ありがたいと思いなはれ」

徳山は高藤と真子を順に睨み付けて、きびすを返した。

樟葉ハイムは、一見して築三十年以上は経過していると思われる古びた外観だった。ハイムという名前だが、雑誌なんかの昭和特集で見る文化住宅に近い造りだった。

「階段の横が一〇二だな」

車から降りてハイムの前までくると、高藤が言った。

一番右端が一〇一号室で管理人室になっていて、二階への階段を挟んで千紘の部屋があった。

玄関口が階段の下に当たって奥まっていて、昼間でも薄暗かった。表札には夏山としか表示されていない。

「管理人室の、向かいの部屋なんですね」

向かいの部屋にかかっている管理人室のプレートを見て言った。

「それも山本氏の配慮だろう」

「かもしれません」

普通ならそこまでは考えないだろうが、あの山本なら充分うなずける。

「管理人に話を聞こうか」

高藤の言葉を聞いて、管理人室のインターホンを押した。

名乗るとすぐにドアが開き、細面の男性が顔を出した。

「お騒がせしています。夏山さんのところへ訪ねてくる人について、お聞きしたいんですが。その後何か思い出されたことなど、ありませんか」

精一杯の標準語で訊いた。高藤のいるところで話すのは緊張する。

「若い女性の部屋やさかい、そないに関心持ってもあきませんやろ。男性の声は何度か聞こえましたけど、それはエクステンドの方やと思いますねん」

「山本さんですね」

「そうそう、その山本さんはこのアパートのメンテナンスを頼んでる会社の人です。何でもようやってくれる面倒見のええひとです。それ以外は女性ですな。まあそれもエクステンドの人でっしゃろ。他は、なんぼ考えてもおまへんな」

「そうですか。あの、これから夏山さんの部屋に入りますので」

「どうぞ、どうぞ」

管理人は愛想良く笑った。

千紘の部屋は、遺体が彼女だと判明してから鍵などは警察が管理している。だが部屋へ入るときは必ず声をかけることになっていた。それは警察官が捜索していないときに、誰も入れないように管理してもらっているからだ。

部屋に入ると、芳香剤の香りとは違う甘い匂いがした。

匂いのする場所を探すと、キッチンテーブルの上にアロマポットらしきものがある。靴を脱ぎ、靴下の上にビニールの靴カバーを履いて上がり、陶器の入れ物を確かめた。

「この香りは……、たぶんジュニパーベリーだと思います」

「そんなことが分かるのか」

不思議そうな顔で高藤が訊いた。

「うち香道で嗅覚《きゅうかく》きたえてますのん。いえ鍛えていますので分かります」

日頃の自分が表に出ると、京都なまりも顔を出す。

「香道で使用するのはお香だろう？」

「薫香《くんこう》ですけど、私はアロマオイルにも興味があります。微妙な香りの違いを辛いとか、甘い、酸いなんて五味でとらえるんで、記憶しやすいんです」

「鼻がきくということか。いや驚いた特技だ。そのジュニパーベリーの香りにはどういう効果があるとされているんだ」

高藤もビニールカバーを付けてキッチンに上がり込み、アロマポットを真子から受け取ると鼻に近づけた。

「松葉に似た、少し青いような香りがするはずです」

「うん。確かに」

高藤の眉間の皺が、さらに深くなった。

「心を静めて集中力を高めると言われています。利尿作用があってむくみにもいいと」

「ガイシャはアロマによって、心を静めようとしていたと考えてもいいんだな」

「まあ、そこまで厳密な効果を期待していたかどうかは」

「人間というものは、脈絡がないようで、実に理にかなった行動をとるものだ。意識していたかどうかは別にして、彼女は気分を落ち着けて何かに集中したかったんだと思う」

このとき高藤は、千紘のことをガイシャとは言わず彼女と表現した。

「片岡が、たくさんあるアロマオイルの中からひとつをセレクトするとき、そのオイルの効果を吟味するだろう。彼女はなぜジュニパーベリーを使ったのか。そんな辺りから抱えていた問題を考えてみようじゃないか」

「分かりました」

これが高藤のプロファイリングか。

キッチンシンクの下の収納棚を見た。フライパンと大きめのボウル、ドアには包丁が一本しまわれていた。冷蔵庫は小型のもので、中にはヨーグルトと卵ぐらいしか入っていなかった。

再びキッチンテーブルを見る。アロマポットの他には醬油と塩の容器、湯沸かしポットにインスタント珈琲の入った容器。別段変わったものはない。

ポットの電源コードがテーブルの下へ伸び、差し込みプラグが床にまで達していた。コンセントにはさされていない。

居間は六畳で、中央にコタツテーブル、右側にベッドが置いてあった。一番奥にそれほど大きくはない引き違い窓があって、窓敷居は腰ぐらいの高さだった。

閉ざされたブラインドを上げ、窓を開くと隣の自動車整備工場の駐車場が見える。コンプレッサーのような音や、溶接機のパチパチとはじける音が断続的に聞こえてきた。窓を閉めると、気にならないぐらいの音量になる。

真子は部屋を見回したが、壁や机に十九歳の女性を感じさせるものはなかった。三年間もここに住んでいたのかと思わせるぐらい、生活感がない。

女の子らしい生活というのなら、彼女が長崎に住んでいた十六年間にも存在していたのか疑問だ。幼い頃から何かにおびえる日々ではなかったか。

長崎で、千紘が書いた文集の文章を読んだとき思い出せなかった絵本の、一シーンが浮かんだ。

家出したぬいぐるみのルウを探すモモちゃんが、のらねこに出会う場面だ。

「へええ、そんな　くま　さがしてるの。すてちゃえよ。かわりに　ぼくと　あそぼうよ。」

「だって、あかちゃんの　ときからの　なかよしなのよう。すてられない。」

モモはルウと赤ちゃんの頃から一緒に過ごしていたために、捨てることができないと言った。血のつながりがあるから家族なのではなく、時間を共有してはじめて家族となれる。

むろん時間には長さだけが重要なのではなく、深さも必要だ。千紘にはその両方がなかったような気がする。

むしろここに住んだ三年間の方が、千紘らしい暮らしを営んでいたのかもしれない。

小さく息をつき、机に向って座ってみた。

引き出しにあったものは、中野が押収していたが、そこに彼女の暮らしを垣間見るものはなかったと聞いている。

それでも、高藤が真子をここに連れてきたのには何か理由があるのだろうか。府警本部で、数よりも質の向上を目的に現場捜査を願い出たという、徳山の話と関係があるのだろうか。もしそうだったら、真っ先に鍛える必要がある刑事として真子の名前があがったことになる。

それは現状があまりに酷いという認識なのか、それとも期待なのだろうか。

もう一度、千紘の気持ちになって部屋を巡った。キッチンテーブルの横で、その様子を高藤は腕組みをしながら見ている。

もし期待なのだったら、それに応えたい。

「警部」

高藤に声をかけた。

「うん。何か気付いたか」

高藤が腕を解き顔を上げた。

「女性的なものが何もありません。それはそういう人もいるので、いいんですが。台所に立つということもあまりなかったのではないかと思います。そんな女性的な行為そのものも嫌だったのかなと」

　性の対象にされた女性が、その後口紅を嫌い、イヤリングや指輪などのアクセサリーも身に着けず、スカートさえも穿《は》かなくなった例を真子は知っている。

「彼女は、台所仕事も女性を連想させる行為だと思っていた。そういう分析だな」

「そうです。ですから食事は外食をするか、どこかで買ってくるしかありません」

「悪くないな。つまりKP樹脂とここの途中で、食べ物を調達しているか、外食先があるということになる。職場の人間と交渉を持たなかった彼女が、他人と接する機会はそのあたりだと」

「KP樹脂は、ここからだと徒歩で三十分ほどだと思いますから、彼女の写真を見せて歩けば意外にすぐ行き当たるかもしれません」

　千紘の最近の写真は、業務請負会社への登録の際に提出した履歴書に貼られたものがある。髪型もほとんど変わっていないので、充分使えるはずだ。

「よし、分かった。彼女の行動範囲はそれほど広くない。何とか向井との接点を探っていこう。主任にも私から話して、聞き込みを強化する」

そう真子に言うと、高藤はすぐ携帯を使って主任に指示を出した。

十五分ほど箪笥の中やベッドの下などを見て回ったが、やはりめぼしいものは水森や中野が持ち帰っているようだった。

一〇二号室から出て、樟葉ハイムの残り十部屋の住民にも話を聞くことにした。中野からの報告では、ほとんどが二十代の学生で、所帯持ちは一軒もない。社会人は千紘とその階上、二〇五号室の男性だけだ。

その男性はいなかったが、運のいいことにその他の部屋の学生たちには話が聞けた。もちろん住民のすべてに中野が聞き込み、当日のアリバイなどは調査済みだ。

今日までに何か思い出したことがないかなどを確認する。

しかし、元々学生たちは千紘の姿を見かけたことがある程度で、同じアパートの住人であること以上の情報は持ち合わせていない。そして大方が、どことなく暗く、話しかけにくい女の子という印象を抱いていた。

近所にある食事を摂《と》れる店や購入できる店をと訊いたところ、半径十分圏内で学生たちの利用する店が七軒ほど挙がってきた。

管理人室で、周辺地図と電話帳を借りた。学生たちから聞き込んだ飲食店およびコンビニエンスストア、弁当屋のチェーン店の所在と電話番号をメモした。学生たちからは出てこなかった店を含めると、その数は十三軒となった。

「けど、一〇二号で亡くなったんと違《ちご》て助かりましたわ。二年前みたいなことで、亡《の》うなったらここの経営もおしまいやったんとちゃいますか」

管理人が、電話帳を閉じた真子に話しかけてきた。彼は千紘の自殺癖について、何か言いたげな様子だった。

「手首を切ったときのことですね」

「知ったはるんでっか。さすが警察ですな」

管理人が薄笑みを浮かべた。

「山本さんが偶然訪ねてきたので、大事に至らなかったと聞いてますが」

「危機一髪ちゅうのは、ああいうのんですな」

管理人は、その当時の模様を語った。

「もし山本さんが鍵もったはらへんかったら、間に合わんかったやろね。異変に気付いてサッと中に入って救急車呼んだから良かったけど」

「偶然とはいえ、よく山本さんがきてくれたもんですね」

それだけ山本は、千紘のことを常に気にしていた証拠なのかもしれない。

「まあ、今回かて山本さんが通りかかってはいやはるねんけどな。自殺現場やなかったんやから仕方ないわな」

「山本さんが通りかかった？」

中野の聞き込みでも出てこなかった事柄だ。

「あの人、いつも裏の浪速オートの駐車場にワゴン車駐めたはるんですわ。聞くところによると浪速オートも西京メンテナンスと契約してるそうやから。刑事さんやらがなんぞ変わったことないかて聞かはった九月十四日、その夕方にもワゴン車があったさかいな」

「じゃあ、その日も山本さんが夏山さんの部屋へいっていたということですか」

「と、思うけど。見てたわけやないさかい」

「物音なんかは？」

「したかもしれへんけど、ようきたはったさかい、日にちはごっちゃになってるかもしれまへんけどな。ただ、浪速オートはんに用事があっただけやったかもわからんし」

「そうですか」

「なんやべっぴんさんに睨まれたら、どきどきしまんがな。いらんこと言うてもたかな」

　管理人は急に自信なさげな顔付きになって、そそくさと部屋へ引っ込んだ。

8

　KP樹脂にも顔を出し、一緒にフィギュアの組み立て作業をしている女性たちの話も聞いたが、さして収穫はなかった。

　それでも十四日、千紘が三時に早退していたことを掴んだ。なぜもっと早く分からなかったかというと、早退しても組み立て台数を二時間分多く仕上げて帰れば、タイムカードの退社時間を調整していたからだ。仕事上だけでも長い時間顔をつきあわせている仲間として、上手く連携して互いに損をしないよう工夫していた。

　千紘は五時までで組み立てられる台数をこなして、早退したことになる。

　三時に退社した理由は頭痛だった。頭が痛くて二時間分のフィギュアを余分に組み立てられるものかと女性たちに尋ねると、みんな一様にお金のためなら、なんとかかると応えた。

　KP樹脂を後にした真子と高藤は、樟葉ハイムへ戻る道すがら、メモした飲食店などを訪問した。L判に拡大した写真を見せると、記憶に留めていた弁当屋のアルバイト店員がいた。

弁当屋からハイムまでは徒歩で七、八分というところだ。国道から横道にそれるが、周りに工場もあって流行《はや》っていた。

「海苔弁当ばかりだったんで、たまには焼き肉弁当とかどうですかって、言ったことがあるんだよね。そんなこと俺言ったことないんで、覚えてるんすよ」

「いつも同じお弁当を」

「俺がバイトに入ってるときだけかもね」

茶髪の頭に乗せた紙製のトックをいじりながら、バイトの男性は言った。

「いつも一人でした？」

「白のワゴン車から降りてきたことはあった。けど彼氏って感じとは違《ちご》たな」

山本のワゴン車か。

「ありがとう」

店の前から高藤の待つ車に戻った。

そして、男性バイトの言ったことをそのまま告げる。

「白ワゴンか」

高藤も、管理人から訊いた山本のワゴン車が引っかかっているようだ。

「片岡。君が山本氏に会ったとき、事件当夜、つまり彼女の遺体が発見された日だが。山本氏が彼女の家を訪問したということを、聞いていないな」

「私が訊かなかったのが悪いんです」

「うん。落ち度であることは確かだ。だが、十四日も何らかの信号を発してくれていたら、というようなことを言ったんじゃなかったか？」

「ええ。自分を責めるように」

真子は、その時山本が発したうめき声を聞いている。

「浪速オートに聞いてみよう」

高藤は車を発進させた。

すぐに樟葉ハイムの裏へ回り、浪速オートの駐車場へ進入して車を駐めた。そこから千紘の部屋の窓が見えている。ブラインドを上げたまま下ろすのを忘れていた。

「ここで待っていてくれ。今度は私が聞き込む」

高藤は敏捷な動きで運転席から外へ出ると、駆け足で工場内へと消えていった。

真子は千紘の部屋の窓を見る。距離にして三、四メートルほどだろうか。

千紘の部屋へ行くには、一旦駐車場を出なければならないが、十メートルほど迂回すればいいだけの話だ。部屋の様子も何となく分かり、玄関口までも遠くないという千紘を監視するのに適した場所だ。

走って高藤が戻ってきた。

「どうでした？」

運転席に座った高藤へ訊いた。

「十四日の夕方というのは、管理人の勘違いのようだ」

「やっぱり山本さんはここにきていなかったんですね」

安堵の表情で言った。

「山本氏がここにワゴン車を駐めていたのは、十四日の七時頃だ」

「えっ」

「この駐車場へ定時退出者がやってきたときはワゴン車はなかった。しかしその後残業組がここを見たとき、山本氏の車があったそうだ」

「その車がほんとうに」

「車の整備を生業としている者たちが、山本氏のワゴン車に間違いないと言っている。西京メンテナンスの社用車だが、バンパーや車体の傷を覚えていた」

「でも社用車なら」

「会社の他の人間も乗るだろう、というのか？」

真子はうなずいた。

「西京メンテナンスに訊いた。時間外、休日もどんなことで呼び出しがあるか分からないので、一人に一台貸与していて、違う人間が乗ることを原則禁じているのだそうだ」

「原則ですから、ひょっとして……」

「それは君が確かめてみろ」

「分かりました」

「人を信じるなとは言わん。疑うなとも言わない。なぜなら片岡は刑事だからだ」

「別に私は山本さんのことを……」

「話の流れから、あの日も彼女の部屋に行ったのにとか、すぐ近くにいたのにとか言ってもいいはずだ。なぜ触れなかったのかという疑問が残る。もし彼を信じたいのなら、まずは疑え。そして洗うんだ」

「私一人で、調べさせてください」

と言ってから、山本にこだわる自分がいることに気付いた。言葉を詰まらせてまで、千紘の死を悼《いた》み、彼女の心の傷に対して共に苦しんでいた山本が、真子に隠し事をしたということを飲み込めないでいた。

もし山本が嘘を言ったのなら、自分でその理由を突き止めなければならない。刑事としての眼は未熟でも、人間としての眼には自信があった。

山本は心底から、千紘を死から遠ざけようとしていたはずだ。

「いいだろう。本日の取り調べは私が行おう」

「お願いします」

唇を嚙み、頭を下げた。


山本に電話をかけ、午後五時に千紘の部屋で話をすることにした。

千紘の部屋は生々しいと一瞬難色を示した山本だったが、どうしてもここで話したいと一歩も引かなかった。そんな真子の強い要請に山本は渋々応じたのだ。

先に千紘の部屋にいて、彼を待つ。

その二時間ほどの間で、心の中を整理しておこうと考えた。事件当夜、千紘と山本が接触していたら、どういうことになるのか。

仮に山本が千紘を殺害し、向井の別邸に運んだとして、そこに何の目的があるというのだ。それに千紘を殺す動機は何だ。自殺願望のある人間への殺意などが成立するものなのか。

しかし山本には殺害の機会があった。千紘の生活パターンを知り尽くしているのだ。それに反して千紘と向井の接点は今のところ見い出せない。知っている女かも知れないという曖昧《あいまい》な証言と、遺棄現場が向井の所有する屋敷だという点だけで留置場に繋《つな》ぎ止めている。機会があって動機のない山本と、機会も動機も見当たらないが、自分の屋敷から遺体が発見された向井。

単独ではどちらも立件しにくい。縊死自殺としか思えない死因、作為を感じる索痕と扼殺痕。この事件は何か謀《はかりごと》めいた匂いがしていた。

この二人に面識があったらどうだ。

向井と千紘の接点を探っていたが、むしろ山本との関係性を摑むことが重要になってきた。

考えをまとめていると、中野から新たな情報がもたらされた。

「警部からの指示で、白いワゴン車の件を調べてたら、えらい証言、得たんや」

携帯を摑む手に力が入る。

「ワゴン車の目撃証言ですか」

「そや。ほんま簡単な擬態《ぎたい》やった」

「擬態？」

「カメレオンみたいなやつや。周りの色に合わせて隠れてしもとったようなもんや」

向井の別邸周辺を聞き込んだとき、不審な人物や車の目撃証言は一切得ることができなかった。けれどもそれは、刑事の質問に「不審な」という形容詞が付いていたために生まれた盲点だったのだ、と中野は言った。

「向井の別邸と、その周辺のビルを夜間管理している警備会社があるんや。株式会社USちゅうんやけどな。そこの車がほぼ毎晩、ビルの駐車スペースに駐まってるんやそうや。そやからみんな見慣れてる。そこにそれがあっても不審やとは思わへんねん」

「はあ」

「それが、白のワゴン車なんや」

「えっ。でもそれは株式会社USの車なんですよね」

中野がどうして興奮気味で話すのか分からなかった。感情の起伏が激しい中野は、ちょくちょくそんな物言いをすることがある。

「このUS、聞いて驚くな」

中野の口調にさらに熱がこもった。

「はい」

つられて甲高い返事を返す。

「西京メンテナンスの子会社や」

「ほんまですか」

さらに高い声になり苦しかった。

「こんなこと冗談で言えるかい」

「でも……、それに山本が乗っていたとは」

初めて山本を呼び捨てにした。

「それはこれから調べるがな。何か見えてきたな」

中野はそう言ったが、真子はかえって靄《もや》がかかったような気分になった。これから会う山本という男が、とてつもなく摑みようのない人間に思えてきた。

「とにかく証言を引き出せ。お嬢になんぞあったらいかん思て、五時からアパートの外に活きのええ若いもん張り込ませてるさかい心配するな。ブラインドは閉めるなよ」

中野に言われて真子は窓を見た。閉め忘れたままのブラインドが上まで上がっている。これまで気付かなかったが、カーテンレールごと中央で弓なりにひしゃげたブラインドの隙間から外部の光が差し込んでいた。

「主任、夏山さんの部屋から持ち出したものですけど」

「リストがあるさかい、携帯のメールに送らせよう」

「お願いします」

「期待してるで、お嬢」

「うち、彼女の死は無駄にせえへん」

中野からの電話を終えて、無性に喉の渇きを感じた。

真子は珈琲でも飲みたくなり、テーブルにあるインスタント珈琲の瓶を見た。むろんそれに手を付けることはできない。

千紘もここで、珈琲ブレイクをとっていた。しかし瓶の褐色の粉は、もう減ることはない、と考えると犯人への怒りが込み上げた。


しばらくすると、呼び鈴が鳴った。

戸口で山本と名乗る声がして、玄関口まで出迎えた。

「すみません、お呼び立てして」

「ちょっと、ここにくるのはね」

やはり癖なのか顔をしかめて、山本は靴を脱いだ。

「机にあった千紘ちゃんのものは、ほとんどないんですね」

山本は玄関を上がりキッチンから居間に入ると、部屋の様子を見ながら言った。

後に続いた真子は、キッチンテーブルに着き、山本の背中を見詰めていた。

「夏山さんの交友関係を洗い出すために、押収してます」

「そうですか。ここにくるとやっぱり辛いな」

山本は反転して、キッチンテーブルに戻ってきた。

「彼女の普段の暮らしを知りたいんで、辛抱してください」

「仕方ありませんね」

山本が真子の前の席に着く。

「単刀直入に訊きます、山本さん。あなたは十四日の七時頃、どこにいました？」

山本の目をじっと見た。

「何ですか急に。怖いな」

そう言いつつも、山本は目をそらさなかった。

「私のアリバイを聞いてるんですか」

「そうです」

「なんで、そんな必要があるんです」

「あなたの車を、目撃した人がいるんです」

真子の言葉にたじろぐかと思ったが、山本の表情はまったく変わらない。

「私の車を見た？」

「あなたが、夏山さんを訪問する際に利用する車です。裏手の浪速オート専用駐車場で目撃されているんです」

「それは、本当に私の車ですか？」

「間違いありません」

「十四日の七時頃ねぇ」

山本は短く刈った髪を撫《な》で、考えるそぶりを見せた。

それが真剣でないことは、目の動きで分かる。

「目撃されてるんやったら、そうなのかもしれへんけど」

動揺はしていない。いや、していないように装《よそお》っているのだろうか。

「で、刑事さん。私が浪速オートの駐車場に、車を駐めてたことに何か問題があるんですか」

涼しい顔だった。

「あなた、夏山さんが何でもいいから信号を発信してくれていれば、助けられたのにと言ったじゃないですか」

「ええ。それが何か？」

「十四日夜、夏山さんの部屋が見える場所にいたのに、それを言いませんでしたね」

「ちょっと待ってください。千紘ちゃんがここにいたら、私は必ず声をかけてます。そんな記憶がないいんやから留守やったんでしょう」

「事件の日、夏山さんは午後三時に会社を早退しました。その後の足取りは判明していませんが、気になることがあります」

そう言うと、テーブルの上の湯沸かしポットに視線を注いだ。

「これ、妙ですよね」

「普通のポットに見えますが」

山本が首を伸ばし、ポットの周りを見た。

「ポット自体は、どこにでもあるものです」

「じゃあ、何が妙なんですか」

「でも、ほらこれ」

電源コードを持ち上げた。

「これが届く場所に、コンセントがないんです」

立ち上がって、部屋を巡る格好をした。

「使うときに、ポットの方を持ち運ぶんじゃないんですか」

「私もそう思いました。それで余っているコンセントを探したら、冷蔵庫の上に一口空いたものがありました」

「じゃあ、それでいいでしょう」

「それが良くないんです」

真子はポットを持って、冷蔵庫の上のコンセントにプラグを差し込んだ。

「今度はポットを置くところがないんですよ。持ったままって不自然です」

「………」

山本は黙って腰に手を当て、コンセントを見た。

「それで床を確かめたら、延長コードの跡を見つけました」

「延長コード」

「そうです」

しゃがんで、冷蔵庫の横からキッチンテーブルの真下までを指でなぞる。

「たぶん二メートルほどの延長コードが、長い間差し込まれていたんだと思います。

埃の筋でコードの跡が分かりますから」

「それで湯沸かしポットは、問題なく使用できていたんでしょう。それでいいじゃないですか」

「ええ、延長コードがあったときはね」

「刑事さんの言うてる意味が、分からへんのですけど」

山本が口を歪めて言った。

「夏山さんの首に残っていた索条痕などについて、お話ししましたよね」

真子は再び椅子に座った。

「それがあったさかい、自殺か他殺かがはっきりしないという風に聞いたけど」

「死因に直結した索条痕は、あるメーカーの延長コードであることが判ってきました」

「コード」

山本は、冷蔵庫からテーブルの下へなぞるように視線を動かした。

「お分かりですね、私が言いたいことが」

「刑事さんは、ここにあった延長コードが使われたと言うんですか」

「これまであったものが、なくなっている。我々は当然疑いの目を向けます。その横にあるものはアロマポットですが、そこに湯を入れハーブの精油を垂らすんです。部屋に入ったときにもハーブの香りがしていたところをみると、ごく最近までこのポットは使われていたと思われます」

「だからって、何で私のアリバイが必要になるんですか」

顔を曇らせて山本は言った。初めの毅然《きぜん》とした態度とは違って、焦りが見て取れた。

「ひとつは、ここにあったコードが凶器だった場合、この部屋が犯行現場である可能性が出てくるからです」

向井の別邸が犯行現場だとしたら、わざわざ千紘の部屋から延長コードを持ち去り、それを凶器にする必要はない。

「もう一点。死亡推定時刻の範囲内である七時頃に、あなたの車が浪速オートの駐車場に駐まっていたという事実があるからです。さらに夏山さんの遺体発見場所近くにも白いワゴン車が駐まっていた。そしてあなたは、白いワゴン車がそこにあっても不思議に思わないことを知っていた」

一つ一つは弱いが、犯行現場、死体遺棄現場共に目撃されている白いワゴン車を、千紘の死亡と関連づけるには充分だと言い放った。

「なるほど。さすがに警察やな」

　山本は笑顔で言った。様子が変だ。

　その顔をどこかで見た気がした。

　向井雅也。そうだ、まったく違うタイプの顔付きなのに、なぜか取調室で見せた向井の顔を彷彿《ほうふつ》とさせる。真子の背筋に冷たい物が走った。

「やればできるんや、京都府警も」

　山本は鋭い視線で真子を見た。

「十四日の七時頃に浪速オートの駐車場にいたのを認めるのか、違うのかはっきり言いなさい」

　口調を強めた。

「これは取り調べではないんですよね」

　山本はそう言いながら両手を上げて手のひらを組み、それを伸びをするようにして、頭の後ろへ持っていった。まるで職務質問中の不良少年がとる態度だ。

「もちろん任意で、証言をお願いしているんです」

「浪速オートを訪問したかもしれへんな。記憶にないわ」

「業務日報があるでしょう」

「あんなもん適当やから、証拠にされたらえらいこっちゃ」

物の言い方まで変化していた。

自分の目の前にいるのが、懸命に千紘の命を守ろうとした人物だとはとても思えなかった。けれども母の自殺を体験し、自ら命を絶つことの悲劇を繰り返してほしくないとエクステンドのメンバーとなり、胸を詰まらせながら千紘の話をしたのも事実なのだ。それも山本祐一なら、今自分と話しているのも——。

「あなたは向井雅也という男を、知っていますか」

「知ってるよ」

拍子抜けするほどあっさり言った。

「仏光寺の近くにある向井の邸宅も、ご存じなんですね」

「何度もメンテに行ってる、顧客やからね」

「あなたが向井と最後に会ったのは何時《いつ》ですか」

「会う？」

「会って話したのは何時です」

「そうやな、かれこれ十三年ほど前になるかな」

「ふざけないで」

声を荒らげた。

「ふざけてない、ほんまの話や。十五年前に会《お》うて、その二年後に向井の別邸をリフォームしたときにしつこいほど営業をかけて、夜間の管理とかのメンテナンス契約をしたんや。あいつと話したんはその時が最後や。そんなんでもなかったら、誰があんなやつと」

山本の下ろした両手は、拳を作っている。息づかいが荒く、激しく両肩が上下していた。

「あんなやつ？」

「もうええ。さあ、これからどうする？」

「どうする……」

真子の方が、聞きたい心境だ。

「きちんと話のできる場所を用意してえな」

「署に同行して、すべてを話すという意味ですね」

「ああ任意でな」

むろん今の段階で逮捕状など発行されるはずもないから、任意同行に積極的なのはむしろありがたい。しかし手放しでは喜べない。向井と同様の得体の知れない人間が、もう一人増えると思うだけで気が重かった。

「これだけは言うとく。十四日確かに千紘ちゃんに会ったし、向井の屋敷にも行った。それ以上は任意の取り調べでしか言わへん」

「分かりました」

山本の強い態度に気圧《けお》されるように、真子は外にいる刑事に連絡した。

そして九月二十日午後六時五十分、山本祐一の五条署への任意同行を執行した。


午後八時、第二取調室に山本がいた。隣の第一取調室では高藤が向井を尋問しているため、取調官は中野主任、補助官を真子が務めることになった。

中野が人定確認の後、任意での取り調べに入る理由を告げた。

「片岡刑事とのやり取りから、山本さんが認めた十四日の行動に対して、夏山千紘さんの遺体を遺棄した疑いがもたれてます。ええですな」

「ええ。私が望んだことでもありますんで」

素直に山本は応えた。

真子の前にいたときのような悪びれた態度はなかった。

「夏山さんの死亡推定時刻に、彼女と会っていたのは事実ですか」

「会っていたというのは、ちょっと違います」

「どう違うんです？」

「それは言えません」

「言えない？」

中野が後ろを振り向き真子を見た。小首をかしげ、山本の方を向く。

「片岡刑事にやったら話しますか」

「いいえ。私の話したいことは別にあるんです」

「別の話をしたい？　何ですか」

「妹のことです」

「妹さん？」

山本の妹が十五年前に行方不明になった話は、誰にもしていなかった。

「あの主任、ちょっと」

中野に声をかけ、部屋の外に出た。

「お嬢、何のこっちゃ」

取調室から出て後ろ手でドアを閉めながら、中野が訊いた。

「すみません。山本の妹のこと、報告してません」

「妹て？」

山本から聞いた彼の生い立ちと、妹が十五年前にいなくなったが、警察がろくに協力してくれず憤っていることを急ぎ足で話した。

「えらい目に遭《お》うとるんやな」

「同情すべき点はありますす」

「そうやな、うん」

中野はうなずき、取調室へ戻る。

真子も補助官席に着いた。

「話を聞こうやないか。妹さんの件」

中野が山本に言った。

「妹を捜してください」

「ちょっと待った。十五年前なんやろ、妹さんがおらんようになったんは」

中野の言い方は、駄々っ子を前にしているような口調だった。

十五年もの時間が経過してしまうと、本人に戻ってくる意志がなければ見つけられる確率はきわめて低くなる。人々の結びつきが希薄になったために、二、三年でも追跡できないこともある。

「それに二十二歳という年齢や。こんな言い方したらいかんけど、兄さんよりも恋人が頼りの年頃でもあるからな」

「久美子はそんな子とちゃう」

「そない思てるのは、兄さんばかりなりっちゅうこともあるさかい」

「久美子には、私も知ってる恋人がいた。その彼にも何も言わへんのはおかしい」

「恋人が、な」

「将来を約束してたんや、井田順平君《いだじゅんぺい》と」

「井田順平ちゅうのが、妹さんの恋人か」

中野の尋問を筆記していた真子は、自分の書いた山本久美子と井田順平の文字を見ていた。

そしてはっと息を飲んだ。

あのペンダントトップに刻印されていた「J to K」は、順平から久美子へという意味ではないのか。

「あの主任」

申し訳なさそうに、再び声をかけた。

取調官の求めに応じた発言以外、補助官が取り調べの最中に口出しすることは基本的にないが、黙っていられなかった。

「なんや」

中野が背もたれに肘《ひじ》をかけ、身体をひねって真子を見る。

「山本さんに尋ねたいことがあるんですけど」

「ああ、もう代われ。わしが補助するわ。警部かてやったんやから、ええやろ」

中野が椅子から立った。両手で真子を補助官席から追い払った。

「ええのんですか」

「かまへんちゅうてるやろ。始末書でも何でも書くわい」

「ほな、遠慮なく」

真子が椅子に座るのを、きょとんとした顔で山本が見ていた。

「山本さん。夏山さんの部屋に入って、私の一番最初に感じたこと、分かります？」

「なんですか、急に」

不快だという顔付きを山本がした。

「女の子らしくないって感じたんです。十九歳の女性にしては地味だった。ＫＰ樹脂で働いている女性たちに会ってきましたが、夏山さんよりはおしゃれをしていた感じを受けました。ですから、ただ仕事柄ということでもないんですよね」

「女性のファッションなんか、興味はないんですけど」

聞きたくないというのを、山本は耳たぶをいじることで表しているようだ。

「だからあるものが発見されたとき、服装に合わないなと思ったんです」

「あるものって？」

「桃色真珠の指輪。それをペンダントトップにしたアクセサリーです」

「…………」

彼は口を結び、真子を睨み付けた。

「ご存じですよね」

大きく息をするが、山本は返事をしない。

返答がなかったことで、確信を得た。自分の推測が的を射ていると思った瞬間、山本への疑いも大きく膨れ始めた。

「そのアクセサリーがどういうものか、現物をお見せする必要もないほど、あなたはよく知っているはずです」

「刑事さん、取引しませんか」

山本は商談でもするような口調だった。

この穏やかな顔の奥に秘められた恐ろしい形相《ぎょうそう》を想像すると、つくづく人間という生き物が分からなくなる。エクステンドにあったいびつな形のゴミ箱が頭をよぎった。

「日本では、司法取引は認められていません」

きっぱりと言った。

「取引という言葉がよくないのやったら、警察の捜査戦術ということでもいいです」

「捜査戦術を、一般人のあなたから持ちかけられて、警察が受け入れることなど、あり得ません」

「時間が、ないんだ」

唇に力を込めるような言い方をした。

「意味が分かりませんが」

「向井は殺人を犯している」

殺人という言葉に、後ろの中野が反応したのが真子にも伝わった。捜査一課に配属されて強行犯捜査係の一員となった刑事にとって、殺人犯への思いは特別なものがあるのだ。

これまで真子もそして中野にも、千紘の死因が自殺と他殺の境界線上にあることへのストレスがなかったといえば嘘になる。そんな状態の刑事の胸に、山本の言葉は突き刺さった。

「向井が、夏山さんを殺害したというんですか」

真子の胸が高鳴った。

「千紘ちゃんではなく、私の妹、久美子を殺したんだ。ここに、この建物の中にいるんだろう、向井は」

山本は机を拳で殴った。

十五年前に失踪した山本久美子が、向井に殺された。それは千紘の事件への言い逃れか、それとも思い詰めた兄の妄想か。

「山本さん、あなたは自分の言っていることが分かっているんですか」

壁越しの第一取調室を気にしながら訊いた。

「妹がいなくなって、今年の十月一日で、十五年になるんだ。十五年なんだよ刑事さん」

「十五年って？」

「後、十日しかない。たった十日間だ」

「お嬢」

後ろから中野の声がした。

中野に近寄り、顔を近づけた。

「時効や。二〇〇五年の改正で二十五年になったけど、その前の刑訴法やと、殺人《コロシ》の時効は十五年」

中野がささやき声で言った。

「一旦、取り調べを中断しろ、警部と相談や」

「分かりました」

ことの重要性に気付いた真子は、山本に取り調べの中断を告げた。

9

階下の刑事部屋に戻ってすぐ、高藤が第一取調室から戻ってきた。若い刑事に伝令を入れてもらったのだ。

中野が山本と真子のやり取りの内容を説明している間、高藤は顎を撫でながら聞いている。

「そういうことだったのか」

中野が話し終わると、高藤が宙を仰いだ。

「そういうことって、どういうことなんです？」

中野が、真子と顔を見合わせながら訊いた。

「ジグソーパズルでいうところのピースだが、まだ足りないものがある。しかしパズルの全体像は見えてきました」

「全体像といいますと？」

そう訊いた中野が、猪首を伸ばす。

「あくまでも山本サイドからみた解釈ですが」

高藤はそう前置きして立ち上がり、ホワイトボードに近寄った。

ボード用のペンを手にすると「十五年前の山本久美子失踪」と書いた。

「片岡刑事、向井の別邸で発見されたアクセサリーに刻まれたJ to Kのイニシャルを順平から久美子だと、よく気付いた。それをあの庭へ持ち込んだのは山本だ。彼は妹の久美子が向井に殺害されたと思い込んでいるようだな。そしてその時効が来月の一日にやってくると考えている。山本は、当初より我々警察の目を向井に向けさせる目的で行動してきたと仮定すると、向井の別邸でガイシャの遺体が発見されたこと、ガイシャの首に残された不自然な絞め痕、さらには庭で発見されたアクセサリーの説明がつく」

「ということは、山本が向井の過去の殺人を暴露したいがために、細工をしたと」

と言う中野の言葉を、への字口で高藤が聞いている。

「山本サイドからものを見た場合は、そうなるということです」

「あの、気になることがあるんですけど」

「何だ、片岡。言ってみろ」

「徳山弁護士が、向井に面会しにきたときのことなんですが」

「立ち聞きしていたときのことか」

「偶然耳に入ってきたんです」

真子はドアの前で聞いた徳山の言葉を思い出していた。そして釈然としない何かを感じていたのだが、高藤の話を聞いていてその疑問点が見えてきた。

「何で任意同行を求められたとき言わへんかったんや、と徳山弁護士は向井に言いました。さらに奥さんに対して、三日ほどして戻らなかったら、弁護士に言うてほしいと告げていたこともその時徳山は話しました。確かに顧問弁護士がいるんやったら、真っ先に連絡しますよね。それにまだ任意同行という段階で、奥さんに三日ほどと日にちを言うのも変です。普通やったら、何も疑われることがないなら、すぐに帰ると妻には言うんじゃないですか」

「で、結論は？」

「向井は、この件で逮捕されることを予想していたんじゃないでしょうか」

「何やて、ほな向井は逮捕されることを知っていながら、顧問弁護士に何にも言わんかったちゅうんか」

中野が大きな声で言った。

「逮捕されることを知っていたというより、任意の途中で逮捕されてもいいような発言をしたというのが正確かもしれません。そやから山本さん、いえ山本サイドからだけやのうて、向井側からも、時効を意識した戦術やないかと」

真子は発言しながら、頭の中でまとめようと懸命だった。

今回の奇妙な事件は、どちらか片方だけの思惑で成立しているとは思えない。双方の計略が錯綜《さくそう》する構図の中に、警察の捜査が介入している気がした。

「なるほど」

高藤は真子の発言を否定しなかった。

「ちょっと待ってください、警部。向井が十五年前に山本の妹を殺害してると、ほんまに思てはるんですか」

十五年前、中野は現在の上京警察署、当時西陣署の刑事課にいたのだと言った。つまり山本の住んでいる北区の一部を管轄していた警察署にいたということになる。

「山本久美子ちゅう名前には記憶はありません。しかし同じ釜の飯を食った署員らが殺しを見過ごしたなんて思えません。山本が勝手な思い込みで、言うてるに決まってます」

「思い込みで不法侵入したと」

中野の熱っぽい口調を鎮静化させるような、静かなトーンで高藤が訊いた。

「不法侵入だけやのうて、夏山千紘を殺害し、遺棄したんやないですか」

「主任、それはないと思います」

真子にしては大きな声だった。

「何でないって言い切れる。妹殺害の時効が迫ってることで、あいつ切羽詰まってたんや」

「でも人殺しをして、糾弾するやなんてあまりに馬鹿げてます」

千紘が小学生の頃から頼り切っていた山本に殺害されたということを認めたくなかった。それでは千紘が長崎を出てきた意味がなくなってしまう。彼女は何のために自殺を思い止《とど》まり、今まで生きてきたのか。

生き延びたのには、少なからず山本の支えがあったはずだ。そのために山本が一所懸命だったことも事実ではないか。そしてその記録は、エクステンドの活動日誌など に克明に残っていることだろう。

「ほな何か、お嬢はわしとか、わしの仲間がええ加減な捜査をしたゆうのんか」

「そんなことは……」

言葉に詰まった。中野が、これほど過去の職場を大切に思っているとは思わなかった。

「わしはちゃらんぽらんに見えるようやけど、ええ加減な仕事はせぇへん」

「分かっています。分かってるんですけど……」

「山本の方を信じとるようやな」

中野が言い捨てた。

「中野主任。そこまで過去の捜査にこだわるのなら、当時の対応が間違っていなかったことを現在の捜査で証すしかないでしょう」

高藤が抑揚のない言い方をした。

「片岡刑事とともに、十五年前の山本久美子失踪事件と向井雅也との関連を洗い直してください」

「警部」

不満げに中野が言った。その不満の矛先《ほこさき》は、十五年前の事件を再捜査することなのか、それとも真子と組むことなのか。

「おそらく山本の言う取引は、自分が不法侵入したことや庭への遺留品を偽装したことを自白する代わりに、向井の殺人を調べて欲しいということでしょう。つまり彼はこの十数年間周到に調べたにちがいない。ある程度の情報は持っているが、告発できるまでのものではないとみていい。それは情報として参考にさせてもらいましょう」

「取引に応じるんですか」

と訊く中野に、いつもの元気はない。

「利用するだけですよ」

「しかし警部」

「片岡の言った顧問弁護士に連絡を取らなかった件が、引っかかってはいたんです。そして、ガイシャを見たことがあるかも知れないという証言にも、何か計算があるのではないかと疑っていました。その上で、向井はある時点で、山本の存在、そして久美子の事件を想起したのではないか。千紘の死体遺棄事件に関しては曖昧な態度を取り、我々に時間を浪費させるように誘導した」

高藤は一息入れて、そのまま続ける。

「来月一日に時効を迎えることを向井が分かっていたとしたら、すべて氷解します。なぜなら、彼が時効を迎えようとするまさにそのとき、別件で勾留中だからです。別件で捜査している間に、十五年前の事件など調べられないと踏んで、我々をミスリードした」

「そんな危険を冒《おか》しますかね」

「山本の最初の目的は、向井が逮捕されることです。そして次に自分に捜査が及ぶこと。片岡が彼に話を聞きに行かなかったら、名乗り出たかもしれないですね。そこまでやる人間がいなかったら、我々は十五年前の失踪事件に目を向けなかった。そのまだったら、まんまと向井は時効を迎えていた。時効成立の後、ガイシャなどやはり知らなかったと主張し、不当逮捕で訴えることぐらいはしたでしょう。これでも危険だと？」

「いえ、確かにうまくいけば……」

「山本の取引など、向井のしたたかさに比べればたいしたことはないでしょう。勾留期限十日目が九月二十七日、さらに十日間の勾留期限延長が認められて、四日目が時効成立となる。それまでに逮捕状がとれるかが勝負です」

高藤は、再度十五年前の失踪事件に照準を合わせるよう中野に念を押し、持ち場に戻るように指示した。

「中野主任、出過ぎたまねをしてしまいました」

第二取調室へ向かう階段で、真子は中野の背中に声をかけた。

「ほんま、お嬢はおきゃんや。しょうないわ」

立ち止まって、中野は言った。

「すみません」

「もし殺しなんかやなかったら、一週間、鴨南蛮《かもなんばん》おごれよ」

「連続して鴨南蛮？」

「大好物やから、十日でもええ」

「でも、うちの主張通りやったら？」

「このおきゃんが、まだ言うか。ひと月間、鴨南蛮おごったる」

「毎日、同じもんはちょっと」

「あかん。鴨南蛮食え」

中野は笑うと、どことなく寅さんに似ていた。

「もう、主任ゆうたら」

真子も中野につられて微笑んだ。

「嫌やけど、取引に応じろゆうたはるんやから、仕方ないですよね」

そう言いながら、階段を駆け上がり中野を追い抜いた。

取引の内容を聞かせて欲しい、と取調室の席に着くなり山本に言った。

「向井の屋敷の庭が怪しいんです。そこを掘り返して欲しい」

「庭を？」

山本の要求は意外なものだった。

「分かるように話してください」

「実は久美子が介護をしていた相手こそ、向井の父親雅一朗なんだ」

山本久美子は短大で福祉を学び、卒業するとある特養老人ホームが経営する、京都の介護サービス会社へ就職した。

「二年ほど勤めて主任を任されることになった。その前に派遣された介護サービス先が、丸雅の社長、向井雅一朗のところやった。当時は何も知らなかったけど、雅一朗は偏屈者で有名だったそうや。雅一朗のところへ出向いた介護士はみんな音を上げる。その代わり、上手くいけば自信になるちゅうことやったらしい」

子供の頃から真面目で、何事にも一所懸命の久美子は雅一朗に気に入られた。

「久美子の行方を捜しているとき、職場の同僚や上司に話をきいたんやけど、雅一朗は久美子でないとあかんちゅうぐらいまで、気に入っとったようです。兄の私が言うのもなんやけど、清楚で優しい女性やから、どんな高齢者もきっと気に入ると思う」

山本は嬉しそうな顔で言った。その笑顔から、本当に妹を可愛がっていたことがよく分かるが、酔っているような目だった。両親が離婚し母親が自殺して、親戚に預けられるが、久美子の真の親代わりだったから仕方ないのかもしれない。

「仕事は順調やったんやけど、あいつは家庭ちゅうもんに過剰な憧れを持っとった。結婚願望も強かった」

入社間もない頃、老人ホームでの研修で知り合った理学療法士の井田順平と交際していたことは山本も知っていた。何度か井田をマンションに連れてくるようになって、彼の人柄もよく分かるようになった。

「結婚を前提に交際をしたいちゅうてきたときは、ちょっと寂しかったけどな。けどやっと自分の役目ちゅうのか責任が終わるなって思てたのに……」

10

一九九三年九月三十日。午後九時半を少し回った頃、山本家の電話が鳴った。

山本は手にしていた推理小説の文庫本を閉じ、電話に出ようとした。すると横から、風呂から上がってジャージに着替えていた久美子が飛び出し、自分がでると手で合図をした。

山本は、仕事を終えた順平からの電話なのだろうとにやつき、冷やかすような顔を久美子に投げかけた。

久美子は少し顔を赤らめて、一度咳払いをして受話器を取った。

「けど、何や様子が違《ちご》た。順平君からの電話やったら、どことなく顔が嬉しそうやのに、キュッと眉をひそめたんが分かったんや」

山本は当時の久美子の顔を思い出し、自分も眉をひそめた。

「会話は聞いてないんですか」

「黙ってうなずき、分かりましたすぐに、言うたと思うと、部屋へ入って作業着とジーンズに着替えて飛んで出たんや」

「行き先は？」

「何も。ただ、忘れもんを思い出したって」

「忘れもん、ですか」

「ああ。ちょっと遅くなるけど心配いらんちゅうて、自転車で」

「妹さんは普段自転車を」

「あいつの会社は千本北山にある。そこまではそれほど距離がないのにバスやと一本ではいけへん。自転車の方が便利やから」

山本のマンションから千本北山までなら、自転車で二十分ほどの距離だ。勾配はかなりきつい。

「その夜、妹さんは戻らなかった？」

「その時点で、やっぱり順平君からの電話で、彼と何かトラブルでもあったのだろうと私は解釈してしもた」

その晩、久美子は帰ってこなかった。いくら遅くなっても、外泊だけはしなかった久美子が、連絡も入れずに戻らなかったのだ。

山本は、ますます順平とのトラブルが心配になってきた。喧嘩になったとしても、電話ぐらいできる。それができないほど状況は悪化しているのかもしれない。

たとえ久美子が電話できないほど揉めたとしても、順平が山本に何も言ってこない訳はない。山本から見ても、順平は今時珍しいほど誠実な男だった。

「翌朝、十月一日に妹の会社から、欠勤しているが連絡がないので心配してるって、電話をもろた」

「それまで、無断欠勤はなかったんですね」

「そんなもん、あらへん。親がいないからか、お年寄りの世話は親孝行のまねごとができて大好きやったようや。介護の仕事に向いてるなって、よう言うてた。その上、介護士が一人欠勤することで、どれだけ他のスタッフに迷惑がかかるかも気にしてたから。よほどのことがない限り、休まへんかったし、無断ちゅうのは考えられへん」

山本は外泊したなどとは言えなかった。用事で休ませて欲しいと繕うのが精一杯だったという。

居ても立ってもいられず、すぐに順平に電話をした。いくら当時二十二歳と二十四歳の若者とはいえ、久美子に会社を休ませるのは許せない。節度がなさ過ぎるではないか。

ところが、順平は久美子に電話もしていなければ、ここ一週間ほど会ってもいないと言ったのだった。

「嘘をつく男とはちゃう。それはよう分かってるんやけど、その時は気が立ってました」

山本は電話口で叱責《しっせき》し、すぐに顔を見せろと怒鳴ったという。

温厚そうな山本が、こと久美子のことになると変貌することは真子にも想像できた。現に警察を相手に、自分が犯した犯罪行為を盾に取引を迫っている。ボランティア活動に精を出す男とは思えない方法だ。

「彼は仕事の都合を付けて、午前十時頃に私の家にやってきた。順平君の顔を見て、なんぼか落ち着いた。彼の言うてることは嘘とちゃうなと」

冷静に考えれば、恋人に会うのに作業着姿は、年頃の女性として考えにくいと真子は感じた。

「警察に届けは？」

「順平君と一緒に、久美子の友達の家に片っ端から電話した後やから、その日の七時頃やったと思う」

山本は順平を伴い、西陣署へ捜索願を提出した。

「それが一九九三年の十月一日ということですね」

「その日は、よう忘れん。西陣署から帰るとき見た満月が、不気味なくらい澄んでて、きれいやったんや。どっかで事故に巻き込まれたんとちゃうかと、心配しながら見た月なんか、ほんまはきれいに思うはずないんやけどな」

満月。月明かりに照らされた顔を見て、向井は千紘のことを知っているかもしれないと証言した、と高藤が言っていた。

あっ、そうか、久美子がいなくなった夜も満月だった。月光で十五年前の事件を連想し、十五年の時効と関連づけたのかもしれない。

「満月だったのは確かですか」

「忘れられない月夜でした」

次の日から山本と順平は、懸命に久美子を捜した。当然、何度も西陣署に赴き、捜索の進捗状況や、新しい情報がないかを尋ねた。

「嫌やったけど、身元不明遺体も……」

山本はその時見た遺体を思い出したのか、言葉を飲んでうつむいた。

「それで向井容疑者の名前はどのようにして、浮かんできたんですか」

向井が久美子を殺害した、という結論を導き出した経緯について聞きたかった。

「ほんまに向井を調べてくれるんやろな。聞くだけ聞いて、やっぱり止めたなんちゅうのはなしにしてな。殺人犯を野放しっちゅうのはおかしいんやから」

山本は訴えるような目を真子に向ける。

「久美子さん失踪事件と向井の関係に納得できれば、警察は動けます」

積極的に動きますとは、言えなかった。

「納得……」

と囁《ささや》きながら、山本が何度も小さく首を振った。

「あかん、あかん。それやったら十五年前と同じや」

「同じって？」

「西陣署の鴻巣《こうのす》ちゅう捜査官と一緒や。結局は向井に何にもようせえへん」

真子の耳は、背後の中野が「鴻巣」とつぶやいた声を拾った。その口調には既知の響きがあった。

「向井容疑者は、すでに逮捕勾留しています。警察が久美子さんの件で躊躇することはありません。むしろ容疑を固められる証拠が出てくれれば、再逮捕することも辞さない覚悟です」

「証拠ゆうても十五年も経ってるんや。もう久美子の遺体を発見するしかないんですわ、刑事さん。そやから庭を……向井の家の庭を調べてください。お願いします、久美子を見つけたってください」

山本はにわかに平身低頭し出した。ゴツンゴツンと机に額がぶつかる音がする。一心不乱に頭を振る動作は病的だ。

「止めてください、山本さん」

「見つけてくれますか」

「とにかく落ち着いて話しましょう」

山本の動作は停止したが、額は赤らんでいる。

「山本さんが、自信を持って向井容疑者の別邸、そこの庭に久美子さんがいると思う理由を教えてください」

「裏切らんといてくださいよ、刑事さん」

「裏切ることは、ありません」

真子は言い切った。今この状況では、山本の証言を引き出すことを優先させた。

「ＮＴＴの一三六番に問い合わせれば、一番最後にかかってきた番号が分かるサービスがあり、調べたんですが、最後は久美子の会社でした」

山本が弱々しい声を出す。彼は標準語になったり関西弁になったりするだけではなく、弱気だったり強気だったりころころ変化する。これほど心情をはかりづらい人物とは思わなかった。

「会社での業務日報とあるクレームから、向井雅一朗の名前を知ったんです」

会社に事情を話すと、上司も同僚たちも我がことのように親身に対応してくれた。心当たりを探してくれたり、トラブルのあった契約者などにそれとなく探りをいれたりしたが、久美子の足跡をたどることはできなかった。

そこで頼りになったのは、久美子が残していた業務日報だった。

日報によると、いなくなった日の午前中の三時間、向井雅一朗の介護を受け持っていた。午後は、伏見のリハビリ施設に入所している患者が退院するのを自宅に連れて帰るという予定が入っていた。しかし向井の介護が長引き、送り届けるだけだからアルバイトに代わってもらったと記載されていた。

だが、リハビリ施設の婦人は退院祝いに、好物のウナギを食べたいと、自宅へ向う途中でウナギ専門店に立ち寄りたかったらしい。それを久美子になら言えたのだが、初めてのアルバイトには遠慮したという。

その不満が自宅に帰ってから再燃し、クレームとなった。翌朝会社の人間に電話をした婦人は依怙《えこ》贔屓《ひいき》があると言ったそうだ。

つまり、その前の訪問先である向井雅一朗に対して嫉妬していたということが分かった。もちろん婦人は雅一朗の名前など知らない。

「忘れ物、と久美子が言ったのが気になったんです。もしそれが本当なら、忘れ物をした先は午前中に介護した向井雅一朗の家ではないかと」

山本は、妹の会社から向井雅一朗の連絡先を聞こうとしたが、守秘義務があるからと断られている。しかし雅一朗は寝たきりだけれど、意思の疎通は充分図れるので、会社の方から確かめるということになった。

「返事は？」

「息子を通じて本人に聞いたが、久美子の訪問した形跡はなかったって」

「雅一朗氏は久美子さんを呼んで欲しいと言っていなかった、ということになりますね」

「ええ。こっちも必死やったから、何か手がかりがないかと、久美子には悪いと思たけど彼女の部屋に入って持ち物を調べたんです。そしたらその中から見慣れないものが出てきました」

「何ですか」

「反物です」

「着物？」

「私は父親代わりやって言うてましたけど、嫁入り前の女の子やったら、着物の一揃いも用意したらんとあかんのに、そんなこと気付かんかった。成人式も貸衣装やったちゅうのにね。金銭的な余裕がありませんもん」

　山本は悲しそうな目を向けた。

　順平が久美子に贈ったものかと尋ねてみたが、彼は首を振ったそうだ。

　自分で買ったものにしては値が張る感じに見える。いくらぐらいするものなのかを調べようと反物をよく見た。するとそこには「お仕立て券と寸法シート」というものが添えられていた。

「お仕立て券に丸雅という屋号と住所、それから代表者の名前があったんです」

「向井雅一朗やったんですね」

「何か、嫌なものを感じたんです。分かるでしょう？」

　彼のその表情から、何が言いたいのか真子に伝わった。他の被介護者から嫉妬されるほど、久美子が雅一朗のところに通っていたとすれば、その反物は褒美《ほうび》に近い意味合いを感じさせる。

「忘れ物というのも、嘘に思えてきたんです」

「忘れ物とは違うと」

「その後、渡されていた鍵が出てきたんです」

丸雅と書いたタグの付いた古い鍵を思い浮かべた。

「向井の別邸の庭に、あなたが置いた鍵ですね」

「そうです」

遺留品の偽装についての証言も得ておきたかった。

「鍵を、なぜ現場に置いたんです」

「あの鍵は、妹がいなくなった当時の向井邸のものです。千紘ちゃんの指紋を付けておけば、殺人容疑がかかるかもしれん。そこに久美子の指紋でも付いていたら、向井の家を徹底的に調べてくれるんやないかと思たんです」

警察の捜査を攪乱《かくらん》するためではなく、誘導するための山本の工作は徹底している。

「ペンダントには、何の意味があるんですか」

「順平君が久美子のために買《こ》うてくれたもんで、彼に会うときはいつも身に着けていたと聞いたんです。もし怨念のようなもんがあるんやったら、あれが久美子に引き合わせてくれるんやないかなって。それと……」

「何ですか」

「順平君の気持ちがこもってたさかいに」

「妹さんを探す手がかりとなるかもしれんと、思わはったんですか」

「事実、刑事さんらは疑問を持ってくれたやないですか」

向井を逮捕するきっかけになったが、そのことが山本の意図に適《かな》うものなのかどうかは分からない。逮捕して向井と千紘の捜査に傾注している間に、久美子の殺害の時効を迎えるかもしれないのだ。万事はこれからの警察の捜査にかかっている。

「話を、どうして向井邸に目を付けたのかという問題にもどします。鍵の存在が、妹さんの最後の訪問先だと決める理由にはならないと思うんですけど。むしろ、鍵を置いて出たということは、向井邸へ向かったのではない、と考えませんか」

「向井邸からの電話で家を出たとして、鍵を持ち出さないはずはないと思いますよね。私もそのように考えました。寝たきりで、介護の必要な人間ということで、出入りのための鍵を預かってるんでしょうから。鍵がないと戸を開ける人間もいないはずです。けれど開ける人間がいたらどうなるんやと、ふと思いついたんです」

山本はお仕立て券の電話番号へ連絡を入れた。

当然店舗につながり、雅一朗は病床につき息子に代表者を譲っていることを知る。

「何とか社長に取り次いでもろた」

「向井雅也、いえ向井容疑者はどんな反応でした」

「そう言えば昨日は介護士がきていなかったなと言って、一昨日の久美子のことなど知らないと。毎晩、父親を見舞っているから、そこに介護士がいれば気付いているはずだって。実の父親に対して見舞うって言ったんですよ、あいつ」

父親を知らない山本にとって、その存在はどこか特別なものなのだろう。他人行儀な言い回しに引っかかったようだ。

「介護士がきていないのに、介護サービス会社に報告しなかったんですね」

真子は、その方が気になった。

「そこです、刑事さん。私が向井という人間、いや向井家に対して最初に疑問を持ったのは」

それは山本の根拠のない勘のようなものだった。父と子の間に微妙な距離感がある気がした。同時に、久美子に関して何かを知っていると思ったのだと彼は言った。

隠そうとする事柄について、あえて言及してしまうことはよくある。真子は、やましさを打ち消そうと饒舌《じょうぜつ》になる人間を、交番勤務で何人も見てきた。

介護士がきていないことに今気付いたかのような、向井の発言は蛇足に近い。

「電話では埒《らち》があかんと、いまは別邸やけど当時は先代社長宅やった、仏光寺の家へ直接行くことにしたんです」

住所は久美子が会社へ提出した交通費の明細から調べ、山本は向井邸へ赴いた。

「びっくりすることに、その日から、雅一朗の世話を見ることになった人がきてました。それも久美子の会社には通さんと、独自に探したようです。介護士ではのうて、家政婦やというてはりましたけど」

山本は病床の雅一朗に会うことができた。初めは人になど会える状態ではないと家政婦に言ったそうだが、久美子の兄だというと、むしろ雅一朗は快諾したという。

「向井容疑者の父親、雅一朗氏と話をしたんですね」

「右半身が麻痺していて、失語症を患ってましたけど、こちらの言うことは分かりますし、彼が言っていることも何とか理解できましたよ。すぐに一昨日の夜のことを尋ねたんです」

雅一朗の話では、午前中から午後、そして夜まで久美子は向井邸にいたことが分かった。その日久美子の予定は、午前中にやってきて、午後に一旦他の契約者のところへ行き、再度夕刻に戻ることになっていた。しかし、雅一朗のある願いのためにずっと久美子にいてもらった。

「雅一朗さんの奥さんの命日やから、お仏壇に奥さんの好きやったもんをこさえて供えて欲しいとゆうことでした」

「九月三十日が、雅一朗夫人の命日」

「久美子はそんな、しんみりした話に弱いんですよ。だから雅一朗さんの奥さんが好きやったあんころ餅を作ってお供えしたんやそうです。気付くと夕方になっていて、夕飯を食べる介助をして七時過ぎに向井邸を出た。それから先は久美子を見てないって」

山本は雅一朗に何度も確認したが、彼の答えは変わらなかった。

「雅一朗氏の言葉をどういう風に受け取ったんです？」

「曖昧な発音は聞き取りにくかったけど、誠意みたいなもんを感じたんです」

「嘘をついてないって、ことですか？」

「そうです。話すだけでも相当なエネルギーがいるようで、息をするのも辛そうな状態やから。それでも久美子にまたきて欲しいって何度も……。それで嘘はついてへんと思たんです」

雅一朗を思い出しながら、山本は感想を述べた。

「でもあなたは、向井邸を怪しいと考えた。なぜです」

「雅一朗さんはほんまのことを言ってるとしても、問題は息子の方です。私は、こんなことを訊いてみた。昨日一日はどなたが介護をしたのかって」

雅一朗は、誰もこなかったと言ったきり黙ったという。

「雅也にはすでに妻がいた。しかし一度も父親の介護をしたことがないような感じやった。むろん家の恥やと思てるから言わへんかったんやろうけど。それで、もう父と息子の関係は壊れてると確信できたんです」

山本は、鍵を開けて久美子を招き入れるには、雅一朗の他に誰かがいなければならないことにもう一度触れた。

「向井容疑者しかいないと判断したんですね」

「私の会社がメンテナンスの契約をしているビルがあります。向井邸の斜め前なんですが、そこに防犯ビデオが設置してあるんです」

「ビデオに妹さんが映っていたんですか」

真子の反応に呼応するように、中野の驚く気配がした。ビデオが存在していながら、向井をマークしなかったとしたら西陣署に落ち度があったことは決定的だ。

「残念ながら久美子自体は映ってへんかった。けど、犬矢来の前、電柱の側に、久美子の自転車をちょっとだけカメラがとらえとったんです。見覚えがあるママチャリやから分かります」

「そのテープは」

「会社に内緒でダビングして、置いてあります」

「警察に提出してもらえますか」

「ええ、家にありますから」

「自転車は？」

「次の日になくなってましたから、ありません」

現物がなければ、久美子の自転車とビデオ画像を照合できない。

「とりあえず調べます」

久美子が当時乗っていた自転車が分かるものはないか、真子は尋ねた。アルバムなどを探せば、一枚くらい自転車が写っているものがあるかもしれない。

「探してみます」

「井田さんが持っているかもしれませんね」

「いや……」

山本が口ごもった。そしてすぐに言った。

「彼は、もう結婚して家庭を持ってますから」

十五年という月日が経っていることを改めて感じた。

「そうでしたか」

「それでも律儀な順平君は、毎年年賀状をくれます」

山本が大きくため息をついた。

事件当夜、久美子が向井邸に入ったことに確信を深めた山本は、仕事の合間に向井邸を見張っていた。家政婦や雅一朗をことあるごとに訪問して、それとなく話をする日々を続けた。しかし、何も摑めはしなかったと悔しげに言った。

「警察の方は？」

中野の手前訊きにくいが、思い切って質問した。

「久美子の会社とあいつの住所録にあった友達、そして順平君に話を聞いた程度やったんとちゃいますか。私があんまりしつこく向井のことを言ったんで、何度か調べにいったゆうのは、お手伝いさんから聞きましたわ」

行方不明者の捜索としての手順は間違っていない。成人した人間の失踪では、やはり事件性の認定が乏しいときの動きには限界があった。その枠からはみ出せばたちまち職権乱用、人権蹂躙《じんけんじゆうりん》の批判を受けかねない。

「何もできひんまま一年半ほどで、雅一朗さんは他界しました。そしたらそれを待ってたように、すぐ屋敷を現在の形に改装しよりました」

「待ってたように」

気になる言い方だった。

「何度か雅一朗さんと話して分かったんですけど、あの屋敷も庭も彼の自慢でした。とくにひょうたん形の池が大好きやったみたいです。そやからセキュリティを強化するんは分かりますけど、あの池をつぶしてしまうんは雅一朗さんが生きてたら、考えられへんかったはずなんです」

　山本の目が鋭くなった。睨み付けるように真子の目をとらえる。

「ひょうたん池を、つぶした」

　真子が見た向井別邸の庭は完全な枯山水だった。一滴の水もなく、砂紋が流れを表現していた。

「怪しいと思いませんか。なにも池をつぶすことあらへん」

「その池は庭のどの辺りにあったものなんですか」

「庭に向かって、右側に」

　大きな庭石があった場所だ。

「大方庭の半分弱までが池やった」

「あなたはその池のあった場所に……」

　さすがに久美子の遺体が隠されているとは、山本の前では言い辛かった。

「私とか順平君に、何にも言わんと行方をくらますやなんて考えられない。あの晩に向井の家に行ったことが確かやったら、もう最悪のことを考えんと仕方ないでしょ」

そう言って山本はきつくまぶたを閉じた。

彼は改築後、向井と会って、自分の会社と管理契約を結ぶよう営業した。しつこく周辺をかぎ回っていることを知っていた向井は、まるで潔白を証明するように契約書にサインをしたのだった。

「挑戦的、そんな言葉がピッタリやった。まあ夜間の警備をどこかに依頼しようと思っていたから、ちょうど良かったって言いました」

四年前に、久美子の名は家出人捜索リストから外されたと聞かされた頃、新聞である事件が報じられた。

それは東京都足立区の小学校女性教諭を殺害し、自宅の床下に埋めたと、千葉県に住む元警備員の男が警視庁綾瀬署に自首した事件のことだ。自首したにもかかわらず、改正前の公訴時効十五年が成立しているため不起訴になるだろうと報じ、時効とは何なんだと各メディアが騒ぎ立てた。

その頃真子は刑事を目指して勉強をしながら、四条の繁華街で交番勤務をしていた。刑法上でいう刑の時効と、刑事訴訟法の公訴時効とを分けて考え、その存在意義などを改めて勉強し直したことを覚えている。

「焦ったんです」

ぽつりともらし、山本はうなだれた。

「向井容疑者が犯人やったとしても、公訴時効を迎えてしまうと思ったんですね。それが来月の一日にあたると」

「ずっと何とかせなあかん、と思い悩んでました。メンテナンスから警備だけを担当する部署が独立し、株式会社USができて、そこへ管理主任として週に一回出向していたのを利用して、合い鍵を使《つこ》て庭を調べたりはしていたんですけど。素人では何にもできひんかった」

「入ろうと思えば、いつでも合い鍵で侵入できたということですか」

「週に一回だけやけど、メンテナンスで仏光寺方面に回るさかいに見回りもやっとくとか、それなりにうまいこと理由を付けなあきませんけど」

メンテナンスとセキュリティの両サービスを行う会社ならではの杜撰《ずさん》さだと、真子は思った。元々日本のセキュリティサービスの会社は、基本的に侵入者がいても犯人確保よりも警察への通報に力点を置いている。犯人確保のために特別な訓練を必ずしも必要としないため、メンテナンス要員でも防御と通報訓練さえ受ければ成立はする。

「夏山さんの遺体を運んだのは、山本さん、あなたですね」

ここの証言は、重要になってくる。

「私がやりました」

「その日、あなたが行ったこと、すべて話してくれますね」

山本は少し間を空けて、ごく小さくうなずいた。

11

山本が千紘から電話をもらったのは、十四日の昼だった。児童ポルノに関するサイトの広告などを目にする危険から、インターネットにつながる携帯電話を持たないように指導していたため、KP樹脂の食堂脇にある固定電話からだった。

組み立てラインの班長に当たる男性と、アルバイトの学生とのやり取りを耳にしたと、千紘は興奮気味に話したという。

「携帯電話に迷惑メールが届いて困っているという内容だったそうです。けどその中身が千紘ちゃんを地獄のどん底へ突き落としました」

それは『禁断の小学生動画あります』という宣伝メールだったのだ。

「そんなものはよく出回っている類のものだと言ったんですけど、もうパニック状態で聞いてくれませんでした」

取り乱した千紘に何を言っても、過去に撮られた自分の映像が含まれているかもしれない、と泣きじゃくるだけだった。

「それでもしばらく話していると落ち着いてきました。それで過去ではなく未来に目を向けさせようと、最近ふとしたきっかけで彼女が言い出した、心理カウンセラーへの道についての話を持ち出したんです」

「美容師になりたかったのではないんですか？」

「楠葉に出てきたときは美容師を目指してましたけど、ごく最近、心理カウンセラーになって、自分と同じような心に傷を持つ女性を助けたいと言い出したんです」

千紘は三ヵ月に一度、エクステンドを支援してくれる心理カウンセラーのアドバイスを受けていて、担当の女性カウンセラーに憧れているようだった。

「そのカウンセラーも親の虐待を経験しているんです。だからこそ被害者の恐怖が身にしみて分かるんだと言ってました」

千紘の最終学歴は高校中退だから中卒になるため、大学入学資格検定に合格して大学進学を果たし、そこで心理学を専攻するという青写真を山本とともに描いていた。

「そのために、千紘ちゃんが苦手やった国語の勉強を集中的にやり始めていたんです」

集中という言葉を聞いた瞬間、ジュニパーベリーの香りを思い出した。

真子は中野に、千紘の部屋からの押収物の中にテキストらしきものがあったか尋ねた。

中野は首を振った。

「ノートがあったはずです。そこに会社の新聞から社説とかコラムを写し取ってました」

「主任、ノートは？」

真子は、中野の方を振り向き小声で訊いた。

「そうゆうたら細かい字でいっぱい書いてあったわ。政治と経済関連のことやったから、目は通したけど、自殺とか事件には関係ないと思てたな。その中にエクステンドを取り上げた記事があったな。あんたもインタビューされてたやろ」

「たまたま事務所にいたので、自殺者の家族、周りの人間がどれだけ苦しいかゆうのを話しました」

「そうですか。彼女は努力をしてたんですね」

千紘は夢を持って、自分なりにできることをやろうとしていた。アロマポットを使用して、気を静め勉強に集中する努力をしていた。

それを一瞬で消し去ってしまうほど、千紘には過去の映像が怖かったのだ。

「それで夏山さんに会う約束をしたんですね」

山本に向き直り尋ねた。

「ええ、七時に樟葉駅前のある喫茶店で会いたいって」

「七時にですか」

実際には千紘は早引きをしている。

「書店に行って、学習参考書を見るようなことを言うてたんです」

「でもあなたは浪速オートのガレージに行った。なんでですか」

「車を置くところがなかったんで、浪速オートに置かせてもらって、樟葉駅に向かおうとしたんです」

浪速オートから樟葉駅までは、徒歩でも行ける距離だ。

山本が六時半頃に駐車場に着き、ふと窓を見ると明かりが灯っているのが見えた。

「なぜ樟葉駅前の喫茶店を指定したんやろと思いました。戻っているのなら、彼女の部屋で話すのにって」

山本は千紘が、これまでとは違う感情なり思いなりを持ち始めたのではないかと思った。それは年頃の妹の、親代わりをしてきた経験から感じ取ったことだ。

「鈍感だったなと。千紘ちゃんも子供やのうて、十九歳の女性なんだということをその時、感じたんです」

だから、千紘が七時に樟葉駅前の喫茶店で会いたいと言った以上、その言葉を尊重しようと思い、山本は駐車場で適当な時間がくるまで待つことにした。

「ブラインドが上がったとき、私は身を隠してしもたんです。見られたら、監視してるみたいになると思って」

それがいけなかった、とテーブルの上で拳を握りしめて悔しさを滲ませた。

「そのときの様子を詳しく教えてください」

顔が上気しているのではないかと思うほど、真子の身体にも力が入った。

「私が顔を上げたとき、ブラインドを背にして千紘ちゃんは立ってたんです。腰板に座るような格好です」

千紘の部屋の窓枠には七、八センチの幅があった。

「部屋の内側を向いていたんですね」

「そうです。窓ガラスにもたれかかっているように」

「それは時間にしてどれくらいです？」

「五、六分ほどだったと思いますけど、よう分かりません。そうしてたら、千紘ちゃんの身体がガクンと下がって……」

その異変に山本は車から飛び出して、千紘の部屋に入った。合い鍵は持っていたが、錠はかかっていなかったと言った。

「コードをブラインドが取り付けてあったカーテンレールにかけて、千紘ちゃんは……」

しわくちゃな顔をして目を瞑《つぶ》ると、山本の頬を大粒の涙が流れ落ちた。

あのカーテンレールの歪みは、吊り下がった千紘の体重のせいだった。

山本は蘇生法を試みた。しかし千紘の息は戻らなかった。

「私は、その場に座り込んでしもたんです。情けない話ですが、腰が抜けたような感じやった。まだ温かったから、死んだような気になられへんかった。寝てるにしては苦しげな表情が可哀相やったぐらいで、声をかけたら起きてくるかもしれへんと思えました」

時間の感覚はなかった。

「何度見ても、声をかけてもいびつな顔付きは変わらへん。その顔を見ているうちに心の底から、腹立ってきたんです」

「腹が立つって、誰にですか」

「私の腕の中にいる千紘ちゃんに対してです」

目が血走っている。

「夏山さんに？」

恐る恐る訊いた。

「それはそうやないですか。ただ命を捨てんといてほしいという一点だけに、これまで私やエクステンドのメンバーがどれだけ一所懸命になってきたか。それぞれ仕事で神経を使い、また自殺志願者のためにさらに神経をすり減らしてきたんは何やったんやろ。久美子のことを思い浮かべたんです。あいつは生きていたかったんや。そやのに向井に遠くへ連れ去られたんや。自分で死ぬやなんて。久美子の気持ちも考えろって」

山本は母に自殺され、自分を散々責めた。いわば責めることの限界に達していたのではないか。

人間は必要以上に自責を強めると、その矛先を変えざるを得なくなるのかもしれない。

山本は自殺した千紘を心中で責め始めた。その結果、あるよこしまな考えが浮かんできたのだ。

「千紘ちゃんの死を無駄にしたくない。そんな大義名分がまず浮かんだんや」

「夏山さんの遺体を利用することを、正当化しようとしたんですね」

「そう言われても仕方ないです。でもそのときは、怒りと共に千紘ちゃんの自殺は、自分に与えられた千載一遇のチャンスなんだという思いに憑《つ》かれてた。もっと言えば、向井の時効を阻止するために、千紘ちゃんと巡り合ったというような……」

そんな馬鹿な。あまりに自分勝手な論理だ。

真子は憤りを飲み込み、感情を抑えた。

「言い訳と違《ちご》て、取り憑かれていたとしか思えへんのです。よく無我夢中って言いますけど、ほんまにそんな状態やった」

山本は千紘の首にかかっていたコードをはずし、千紘の遺体とともに駐車場にあるワゴン車まで運んだ。

「それは夏山さんの部屋の、あの延長コードやったんですね」

「その通りです。刑事さんがなくなってるって気付いたもんです」

千紘の遺体を乗せた山本のワゴン車は、真っ直ぐ向井邸へ向かって走った。

「向井容疑者が在宅してるとは考えなかったんですか」

「向井が出張で、夜にしか戻らないことは知ってました。管理上、家政婦さんからある程度のスケジュールは聞いてますから」

「向井容疑者の別邸に着いたのは、何時頃だったんです？」

「たぶん、七時半ぐらいやったと思います。自分でも信じられへんほど、素早く行動できました。あの庭に面した大広間に行って彼女の首に、向井の家にある帯締めを巻きつけて」

「なぜ帯締めを」

「上等そうな箪笥を開いて紐《ひも》状のものを物色したら、帯が出てきました。呉服屋やったんやから、それがええやろと思たんですが、幅が広すぎて欄間に通りそうもなかった。そしたら帯締めを見つけたんです」

「扼殺、指の痕が残るようにしたのはどういう意味があったんですか」

「見知らぬ女性が自宅で首をくっているという状態で、向井がどう出るのか。ほんで、それが他殺体やったらどうなるかって考えたんです」

山本が死体を遺棄することの目的――。向井が見知らぬ女性の首つり死体を見た瞬間に驚愕し、十五年前に自分がやったことを思い出すと思ったのではないか。

「……ひょっとしたら、妹のときと同じように」

「死体を隠蔽すると？」

死体遺棄という方法で、向井の犯罪を暴こうとした。犯罪行為によって、昔の犯罪を糾弾できると山本は考えた。

「そうです、久美子と同じように……。そしたら後日、警備員と一緒に何か証拠になるもんを見つけたろと」

夜間物音がして警備員が侵入し、遺体を見つけて警察に通報するというシナリオを頭に描いたと山本は言った。

ところが向井が遺体に気付く前に、向井邸に同行した客の木下に遺体を発見される。隠蔽するどころか救急車を要請したのだ。

「もしかしてあなた、現場の近くで向井邸の様子を見ていたんですか」

「いえ、その夜は九時にUSの人間がくることになってましたから、あの付近にはいませんでした」

「もう一つの仕掛け、つまり見つけた遺体が他殺体やと判断されたとしたら、どうなると踏んでたんですか」

「知らない女性が自殺に見せかけた他殺体だったとなれば、向井に疑いがかかるのは当然でしょう？　そうなったとき、私が置いておいた古い鍵とか、久美子が順平君から貰《も》ろたペンダントとかが効いてくるんとちゃうかと考えたんです」

「警察が庭を調べ、向井容疑者の十五年前に犯した殺人も暴かれる」

「上手くいけば、です。もし逮捕されても捜査が庭に及ばなかったら、私が遺棄犯であると自首するつもりでした。でも幸い優秀な刑事さんが私に気付いてくれはった。自首いうのも勇気がいりますから」

そう語った山本の目には、もう涙はなかった。

「確かめたいことがひとつあります」

真子は改まった声を出した。

「なんですか」

「あなたはいまも、向井容疑者の別邸に妹さんがいると考えているのですか」

「妹がおらんようになってからずっと、向かい側のビルを管理する会社の陰に隠れて、目を光らせていたんです」

「あの屋敷から妹さんが出て行った形跡は、ないということですね」

「私の調べたビデオを確認してください。妹の自転車を妹以外の男が移動させるところが映っていますから」

山本は大きく息を吸って、そしてゆっくり吐き出した。

翌朝、正式な逮捕状を取って山本祐一、四十二歳を、夏山千紘の死体損壊並びに遺棄罪の容疑で通常逮捕した。

真子の取り調べた内容は、逐一中野が高藤に報告を入れていた。

それを受けて水森は、古い鍵から採取した雑多な指紋のうち一つが、山本のものであることを確認した。久美子の指紋も鍵のタグとペンダントから見付けられた。また山本の日常的に使用していたワゴン車の中から延長コードが発見され、それから山本と千紘の指紋が採取された。さらに千紘の首に付いていた索条痕の画像データとコードの形状が一致したのである。またコードにジュニパーベリーの精油成分が付着していたことも、千紘の部屋で使用されていたものと同一品であることを証明した。千紘の部屋のブラインドを固定していたカーテンレールに残った摩擦痕が延長コードにも認められたことと、窓の腰板付近にあったわずかな尿成分が千紘のものであることなどを総合して、彼女が縊死した場所は、山本の言うとおり樟葉ハイム一〇二号室だと断定した。

「しかしけったいなことになったな」

中野がそう言ったとき、鴨南蛮が二人の前に置かれ、鰹《かつお》ダシとネギの風味が辺りに漂う。

「ほな、遠慮のう」

真子は山椒《さんしょう》を振りかけ、箸《はし》を割った。

「一つのヤマで、共犯でもない人間を二人も逮捕したんやで」

「でも向井は不起訴になるんやないですか」

「そらそうや。殺しも遺棄もしてないんやからな」

「困りました」

「向井は誤認逮捕ちゅうことになるからな。警部も着任早々たいへんや」

中野はひそひそ声で言った。

「そやのうて、久美子さんの件です」

「お嬢、ほんまに山本の言うこと、信じるつもりか」

うどんを旨そうに啜《すす》りながら、中野は真子に言った。

「そやかて主任。山本の言うことを認めてるさかい、これおごってくれてはるんとちがいますのん？」

　鴨肉を箸でつまみ上げながら訊く。

「それもそうやな」

「山本証言を信じなかったらどうなるんですか」

「遺棄については山本の自白通りや。けどな、そないに上手いタイミングでガイシャが自殺を実行してくれるもんか？」

　ガイシャという言い方は、千紘が自殺だと断定されれば少し違うのではないか。

「主任は、山本が直接手を下したと言わはるんですか」

　口に入れかけたうどんを、中途で止めた。

「水森班長にもう一回相談するつもりや、縊死の偽装がないか」

「話をそこへ戻すんですか」

「戻すも戻さんもあるかい。わしは最初からこれもんやと」

　中野は小指を舐めて、自分の眉毛を撫でつけて見せた。眉唾だったと言いたいのだ。

「そんなぁ」

「それに山本の妹がおらんようになった後、雅一朗を介護してた家政婦にも裏取りしたろと思てるんや」

現在、昼間の屋敷を管理している滝口久子は、雅一朗が他界してから向井邸で働いていた。したがって彼女とは別の人間が、介護に当たっていたことになる。

「裏は取らんとあかんと思いますけど……」

「けど何や？」

「頭ごなしに眉唾ゆうのは、ちょっと」

「ちょっと何や？」

「ちょっと、へ、へんことちがいますか」

「へんこ？　このわしのどこがへんこや」

「もう、おうどんのハネ飛ばさんといてください」

「お嬢が、あんまりなこと言うさかいやないか」

中野はズボンのポケットをまさぐっている。

「ハンカチやったら持ってますしぃ」

「それにしても、お嬢はああいうタイプに弱いんか」

「あほなこと言わんといてください。捜査、取り調べに私情を挟んだりしません」

「ふうん、やっぱり私情では好っきゃんのタイプちゅうことか」

「ええ加減にせな、ほんまに怒りますよ。うちのタイプは龍馬さんなんやから」

好っきゃんとは恋人という意味だ。真子の理想のタイプは男女問わず乙女だったが、それを中野に分かるよう説明するのが面倒くさかった。

「龍馬って、坂本はんか」

「えらい気安う言わはるわ」

「ほう」

中野がにやついた。

「何です主任、気色悪ぅ」

「休みになったら、京都にある龍馬ゆかりの場所を歩いてるんやって、あの方」

「あの方？」

「へえ、そうでっか。理想は坂本はんですか」

「変な言い方止めてください。ぞぞげが立ちます」

「鴨肉食べといて、鳥肌立つやなんて言うな。鴨に気ぃ悪いわ」

中野がうどん鉢を持ってダシを飲み干した。

「十五年前の殺しの方も、わしは信じてないで」

そう言いながら、中野は財布から千円札を二枚取り出してテーブルに置いた。

「あくまで鴻巣さんの方を信じると言わはるんですか」

「当たり前や。同志を信じるように、わしらは教育を受けてきた。個人戦やのうて団体戦やから味方を信じな、やっていけへんのや。ほなお先」

「ちょっと待ってください。十五年前の殺しに疑問持ったはるんやったら、おうどん代は」

「おう、そうやったな。山本の言い分を信じてる、へんこととちゃう高給取りのキャリアにおごってもろた方がええな」

再びにやつき、中野はテーブルの上の千円札を一枚摑んで店を出て行った。

あのスカンタコが、おごってくれるはずない。

少し伸びたうどんを啜った。その柔らかさ、嫌いではなかった。


午後、真子は水森と科捜研にある高性能ビデオデッキの前にいた。

十五年前の事件を洗い直し、向井を過去の殺人で逮捕できるよう要件を満たせ、と高藤から指示されていた。

ただし山本が遺棄を自白し逮捕されたことで、向井は勾留期限を待たず釈放されることは決まっている。今日の夕刻には、京都地検にあの徳山弁護士が、引き取りにくることになっていた。もう二度と千紘の件で、向井が裁判を受けることはない。

久美子の事件の時効成立まであと九日。何とか久美子失踪の真相を明らかにしなければならないのだ。真子には、高藤が山本の言葉を信じていることが原動力となった。中野がどう思おうと、高藤の命令に従うだけだ。

ビデオをデジタルに変換して一コマ一コマを拡大してみる。

山本が保存していた防犯ビデオの映像だ。そこには電柱の明かりの下に駐めてある自転車の後輪が映っていた。

「確かに似た自転車やね」

コンピュータのモニターの一つには、自転車の横に立つ久美子のスナップ写真が拡大されていた。

山本兄妹が住んでいたマンション周辺に詳しい真子には、それが平野神社境内の裏手にある鳥居であることが分かった。桜の名所だが、上部に写っている桜花はまだ七分咲きのようだ。

山本の話では、休日の昼、神社内で売るたこ焼きを買った帰り道だそうだ。咲き誇ると見物客でごった返すので、早めの花見をすることになった。

優しい笑顔だ。写真を見る人に微笑みかけているようだが、これはカメラを持った兄である山本祐一へ投げた笑みだ。それを見るだけで、兄妹仲が良かったことがよく分かる。

ありふれた婦人用自転車のハンドルを持って歩いている久美子を、一緒にいた山本が突然撮ったという感じのアングルだ。自転車のハンドルとサドル、後輪の上半分までがフレームに入っていた。

そしてもう一台のディスプレイには、防犯ビデオの映像を拡大したものが画面一杯に映し出されていて、水森と真子はそれらを見比べていた。

「リアキャリアにある傷の形が似てるな」

水森が画面を睨む。

「荷台にゴムロープを巻いて、フックを引っかけるときにできた傷みたいですね」

「ショックコードちゅうやつや。フックが樹脂のもあるけど、久美子はんのは鉄製やから」

介護用具などの荷物を運ぶのに、台車代わりに自転車を使っていたのかもしれない。

「もうちょっと、ビデオ映像が鮮明やったらな」

「夜の割には、明るい方やのにねぇ」

ビデオの現在時刻は、一九九三年九月三十日午後九時五十分を少し過ぎた数字を表示している。

「そらお月さんの明かりや。やっぱり自然の光は大したもんや」

「そう言えば山本容疑者が、西陣警察署へ久美子さんの捜索願を提出しに行った帰り道で、きれいなお月さんを見たって言うてました」

向井が満月から久美子の時効に気づき、千紘を知っているかの供述をしたのではないかという思いつきを話した。

「月光に浮かぶ女性の顔か。ぞっとするな。まあ人間の記憶の不思議からしたら、お嬢の考えもあり得るな」

向井の狡猾《こうかつ》さが憎らしい。

研究員によってさらに画像が拡大された。

「粒子が粗くなるな。限界か？」

水森は若い研究員へ尋ねる。

「そうですね、これ以上拡大して解析させても、同じものだとするための証拠能力が下がるんですよ」

「そうか。なるほどな」

「班長、どういうことです？」

うなずく水森に訊いた。

「解析いうのは、計算上現れてくる画像なんや。その計算の部分が多なったら、想像部分の面積が広なるやろ」

「ああ、そこを弁護士がついてくるんですね」

「そういうことやね」

「証拠能力には乏しいけど、心証としては同じ自転車だとは、いかないですか」

「そやな。極めて似たものという感じかな」

「もし久美子さんの自転車やとしたら、彼女が向井邸にいたことは間違いありませんね」

「この後、ビデオから自転車が消える瞬間が映ってるんや」

水森は、若い研究員に十月一日の午前二時頃まで早送りをするよう言った。

すぐに指定された場面がディスプレイに現れた。

「もともとビルの玄関とその前の通りを、広角で撮《うつ》してるさかいに、向井の屋敷はカバーできてへんのや。電柱の蛍光灯がつくる影がな、これが実像やったらばっちりなんやけど」

その影の主は、自転車の後輪にあるスタンドを蹴飛ばし自転車をフレームアウトさせていった。その際にリアキャリアにかかった手が見えた。足は黒っぽいスラックスにサンダル履き、上半身はよく分からない。

「到底、人物を特定するのは無理ですね」

「これも背格好などから、向井に極めて似た人物ってとこかな」

山本が持っていた防犯ビデオは、久美子の自転車をとらえていた向井邸の門前から次の電柱までの道路を撮すカメラのものと、もう一つビルの非常階段から俯瞰《ふかん》するように設置されたカメラのものの二種類だった。

見下ろすアングルの映像には、勝手口と駐車場の一部がかろうじて映り込んでいる。

高藤は、株式会社ＵＳに対して、山本が所有しているものではなく、会社が保管している十五年前の九月三十日の防犯ビデオの提出を申請したが、さすがに会社には残っていなかった。もしそれがあれば、客観的な資料として山本の自白の信憑性《しんぴょうせい》を裏付ける証拠のひとつになりえると判断した。

結局ビデオは山本の残していたものだけで、そこには死体遺棄の傍証になるものは映っていない。

「彼が妹さんは向井邸から出て行ってないと思い込むのも無理ないですね」

「自転車が屋敷に入ったことを示すもんやとしたら、そこから出て行った映像が見あたらんかぎり、中にいると思うのは人情や」

白髪に指を入れて、水森は頭をかいた。

「ここの防犯ビデオに、山本が夏山さんを運び入れる場面は映ってないんですよね」

それがあれば、山本の死体損壊と遺棄はすぐに証明できる。

「お嬢、彼はこのビデオを熟知してるねんで。いくら後で自首する人間でも、死体を運ぶところを見られたないやろ」

「そらそうですね」

真子は、束ねた髪を整えながら頭をかいた。

「庭の池をつぶして、枯山水にしたゆうのは、水森班長の考えとしてはどうですか」

府警本部の科捜研から出て、車で向井の別邸に向かう途中、助手席の水森に訊いた。

向井が釈放される前に、今一度現場を一緒に見て欲しいと頼んだのだ。

「同じことばっかり言うて申し訳ないけどな、お嬢。あの庭は」

「極めて怪しいリフォーム、ですか」

先回りをして言った。

「枯山水は単純に見えて奥が深いで。雅一朗が枯山水にしたゆうんやったら、話は分かるんやけど。向井の代で、池を壊して枯山水やなんて、あり得へんことはないけど珍しいな」

「枯山水ってそんなに？」

「深いで、そもそも禅の文化やからな。白砂の砂紋を川と見たり、大きな海と思たり、見る人間の心で決まるんや。簡単に言うてしまうと、水を無くして、水を感じさせるちゅうことかな。そやから庭石かて、ただ置いてあると思たら大間違い。根入れゆう大事な作業がある」

「ネイレ？」

「石が、大昔からそこにあったように感じさせるために、文字通り石に根っこを生やすんや」

水森は、巨大な石が地中に埋まっていて、その頭が少しだけ出ているように見せる演出を根入れだと説明した。そうすることで大地のパワーを石に感じさせるのだそうだ。

「実際に見てみるとなるほどな、と思うで」

まもなく右手に、五条署の京都らしさを欠いた近代的な建物が見えたと思うと、烏丸通りを左折する。しばらく徐行すると、今度は京都ならではの紅殻格子の家が建ち並ぶ一角へ出た。そこからは最徐行で向井邸の門前へ向かう。

門扉の規制線は取り払われていた。近所の手前、無粋だから何とかして欲しい、と家政婦から文句が出たと聞いている。

門扉が固く閉ざされていれば、他に侵入するものもなく特に規制線は必要ないだろう。

インターホンで滝口久子を呼び出した。すでに電話で訪問することは伝達済みだったため、ほどなく久子が門扉を開いた。

「旦那様は本日お戻りになると聞きましたけど、何時ぐらいになるのでしょうか」

門から玄関へ入る寸前で、久子が訊いてきた。

「四時頃になると思います」

と高藤から聞いていた時刻を答えながら、小さな疑問が湧いた。

「何か準備を？」

釈放後、自宅ではなく別邸に帰るのだろうか。

「ええ。徳山弁護士から電話がありまして、たぶん今日には戻れるはずだから、夕食の用意を頼むと旦那様から言付かったって」

やはり別邸に戻るのだ。警察の厄介になっていた人間が、自宅に戻るのは世間体《せけんてい》が悪いのだろうか。

「時間は聞かなかったんですか」

「ええ。迎えに行く前に連絡するとおっしゃったんですけど、それでは準備がね。それで刑事さんがこられるならお聞きしようと思ったもので」

「そうでしたか」

向井の家族の影が薄い、と思ってはいた。初めから彼自身に家庭の匂いをあまり感じなかったのは、妻の存在感が希薄だったせいだ。

「では。帰られるとき、声をかけてください」

久子はお辞儀をして、勝手口へ回った。

「行くで」

すでに玄関に上がって待っていた水森の声がした。

「はい」

今日は靴に直接カバーを付け、被ったビニール帽の中に髪の毛を入れながら水森の後を追った。

二人は大広間の濡れ縁まで行くと、そこから庭へ降りた。

遺体発見の夜から、すでに一週間が経っていて、その間手入れされなかった砂紋の流れは所々で滞《とどこお》っている。いやそう見えたのは、真子の心を投影しているのかも知れない。

「この石の下が、ひょうたん形の池やったんか」

右側の一番大きな主石を手のひらで叩きながら、水森が言った。

「相当重そうですね」

「そやな、三、四トンはあるやろな。それにここ見てみ」

水森が石と砂の境目を指さした。

「石に砂が被ってるやろ、スカート履かしたみたいに」

「なるほどスカートやわ」

「これが、ごく簡単に言うところの根入れや。石の大きさが、まだまだ広がってるように思えへんか。隠れてる石の埋もれた部分が見えてくるはずや」

「見えます、見えます。地上に出てるのは、まさに氷山の一角」

「なかなか優秀やで、お嬢は。枯山水の精神が分かっとる」

水森は微笑んだ。

「やっぱり右側に組んだ石が偏ってる気がするんですが、私の気のせいですか」

褒められることに慣れていない真子は、照れ隠しに質問する。

「まあ池を壊したという先入観で見てるからな。何とも言えへんわ」

同じたたき上げの職人肌だが慎重なところが、中野との違いだ。

「どうしても、先入観を持ってしまいますね」

「客観的に物事を見なあかんで」

「三時過ぎに、ここの庭を枯山水に作り替えた庭師が、図面を持ってきてくれはることになってます。図面があれば客観的になれると思います」

「そうか。ほんなら当時の工事の様子も聞けるな」

「ええ。庭を掘るのも頼めますしね」

「ええっ。ちょっと待ったお嬢」

水森が慌てた口調で叫んだ。

「何です？」

「お嬢はこの庭を……」

水森が窺うような目を向けた。

「ええ、掘り返そうと思てますけど」

「そのこと主任とか、警部には？」

水森は急に小声になった。

「まだ言うてません。今日図面見て申請しようと思てたんです。あきませんか？」

「この石組を傷付けんように、移動させて掘らなあかん」

「はい」

「ええか。掘り返した後、もう一遍同じ枯山水にせんとあかんねんで」

「原状回復ですね」

「さらりと言うたな、お嬢」

「原則じゃないんですか、元通りにするのが」

「これ見てみぃな」

水森は辺りを見回して、さらに小さな声で言った。

水森の指先には、苔《こけ》むした石があるだけだ。

「庭石、ですよね」

「石や、石なんやけど苔が生えてるやろ」

「たくましいですね、緑って」

「たくましいってそんなこととちゃうって。苔だけやのうてシダ類もあるし、それら緑も一緒に原状回復させせんとあかんねんで」

「はあ。はっきり言うてください」

「どこの地方自治体も財政難やって知ってるやろ」

その言葉でようやく、水森の心配が金銭的なことにあると分かった。

「予算ですか」

「そら間違いなく遺体が出てきたら、上は何も言わへん。けどもし出てきいひんかったら」

「出ると確信できたら、ええんですね」

拳を握って力を込めて言った。

「気合い込めてもな……」

「必ず出てくるはずです」

「そやけど。向井本人はどない言うてるんや、池を壊したこと」

それに関しては高藤が尋問していた。それによると向井は、池は手がかかってしょうがないからだと答えたと聞いている。

「なるほどな。水の管理は大変や。ボウフラ湧くしな」

「班長の話に出たように、枯山水もそんなに簡単にできひんとしたら、ボウフラが理由で庭を作り替えるもんでしょうか」

「それも一理ある」

「班長」

「すまんが、いまはそないしかよう言わん。ただよっぽど確証がないと、掘り返す許可は下りひんで。ましてや夏山千紘の件では真犯人が出てきて無罪放免なんや。山本久美子の遺体探しは完全に別件やからな。裁判所も令状の出しようがあらへん。分かるやろ」

「もちろんそれは……」

令状の問題については、真子自身どうすべきか考えあぐねていたことだ。任意の捜査協力を向井に願い出るしか方法はなかった。

当然のことながら山本久美子の遺体を探す、という理由で向井が協力するとは思えない。かといって別の事由を捏造すれば、たとえ遺体が発見されたとしても、捜査方法の法律違反を盾に法廷闘争を繰り広げるにちがいない。そのときの徳山弁護士の得意満面の顔が思い浮かんでくる。

「なあ、お嬢。高い壁があるやろ。簡単に掘り返すなんて思わん方が、身のためやないか。それにな、向井の誤認逮捕で警部の立場もあやうい。またなんかあったら進退問題やで」

「………」

奥から久子の声がした。

「あの、筧田《といた》造園の方がお見えですが」

筧田は痩軀《そうく》の初老といってよい年格好だった。背は真子よりも低いが、シャツから覗いた腕は逞《たくま》しかった。

「今日は御足労くださってありがとうございます。私は京都府警五条署刑事課の片岡と申します。こちらは鑑識課水森班長です」

頭のビニール帽をとりお辞儀する。隣の水森もキャップを取って会釈した。

「わしはもう経営の方に回ってますさかいに、暇ですのんで気ぃ使わんといてください」

微笑んだ筧田の顔は、チンパンジーに似ていて愛嬌があった。

「この庭を改造したときの話をお聞きしたいんです」

筧田に縁側へ腰掛けるよう促した。

「なんせ十三年前のことですよって、現場にいたんはわしと専務ぐらいです。なかなか若い衆が定着せえへんもんで」

手にした草履《ぞうり》を庭の沓脱石《くつぬぎいし》へ置いて、筧田は濡れ縁に腰を下ろした。庭に出ることを想定しているのが分かる。

「これが昔あった庭の図面です」

そう言って筧田は筒状の図面を鞄《かばん》から取り出し、縁に広げた。

真子と水森は立ったままで図面を覗き込む。

「これが池ですよね。すると右側の一番大きな石で、池の約半分を覆っていることになりますね」

真子がひょうたん形の池を指でなぞった。

「一番大きい亀石です。左の奥の縦長の立石が鶴で鶴亀を表してます。池の半分が亀石で、その後ろが荒磯《あらいそ》に浮かぶ小島を模してます。ほんで一番裏側に築山《つきやま》をこさえました。築山は以前にもあったものです」

節がはっきりして、ごつごつした指が図面を動いた。

「左側に昔は、景石《けいせき》があって、石灯籠が立っていたんですね」

水森が言った。

「ええ。それほど大きくはない景石やったけどね。灯籠は値打ちもんやったな」

「灯籠はあっても良かったのに」

真子は淡い灯籠の明かりが好きだった。花街の茶屋の庭にはだいたい石灯籠が立っていて、夜の風情を感じた。

「いや、灯籠もなくさんことには、鶴の立石が効いてこうへんからね」

「そうなんですか」

「なんせ、ここの坊ちゃんの注文、厳しいから」

「じゃあ庭の設計も向井さんが？」

そう言って、ちらっと水森を見た。

「設計ゆうほどたいそうやないけど」

うなずきながら筧田が言った。

「筧田さんは、向井さんと直接お話しになったんですね」

「はじめからおしまいまで、わしがやらしてもらいましたけんど」

なぜそんなことを訊くのかという顔付きで、真子を見た。

「とくにここを、こうしてくれという注文はありましたか」

「そら池をつぶして、そこに大きな亀石を置いて欲しいちゅうのを、改築の話を貰《もろ》たときに言わはりましたわな」

「大きな亀石を置いてほしい。そんな注文はよくあるもんなんですか」

「本格的な枯山水の注文は少ないさかいにな。それにここまで大きな庭はお寺さんぐらいしかおません。お寺さんあたりは、宗教上の配置みたいなもんを向こうから出してきはるしね」

「ここに亀石なんていうことは少ないんですね」

「わしの経験ではありませんな」

また真子は水森を見た。そして質問した。

「庭を枯山水にする理由は聞いてますか」

「池が鬱陶しいからやと」

その言葉を聞いたとき、以前の庭の出来映えは悪くなかったから、筧田は驚いたと言った。

「けど池の水ちゅうのは苦手や、と言わはったさかい、それはそれで納得しました」

「やっぱりボウフラか」

真子はつぶやいた。

「ボウフラ?」

筧田がしかめっ面で言った。

「水にはすぐ湧くから、大変なんですよね」

「ちゃいます、ちゃいます。ここの庭は水耕栽培用の流水装置が付いてましたさかいに、夏でもきれいなもんやったがな。ボウフラなんてとんでもない。飲め言われたらかなんけど、顔ぐらいやったら洗えまっせ」

「そうなんですか」

水が苦手だからという、池を取り壊す理由の意味が分からなくなってきた。

「じゃあ水が苦手というのはどういうことでしょう」

「嫌な思い出があるんやて、聞いてますわ」

笑い声になりながら、筧田が亀石の方へ目をやった。

「思い出ですか」

「へえ。親父さんに叱られるたんびに、暗い庭へ放《ほ》り出されたんやそうです」

「暗い庭に放り出される」

真子の子供時代は、叱られると押し入れに閉じ込められた。いま考えるとそれほど怖くないが、幼い頃は、狭さと暗さで泣きべそをかいたものだ。押し入れの代わりに、向井は庭に放り出されたということか。

「庭が怖かったんですか？」

「晩の庭は怖かったみたいどすな。灯籠の明かりが揺れて、築山の庭木の影が色んなもんに見えたそうでっせ。そないに坊ちゃん、言うたはりました」

冬は寒く凍《い》てつき、夏は何を見てもお化けに見えたという。

「もちろんそんな子供の頃味をうた体験だけで、お金使わはりませんわな。十三年前の一月に阪神・淡路大震災がありましたやろ。あのとき京都のこの辺も震度五はありましたんや。そら怖かったな。その影響かなんか知らんけど、池の水が減りましてな」

平成七年一月十七日午前五時四十六分五十二秒に起きた淡路島を震源とする最大震度七の地震は、神戸や大阪などに甚大な災害をもたらした。そのとき京都に伝播した震度五の揺れを、高校生だった真子も鮮明に覚えている。自分と同じ高校の友達も被災し両親を失ったこともあって、一月十七日がくるたび胸に重いものがのしかかる。

「地震で、地盤に変化があったゆうことですか」

「まあ池の底は防水セメントを使ってますさかい、それにひび割れができたんかもしれません。その下は粘土層やったんですけど、確かに水は減ってましたな」

「池の底、その下はご覧になったんですか」

真子は水が減ったのは地震でできたひび割れによるのではなく、向井が底に久美子を埋めたからではないかと思えてきた。

「いや、基本的にポンプで残った水をくみ上げて、土を入れて埋めました」

筧田は、ズボンのポケットからしわくちゃの箱に入ったピースを取り出し、やっていいかと真子に尋ねた。

真子がどうぞと会釈すると、筧田はピースを咥《くわ》えてライターで火を付けた。

「池の水はどれ位残ってました」

ピースの青い煙の刺激でくしゃみが出そうになるのを我慢しながら真子は訊いた。香りに敏感な鼻は、こういうときに困る。

「水深は七十センチほどやったけど、そうやな、わしのくるぶしのちょっと上やから、十五、六センチほどしか残ってなかったんとちゃうかな。池の底は平坦やなかったしね。鯉がいたさかい底に起伏が作ってあったんですわ。山になってるところなんかは、もう水面からこんもりと出とったな」

池の底が露《あら》わになっていた箇所があった。ますます遺体を埋めやすい状態だったということが分かる。

山本の言った、久美子が向井邸の庭にいる、という疑惑は真子の中で徐々に事実になりかけていた。助けて欲しいという切実な兄の執念が、少しずつ真相へと近づけさせているのかもしれない。

「鯉はどうしたんです」

「鯉なんかは事前に処分してはった」

筧田は美味しそうにピースを吸う。

「残ってる水を抜いて、その上には？」

「時間がないさかいに、坊ちゃんがセメントとかはそのままでええ言わはりましたんで、バラスを撒《ま》いて、山の土、砂、白砂で埋めました。ああ、その前に、池の縁に使《つこ》てあった木杭《きぐい》やら平石、コンクリートは取り除きましたで」

「時間がない、と向井さんは言ったんですか」

「まあ地震の影響で水が減って、鯉やらがアップアップしてるの見てるし、何より外国人客をここに招待する予定が迫ってるいうてはりましたな。枯山水を見せるんやって」

「工事そのものはどれくらいかかったんですか」

「工期は池を埋めるだけで二日、その他の庭の整備に五日かかって、最後の枯山水の仕上げに二日、作業だけで計九日です。話を貰《もろ》てから数えると二週間ちゅうとこですな」

「筧田さん、仮にこの亀石を撤去して、再び池だった場所を掘り返すとなると、その作業は大変なものになりますか。その後元通りにしてほしいんですけど」

「ちょっと、お嬢」

真子の質問に、びっくりしたような声を出したのは横の水森だった。

「それは、また後でええのんとちゃうか」

水森は真子の耳元でささやいた。

「聞いとくだけですから」

真剣な目できっぱりと言って、筧田の方を向いた。

「いかがです、筧田さん」

「亀石が大きくて目立ちまっさかいに、単純な捨て石に見えますけど、実は五石の石組をしてます」

捨て石というのは一つの石を配置することで、五石の石組というのはまったく違う種類、もしくは色や形の石を五つ組み合わせて表現することだと説明した。

「もう組んで十三年間の歴史が石に宿ってまっさかいな。いやバラバラにして池を掘るだけやったら一日でできますけど、元に戻すのはやっぱり……」

「相当な日数がかかりますか」

「日にちの問題やのうて、まったく同じ庭には、無理ですわ。どうしても表情が変わってしまうんです」

「……無理、なんですか」

真子は忌々《いまいま》しそうに、重厚な亀石を見詰めた。

12

「私に説得をさせてください」

向井邸から戻った夜、真子はデスクに座る高藤に深々と頭を下げていた。

その様子を立ったまま、厳しい顔付きで中野と水森が見ている。

「造園会社の筧田さんが、原状回復は無理だと言った。いまそう報告したのは片岡刑事、君だ。その意味を分かっているのか」

高藤の声が刑事部屋に冷たく響いた。

「分かってます。あの亀石の下だけでもいいんです。私はそこに山本久美子さんが眠っていると確信しています。だから」

「だから掘り返したい、か」

あきれ顔の高藤が、デスクの上にある向井邸の庭の見取り図に視線を落とした。

「警部、すんません。わしがついていながら、こんなこと言わせてしもて」

真子を後ろに下がらせて、今度は中野が頭を下げた。

「それやったら、のこのこ向井邸に付いていった私が悪いんです」

水森も頭を下げた。

「止めましょう。片岡刑事は自分の考えで行動した。お二人に責任などない」

「しかし……」

中野が口ごもった。

「しかし、なんです？」

「すでに釈放した向井のとこの庭を掘り返すなんて、ようそんなアホなことを」

「夏山千紘の件では不起訴となりましたからね。今度は山本久美子の殺人および死体遺棄罪容疑での任意捜査を行うことになるでしょう。強制捜査を行うには令状主義の壁がありますしね。しかしそれも理解した上で片岡刑事は、説得したいと申し出た。

そうだな、片岡」

高藤は、うつむく真子に確かめるように言った。

「私は、山本容疑者の発言を告訴に近いものとして受け取ってるんです」

「告訴」

中野が声を上げた。

「はい。訴状を提出するか、しないか手続き上の違いはあるでしょうが、被害者の家族として向井を糾弾《きゅうだん》しているのだと思ってます」

「そんなアホなこと、よう言うな。被疑者の言い分をいちいち聞いてたら、告訴の雨あられで、警察も埋もれてまうわ。山本の夏山千紘殺害容疑はまだ晴れてへんのやで、お嬢」

「席に着いたらどうです」

興奮気味の中野に、高藤が言った。

その言葉に、高藤を中心にしてそれぞれの椅子に腰掛けた。

「水森班長に尋ねますが、夏山千紘の縊死について、依然他殺の余地は残っていますか？」

「余地というのはゼロにはなりません」

「それじゃ、この山本の説明の中で矛盾点は？」

高藤は中野が記述し、山本が署名した調書を水森に示した。

「目を通したんですが、彼の自白におかしな点はないように思います。再度樟葉ハイムを調べさせましたが、ブラインドを取り付けたカーテンレールのゆがみに作為の痕跡はありません」

「つまり、山本の言うことを否定する証拠もない、ということですか」

「向井邸の庭に片岡刑事が目を向けていることも、理解できないではありません」

そう水森が言うと、中野は鋭い視線を投げた。

「向井の別邸の庭なんですが、池を埋めた理由、地震によって水が減少したというのは、班長自身納得のいくものですか」

冷静沈着な態度で高藤が訊く。

「防水セメントにひびが入り、粘土層に亀裂が生じて水が漏れたとすれば、池を埋める理由になると思います。そこにもってきて、幼少時代から抱いている池のイメージというのも案外動機になるもんとちゃいますか」

「父親に叱られ庭に放り出されたことですか。池を好まなかったが、父親が生きている間は手が出せなかった」

「ええ。父の雅一朗が亡くなって間もなく池を潰してしまおうと思うのは、畏怖《いふ》の念から解放されたいちゅう気持ちが強かったんかもしれません」

「あのぅ、父親って怖いもんなんですか」

と口を挟んだ。父親を知らない真子には、水森の言った畏怖という言葉がピンとこなかった。

「男女の問題やのうて、人それぞれやろな。お嬢はどうやね」

「私には父はいません」

「そうなんか、すまんな」

水森はばつが悪そうな表情を浮かべた。

「気にしないでください。私は池を埋める理由にしては変だと思ってるだけです。あの向井邸には蔵とか、その他にも収納場所があると思うんです。久美子さんは一旦そこに隠され、その後もっと確実な隠匿場所を作るために池を埋めた、というのが一番しっくりといく気がして」

「気がするゆうだけで、お金使《つ》こて庭掘り返してたら、警察がもたんで」

中野はまた嫌みを言った。

「警部、久美子さん殺害の時効がくるんです。時間がありません。任意で協力してくれるよう何とか説得してみせます。お願いします、私に交渉をさせてください。その許可をください」

真子は中野を無視するかのように、高藤に懇願した。

「お嬢、警察の予算はそんなにあらへん」

「まあ、お金のことはいいじゃないですか。必要な捜査かどうかですから」

高藤が中野の方を向いた。

「警部。わしは反対です。もう一回、向井を連行できるんやったら、まだやりようもありますやろけど。それができひんのに、あいつが任意で捜査の協力をするとも思えへんのですわ」

「ほな、時効がきて、みすみす人殺しを野放しにしてしもて、それでええと言わはるんですか」

大きな声で反論した。

「前から言うてる。わしは山本より鴻巣刑事を信じてるって」

「…………」

中野が仲間を信じる気持ちの強さに絶句した。花街にも、とことん仲間を信じる風土があった。その反面、よそ者に対する猜疑心《さいぎしん》も強いのだ。真子はそれを古くさいとも、嫌だとも思わない。むしろ理屈を超えて、人間を信じ切れることがうらやましかった。

「中野主任」

真子を睨む中野へ、高藤が声をかけた。

「どうでしょうか、片岡に任意での庭の掘り返しの交渉をさせてみては」

「何ですか」

「本気ですか？」

一音階高い声で中野が訊いた。

「うん。もしこれまでの向井の証言が計画的であったとすれば、こんなに早い釈放は想定していないはずです。十日プラス十日の二十日間の勾留の間で、十五年前の九月三十日に犯した殺人の時効を迎えたかったのだと思う。夏山千紘の件で一度捜索した庭を、何の嫌疑もないまま再び捜索する確率は極めて低いと踏んでいるんでしょう。だが山本の出現により、計画の一部が崩れた。片岡の申し出に対し、どう出るかを見てみるのもいいんじゃないですか」

「向井がほんまに山本の妹を殺していたとしたら、ボロ出すとも思いませんけど」

「そこなんです主任。正攻法では難しい。彼が捜査協力せざるを得ない状況を、片岡に作ってもらおうと思う」

高藤も中野も真子を見た。

「うちに？　いえ私にそんな状況を……」

「何だ、自信なさそうな声だな。説得する、と言ったのは片岡じゃないか」

「やります、やらせてもらえるんですね」

幸せになろうとしていた久美子のことを考えれば、向井への怒りは強くなる一方だ。真子は時として怒りを原動力として生きてきた。正義感が強いというのではなく、悪が許せないのだ。

悪の大小を問わず、悪者が舌を出して嘲笑していることを見逃せない性格だった。まさに向井は、そんな感じの悪党に思えてならない。

自分の手で、向井を追い詰めることができるなら、それが真子の本意でもある。

「ただし、どう攻めるのかを私に報告してからだ。勝手な暴走は許さない。いいな」

「はい」

と歯切れ良く返事することで、自分の中の不安を断ち切ろうとした。向井に対する不安より、根回しとか、戦略とかいう言葉が苦手な真子には、攻め方を考えることの方が何倍も気が重かった。

山本の死体遺棄罪は、水森や監察医たちの他殺だと思われる客観的な証拠がない、という証言書類の提出をもって、ほぼ起訴の要件は満たした。しかし検察官は、向井のときと同様に公訴へ踏み切らず、十日間の勾留を裁判所は請求した。その理由について高藤は知っているはずなのに、何も言わなかった。

触れないのには当然ながら訳がある。何度か高藤に質問したが、答えはいつも自分で考えろというものだった。

五条署内の留置場に勾留の決まったその日、山本はエクステンドの代表二瓶と会わせてほしいと請求してきた。そして面会を終えた二瓶は、真子に会いたいと言ってきた。

二瓶の要望で近所の喫茶店で話すことにしたが、注文してから珈琲が運ばれてくるまで、二瓶は黙ったままうつむいていた。

「刑事さん、信じてやってください」

メガネフレームの位置を直すと、おもむろに言った。

「山本くんは夏山さんを身内のように思っていました。亡くなった夏山さんにした行為は許されないことですが、魔が差したんです。絶対に人殺しのできる人間と違います」

悲痛な声だった。

「死体遺棄の容疑で、殺人ではありませんから」

「けど遺棄だけで起訴されなかったんでしょう」

「もう少し調べるのに時間がいるからで、殺人を疑ってのことでは……」

はっきり言い切ることはできなかった。捜査情報という理由の他に、高藤の考えが見えないからだ。

「山本くん、ゆうべ一睡もできなかったそうです」

「留置場施設は、独特な雰囲気がありますからね」

「それもあるでしょうが」

二瓶は暗い表情を見せた。

「起訴されなかったからですか」

「いえ」

「身体の不調を訴えているんですか？」

「入れ替わるように出て行った、向井さんのことです」

「向井さんのことというのは」

「留置場での初めての夜、同じ敷地内に妹の敵がいたと」

二瓶の言うとおり一晩ではあったが、山本は向井と同じ五条署内で過ごした。

「山本くんはこの十五年間、何度も向井さんをぶん殴ってやりたかったんだそうです。殺意さえ抱いたと言ってました。けれど妹さんの亡骸《なきがら》をきちんと弔《とむら》いたいという気持で我慢してきたんだと。なのに、向井さん、留置場で鼻歌を歌ってたらしいんです」

高藤もそんなことを言っていた。

「それが聞こえたんですか」

「聞こえたような気がしたんですって。それが一晩中耳に付いて、あまりの怒りで眠れなかったんだそうです」

「そうだったんですか。知りませんでした」

手が届きそうで届かない場所に敵がいる。その敵が鼻歌を口ずさんでいた。気も狂わんばかりの憎悪が湧き起こって当然だ。

「妹さんの遺体が発見されたら弔いに使って欲しいと、私に通帳の場所を教えました。どうか、山本くんの気持、分かってやってください」

「…………」

二瓶は頭を下げた。

「思い詰めていたんです、山本くん。彼、片岡さんなら必ず妹を見つけてくれると言ってました。私からもよろしくお願いします」

「は、はい……」

何も言えなかった。いや言ってあげられなかった。

珈琲に手もつけず、会計を済ませて署に戻った。


真子は向井の周辺を捜査することが一時的に許され、十五年前の向井の行動、十三年前の改装に関わる事柄を追うことになった。身体を動かしながら、向井への攻め方を考えていくしかない。

そうしている間も日一日と、十月一日は近づいてくる。気持だけが焦って神経が立ち、夜の眠りは浅かった。これまで気にならなかった葉音や、牛乳配達の瓶の音で目が開いた。

とにかく十五年も前のことを、鮮明に記憶している者はいない。

久美子の恋人だった井田順平にも会ったが、当時愛し合っていて結婚まで決めていた彼でさえ、記憶は不鮮明だった。ただ、旧西陣署の帰り道に眺めた満月は覚えていて、その周辺の出来事、つまり久美子のいなくなった夜や明くる日の様子は、山本の証言と合致していた。そのとき、順平は自分が疑われることを恐れていたと言った。

西陣署の鴻巣刑事はしつこかったようだ。

順平に動機がなく、犯罪の機会もないことが判明して、嫌疑は晴れた。それと同時に警察は、久美子が結婚に伴う不安から逃げ出したいために、家出したのではないかと解釈した。それについて話すときの順平は、唯一悔しそうな表情となった。

久美子失踪から六年、順平は職場の上司が薦める女性と結婚した。いまは二人の子供の父親となり、久美子は過去の存在となっているようだった。

それが当たり前で、何も順平が薄情なわけではない。むしろ六年間も久美子を捜し求めたことの方が珍しいのではないかと思う。しかも久美子の兄へは賀状を送り続けている。

しかし、どうして鴻巣は久美子の失踪をマリッジブルーなどと判断したのだろうか。

それについて順平は、首をひねるばかりで、推測もできない様子だった。

旧西陣署の鴻巣刑事から、さらに詳しい話を聞きたいと思った。

鴻巣は去年依願退職をして、京都市内より車で、国道を西へ三十分ほど行った亀岡市内に住んでいた。近所の子供らに剣道を教えているが、定職には就いていないと上京署の人間から聞いた。

連絡を取ると、午前中は暇だからいつでもきてくれと鴻巣は真子の訪問を快諾した。

電話で教えられた道順をたどり、予定より早く鴻巣の家に着いた。

家屋そのものはこぢんまりしていたが、周りを囲むような畑が広かった。水菜、ほうれん草、人参、ひときわ立派な白菜が秋の実りを感じさせる。自家用栽培としては充分過ぎる収穫があるのだろう。

畑の横を通り玄関へ行くと、声をかける前に丸々と太った麦わら帽の男が、畑の方からやってきた。鴻巣にちがいない。

「おはようございます」

声をかけた。

「おう、あんたが五条署のお嬢か、聞きしに勝るべっぴんさんや。戸、開いてるから入ってくれ」

鴻巣は軽口をたたいた。

それでも真子は、鴻巣が玄関にやってくるまで待った。

「遠慮深いのは、デカには向いてないで」

鴻巣が引き戸を開け、中に入る。

土間が中まで続き、台所につながっていた。

鴻巣は台所に向い、真子には玄関からすぐ左の部屋へ上がるよう言った。

「家内が出てるんで、ぬるい番茶しかないけど」

卓袱台《ちゃぶだい》の前に正座すると、鴻巣が奥から現れ湯飲みを置いた。

「すいません。どうぞお構いなく」

小さく頭を下げた。

「中野は、元気か」

「はい」

「相変わらず、寅さんやってるんやろ、あいつは」

「お好きみたいですね」

「映画やない。あいつの信条ちゅうたらええんかな。人を疑う商売やのに、どっかで信じとる」

中野が人情深いことは認めるが、人を信じているとは思えない。

真子の抱いている中野像と、少しずれているような気がした。

「電話でもお話ししましたように、十五年前の山本久美子失踪事件のことですが」

真子はノートを開いた。

「蒸し返してるようやな」

　喉を鳴らして番茶を飲み、鴻巣が言った。

「蒸し返してるというのは、少し違うように思いますが」

　脂ぎった鴻巣の顔をにらみ付けた。

「気が強いのはデカ向きやな。あんなもん、あんたが上京署や北署に問い合わしてるゆうのを聞くまで、すっかり忘れてた。俺にとってはそれぐらい小さな事件や。けど一応は、思い出す努力はしたんや」

　鴻巣は古いノートを出してきた。

「これは俺が、何でも思いついたことを書き留めてたもんや。家捜《やさが》ししたら出てきよった。これ見ながら分かる範囲のことは答えたるわ」

　真子は山本から訊いたことを、一つ一つ押さえていこうと思った。

　家出人捜索願を提出してから、山本が向井雅一朗に行き着き、久美子が最後に立ち寄った場所を向井邸だと主張するまでの流れをおさらいした。

「その際に山本が持ってきたビデオを調べました。そこには九月三十日の夜、向井邸の犬矢来の前の電柱近くに駐まっていた自転車が映っていたんですが、それが久美子のものに極めて似ていると科捜研は言っています」

「自転車な。そんなことを言うてたかもしれへんな。ここには、女、結婚に疑問、婚約者との不仲とメモってあるな」

ノートから顔を上げ、鴻巣が老眼鏡越しに真子を見た。

「井田順平というのが婚約者ですが、二人の仲は上手くいっていたはずです。失踪当時も結婚に伴う不安などが原因で、家出は自らの意思ではないか、と井田に言われたそうですね。私はそれはない、と思っています」

「あんなぁ、単なる憶測で、ものを言うたことはあらへんで。ちゃんと裏を取ってる」

「じゃあ、それを教えてください」

「ちょっと待てよ」

鴻巣の眼球はノートの上を彷徨《さまよ》った。

「おお、あった。これやこれ。仏光寺通りにある『猩々庵《しょうじょうあん》』ゆう茶道具屋はんがある。そこの主人と向井雅一朗は幼なじみで、たまに向井邸にも遊びに行ってたんや」

真子の知らない名前が登場してきた。雅一朗の幼なじみの茶道具屋がどう関係してくるのだろうか。

「山本の妹は、雅一朗の用事を言付かって、猩々庵に立ち寄ることがようあったそうや。そこの主人の名は栗林《くりばやし》　忠《ただし》ちゅうんやけど、茶を振る舞ってやってた」

「お茶って、お抹茶ですか」

「ああ、猩々庵には茶室があって、栗林は茶道の先生や」

栗林の茶道は、仕事を持つ若い女性に人気があったそうだ。彼の開く茶席は、作法を重んじるが、仕事や人間関係で疲れた女性の癒しを目的としていたという。

「ちょっとしたカウンセラーみたいなおっさんやちゅうんが、俺の印象としてメモってある」

「茶席で、カウンセラーのように話を聞いてくれるというんですか」

「それは知らんけど、聞き込んで分かったことを俺はノートに書き込んでるだけや。それで、家出をして栗林を頼ってくる女性もいるんや」

鴻巣の言いたいことが見えてきた。

「久美子さん、その栗林の下に身を寄せていたのではないかと?」

「それは否定しよったんや。けど栗林は、その久美子からいろんな悩みを聞いてる」

「結婚についても、相談していたんですか」

「そういうこっちゃ。その一つに、眷属《けんぞく》ということで悩んでたと、俺は書いてる」

そう言いながら鴻巣も、首をかしげた。

「眷属？」

真子は聞き返した。

「そのときは、分かってたんやろけど、今見ると何のこっちゃか」

「それしか書いてないんですか」

「ちょっと待ってんか」

鴻巣はノートのページを行ったりきたりして、文字を追っているが見当たらないらしい。老眼鏡を取ったり、頭をかいたりした後ノートをパタンと閉じた。

「あかん。それ以上は何も書いてない。けど、結婚を避けてたようや。『結婚しても幸せにできひんのやったら、彼に悪い』と言ったことが栗林の証言に出てきてる。俺は、久美子があの夜、九月三十日に自転車を向井邸の前の電柱のところに置いて、猩々庵へ行ったんやと判断した」

「一旦、栗林のところへ行ったと言うんですか」

「向井邸に行く素振りを見せてな」

「じゃあその後、久美子さんはどこへ行ったんですか」

「大人が自分の意思で家を出たんや」

「それ以上は不介入？」

「それが警察行政の原則やないか」

「……………」

「ええ加減な捜査をした訳やないことが、分かったやろ」

「久美子の兄にどうしてそれを説明してやらへんかったんです」

説明したところで、山本がすんなり納得するとは思えないが、警察に対する不信だけは払拭できたかもしれない。

「兄からのプレッシャーにも悩んでたらしいんや」

「プレッシャーって何ですか」

「親代わりをしてきてもらって、自分だけ結婚することにも引け目があった。さっきの眷属の意味はよう分からんけど、それについてはちゃんと書き留めてる。いくら警察でも、そこまで暴露したることはないやろ。その後の兄妹関係、ぐちゃぐちゃになるやないか」

山本の言うことを鵜呑みにしていた訳ではない。しかし嘘をついている風には感じなかった。それが甘かったのかもしれない。物事には表があれば、やはり裏もある。そんな単純な道理を見失っていた。

山本が久美子を必死になって探そうとしたことに、何の疑問も持たなかった。それが兄妹愛であり、兄としての当然の思いやりだと感じたからだ。

だが久美子側の気持はどうだったか。

気持が一方通行だったとすれば、思いやりが重荷になることもある。山本が向井邸の庭に久美子が眠っているというのも、一方的な思い込みだったのか。

「向井邸を調べてほしいと、山本は主張したはずですが、それについて鴻巣さんはどう対処されたんですか」

「向井邸には聞き込みをした。山本があまりしつこいからな」

「そのとき庭も？」

「令状がないんで、任意でな」

任意という言葉にぎくりとした。

「向井雅一朗の息子はんが、そら協力的で、快《こころよ》う応じてくれた」

立ち会った向井の、高笑いが聞こえるようだ。

十五年前と現在の状況が似ていると思った。令状のとれない任意捜査の壁が、向井を守っている。

「屋敷内に、おかしなところはなかったんですか」

「気の毒なことやが、雅一朗の病床も調べさしてもろたと記憶してる。蔵があったんやけどそこも入念にな。もちろん庭も見たで。ただ池は浚《さろ》てない。そんな深ないけど、大がかりになるやろ」

久美子失踪から約一年半後に、水が減少して池の底が見えた。底には隆起した部分もあったと筧田は言っている。

向井が久美子の遺体を隠すとすれば、池の底。まさしく隆起した場所ではないか。雅一朗が亡くなり、真っ先に向井が着手したかったのが池の上にあの亀石を置くことだった。そう考えれば、わざわざ枯山水にした意図も見えてくる。

「あんた、池を疑ってるんか」

鴻巣が真子に訊いた。

「疑うのが、仕事ですから」

「うん、それも考えたで一瞬な。けど、遺体を水に漬《つ》けたら死後膨張で浮力が働く」

死体は三日もすれば、腸内諸細菌がガスを発生させて膨満し始める。水中で大きく膨れた身体は浮いてくるのだ。

「それを押さえるのには、池の底を深く掘るか、重しがいる。そうやろ？」

「そのような形跡がなかったと言わはるんですか」

「たとえ臑《すね》までしかない池の水でも、人体が埋まるほど掘るとなれば、難儀なことや。そのまま埋めたら腐敗によって水が汚れるやろから、何かに入れんといかんしな」

鴻巣は、失踪直後に死体隠蔽につながるような動きがなかったかについても、注意して調べたとノートを見ながら言った。

「物置にあったスコップにも使用した形跡なし、となってる」

「雅一朗には確認したのですか」

真子は、向井の周辺捜査で丸雅の元社員にも話を聞いていた。そこで分かったのは、先代の社長雅一朗と息子の雅也とはタイプが違うだけでなく、考え方そのものが異なっているということだった。実際に口論をする場面に遭遇した役員もいたほどだ。つまり、雅一朗にしてみれば、向井が犯罪に関わっていることが明らかなら身内としてかばうだろうが、その時点ではそれは分からない。もし息子の奇行に感づけば、率直に話した可能性もある。

「もちろんや。庭が見えるからベッドをあの部屋に置いたと聞いてる。なんぼなんでも息子が池に入って穴掘りしてたら、変に思うで」

「何も言わなかったんですね」

「ああ、言わんかったな」

鴻巣は茶を勧めたが、真子は手で断った。

「ほんまに、変わったことはまったくなかったんですか」

「あらへん。あれは山本久美子の自発的な家出や」

「いったいどこへ」

「またか。そんなもんは警察の関与することやないと言うてるやろが」

鴻巣の語気が荒くなった。

「そのノートを貸して貰えませんか」

「これをか」

戸惑いの表情が見て取れた。

「それはできひんな」

「山本久美子失踪に関わるページだけでいいんです」

真子は食い下がった。

「えらい熱心やな。何でそこまで山本の証言を信じるんや?」

「山本を信じているんやありません。向井の言動が腑に落ちないんです」

顧問弁護士がいるのに連絡をしなかったり、急に千紘に出会ったことがあるような発言をしたりしたことを話した。

「何より、水耕栽培用の循環をさせて、水をきれいに保つようにした池を修繕ではなく、完全に潰して、枯山水にした点がひっかかるんです」

「しゃあないな、関係する部分だけコピーして、あんた宛てに送ったるわ」

「ありがとうございます」

真子は卓袱台に手をついて頭を下げた。

「字ぃ汚いで」

「構いません」

「コピーするんは、あんたの熱意にほだされたんとちゃうで。俺たちの対応に問題がなかったことを証明するためや。それだけは覚えとき」

真子はありがたそうに茶を飲み干し、鴻巣の家を出た。


一旦署に戻り、交番に寄って巡回簿で場所を確認し、徒歩で猩々庵へ向かった。位置的には鴻巣が言うように向井邸から歩いて二、三分の場所だ。したがって久美子が、向井邸の前の電柱近くに自転車を駐めて猩々庵を訪れてもおかしくはない。

景観に馴染ませた、茶色を基調としたマンションをやり過ごすと、紅殻格子の町家が現れる。店先の棚に古い茶釜が飾られているので、茶に関係する店と分かるが、それがなければ何を売っているのか判然としなかった。

引き戸のガラス越しに、正方形の小さな引き出しがいっぱい並ぶ木製の箪笥が見えた。真子の知る漢方薬屋の薬箪笥に似ていた。

交番の巡回簿によれば、かつて鴻巣が話を訊いた栗林忠は、現在も猩々庵で茶を教えている。署を出る前に電話で用件を伝えた印象では、細部はともかく山本久美子という女性に茶の指南をしたことを覚えていたようだ。

店頭に出てきた若い女性へ名乗ると、奥の茶室へ案内された。茶室へは、狭く薄暗い土間を通り抜け一度坪庭に出て、再びしゃがんでしか通れないにじり口から入った。

自然と正座になって待っていると、茶道口から優に八十は越えているであろう和服の男性が出てきた。

「栗林です」

そう名乗って、瘦《や》せて白髪の栗林が畳に手をつきお辞儀をした。女性のようにか細い声だ。

「先ほどは電話で失礼しました。京都府警五条署刑事課の片岡と申します」

真子も手をついて頭を下げた。そして顔を上げるとすぐ質問した。

「十五年も前の話なのに、栗林さんは山本久美子さんをご記憶でした。それは何か強く印象に残ることでもあったのですか」

「わたくしは丸雅さんの先代、向井雅一朗さんという方から、山本さんに茶を教えてやって欲しいと頼まれたんどす。けどそれは単に作法を指導してくれというもんやなかったんどす」

栗林の風貌は剃髪《ていはつ》をしていれば、尼僧のようだ。

「作法でなければ何を？」

「大変真面目な性格で、結婚について悩んでいるから、話をきいてやってくれ、と先代は言われました」

「結婚について悩んでいる」

「そういうことどすな」

「久美子さんのお兄さんは、向井邸に出向いて以降、行方不明になったと主張しています」

「存じています。刑事さんが何度かここへこられましたから」

鴻巣は栗林にどこまで伝えているのだろう。

「久美子さんは向井邸から出てきていない。雅一朗さんの子息が関与しているとまで、お兄さんは思い込んでいるんです」

「そのようなことを、ここにきた刑事さんも言うてはりましたな」

「行方不明になった夜、久美子さんはここへこられたんですか」

「確かに、ここにきました」

「それは、本当ですか」

あまり簡単に、栗林が認めたことに真子は驚いた。

「時間は覚えてませんよ。けれども夜に茶を一服飲んだことは確かです」

栗林が淡々と語ったことが、自転車を置いて猩々庵に行ったという鴻巣の言葉を裏付けた。

「そのときの様子を教えてください」

「こちらから、質問してもいいですかな」

栗林が切れ長の目を向けてきた。

「何でしょうか」

「山本さんは、行方知れずのままなんどすか？」

「ええ、お兄さんのもとに戻っていません」

「ほう。婚約者がいはったと思いますが」

「そちらの方へも」

「そうどすか……」

栗林は何かを考えるような面持ちでうなずいた。

「成人者の失踪は、拉致監禁などの疑いがない限り、警察が積極的に行方を追うことはほとんどありません。人員を割《さ》けないんです。だから居所は摑めていません。栗林さんはいなくなった夜に久美子さんと会われている。居所をご存じなんですか」

「それは知りまへん」

「行き先を匂わせるような言葉を聞きませんでしたか」

「悩みは聞きました。とても思い詰めていた様子で。けどどうしたいとか、どこそこに行きたいとかは聞きまへんどしたな」

「悩みと言われましたが、具体的には何だったんでしょうか。当時の担当刑事は結婚について悩んでいたと」

「わたくしからは申し上げられまへん。人の悩みをここで吐き出し、気持を楽にしてもろてるんどす。それがわたくしの茶道どすさかい」

「久美子さんのお兄さんは、彼女はすでに」

息を継ぎ、一拍おいて続けた。

「この世にいないと思っているんです」

「ええっ」

栗林の眉間の皺が深くなった。

「よく分かりませんな。自分のもとから姿を消したから、死んでしまったと？」

栗林の独特の声と表情、そして四畳半の茶室という空間は妙に気持を沈静化させる。気持が落ち着くことはけっして悪いことではないが、今の真子にとっては歓迎できない。犯人への怒り、被害者の無念さを力にするタイプの刑事には、矛先が鈍る気がした。

「久美子さんは結婚に対して、悩んでいたと聞きましたがその際、眷属という言葉を使ったそうですね」

真子は鴻巣から聞いた「眷属」という言葉が気になっていた。

「そんなことを言ってたかもしれまへんな」

「眷属というのは、一族とか親族、身内ということですよね。それで悩むということは、お兄さんに対して何かを思い、結婚に踏み切れないでいたんですか」

「ですから、言えまへんのどす」

栗林は静かな口調で言った。

「親代わりのお兄さん、結婚を決めていた男性の両方に何も告げずに姿を消してしまうなんて、真面目な女性ができるはずない、と思いませんか」

真子の言葉に反応するかのように、栗林の眉は動く。

「本当に行方をご存じないのでしたら、心配じゃないんですか」

強めに言った。

「わたくしは、山本さんがどこに行こうとしていたのか、聞いていません。それは真実です」

「ここが最後の立ち寄り先です。ここで彼女の足取りがぷっつり消えた」

「あなたは何が言いたいのですか」

「結婚への不安があって、婚約者の前から消えた。兄という身内の存在が疎《うと》ましいから家を出た。それを茶の師である栗林さんが、容認しているようにしか私には思えません。落ち着いていられること自体、おかしい気がするんですよ。そんなことでは、何も解決しない。逃げているだけの人生をあなたは認めるんですか」

人生の先輩として、二十歳そこそこの女性に逃避を教えたことに怒りを感じ、その憤りを飄々《ひょうひょう》とした表情の栗林にぶつけた。

「わたくしが、そんなことを認めるはずないでしょう」

「でも結果的には、容認したんです」

「誤解があるようどすな」

「どういう誤解ですか？」

「あなたは、山本さんはもう亡《の》うならはったとお考えどすか」

栗林がそう訊いたとき、若い女性がお薄《うす》を入れた茶碗を運んできた。

「点《た》て出しにて失礼します」

と女性が言って真子の前に静かに置いた。

「どうぞ」

栗林の勧めに、真子も「頂戴します」と言って茶碗をとり三度回してお薄を啜る。いつも自分で点てている抹茶より、味も香りもまろやかに感じた。

「結構なお点前《てまえ》でした」

茶碗をそっと置くと、膝の上に手を置き背筋を伸ばした。

「私は、久美子さんのお兄さんの話を聞いて、向井さんの現在の別邸を調べています。それが栗林さんの質問に対する答えです。そしてここで久美子さんの足取りが途絶えている以上、場合によっては栗林さんのお宅も調べないといけない、とも考えています」

向井邸でさえ令状が下りないのに、猩々庵など捜索できるはずはない。それを承知の上で、真子は自分の意思を示そうと、あえて口にした。

「そうどすか……。もしそうなら可哀相どすな」

栗林は襟元を直しながら、真子を見る。

「わたくしも気にはなっておりました。あの夜、ふらっと山本さんがここに立ち寄った。彼女は二つの大きな悩みを抱えておったんどす」

栗林の声は決して大きくはないが、茶室の中では充分な音量だった。

「二つの大きな悩みのうち一つが、眷属ですね」

「そうどす。あの子が言う眷属というのは、自殺をした母親のことどす」

久美子は自殺した母親が、精神的な病気によって衝動的に死を選んだ、そしてその原因は父との離婚にあったのだと、栗林に言ったそうだ。

「ぎょうさんのお年寄りの世話をしていて、いろんな人間の人生の、それもその最終コーナーにさしかかったところに立ち会った。そこである属性のようなものを発見したと言ってました」

「属性というのは、類似性のようなものですか」

「ええ。それでわたくしが、それは眷属だと言うたんどす」

眷属という言葉を使ったのは栗林の方だったのだ。

「つまり自分も両親と同じように離婚してしまう。そんな属性を持っていると思ったんですね」

両親が離婚すると子供もその確率が高い。離婚の連鎖に気ぃつけなあかん、と母親が真子によく言う。それは属性だったのか。

「離婚もそうやけれど、自殺の方についてもどす」

「自殺をする属性？」

「いや、何かがあったときに、そっちの方へ向かうのではないかという恐怖、そない言うた方がええでしょうな。親戚の家に預けられていたときに、母親似やとずいぶん言われたそうどすさかいに、余計そないなことを考えるようになったんと違いますやろかな」

真子も、ある年齢にさしかかって、急速に母親と似ていると思う部分が増えた。それが母の嫌な部分だったりするとおぞましく、懸命に是正しようとするが、他の者からすると、何も変わっていないのだ。逃れられない血というものを実感した経験がある。

「母親と同じようになると、久美子さんは思った」

「結婚の話が具体的に動き始めると、ますますあの子の不安も、大きゅうなってしもたんどすやろ。幸せがどんなもんか分からへんかったのと違いますか。それが結婚が近づいて、具体的な幸せが近《ち》こうなってきた。それが壊れるんやないかと不安になったんですやろ。自分が周りを不幸にするかもしれへんと。真面目すぎるお嬢さんどすさかいにな。それは真剣に悩んでました」

栗林はうつむいた。

「悩んでいたことのひとつは、眷属の問題ですが、もうひとつは？」

「もうひとつは……」

初めて栗林に逡巡《しゅんじゅん》の表情が現れた。

黙ったままの栗林は、手を叩きもう一杯のお薄と菓子を用意させた。そのまま五分ほど待つと、再び若い女性が姿を見せて茶と菓子を置いていく。

「微妙な話になります」

ようやく栗林が言葉を発した。それまで漂っていた重圧とまではいかないが、重苦しい空気がやっと少し軽くなった。

「久美子さんのためにも、話してください」

「すでにお調べになっているでしょうが、雅一朗さんは息子さんと上手くいってまへんどした」

「ええ。それは何となく分かります」

「息子の嫁とは、もっと亀裂が生じておったんどす」

雅一朗が元気な頃に仲違《なかたが》いをして、倒れてからも関係修復はできていなかったと言った。

「ですから、お嫁さんは向井邸には寄りつきまへん」

それで、雅也夫人の影は薄かったのか。

「雅一朗さんの身の世話など、以ての外どした。その分、他人でもあんじょうしてくれる山本さんへの依存は大きかったんどす」

「久美子さんの部屋には、丸雅の反物がありました」

「それも一旦は預かるけど、みな返してきたんやそうどす。もし山本さんの部屋にあったとしたら、それもいずれは返すつもりのもんどすやろ。雅一朗さんは、反物でもそんな具合に受けとらんかった山本さんに、財産を譲ろうと考えてましたんや」

「財産、を」

狭い茶室には大きすぎる声だった。

「雅一朗さんは、本気のようどした」

雅一朗は、丸雅の顧問弁護士である徳山ではなく、栗林の知り合いの行政書士に頼んで公正証書遺言を作成するように依頼していたという。

「息子さんには……」

「見切りをつけていたようどすな」

「栗林さん、ここは重要なところなんですが、そのことを息子の雅也氏は知っていたんですか」

「隠してはいました。が、隠し通せたかは疑問どすな。傍目《はため》からでも、雅一朗さんが山本さんに肩入れしていることはよう分かりましたさかい」

向井が、久美子と雅一朗の仲が親密であることを、財産目当てだと勘ぐっても不思議ではない。

「それで実際に公正証書遺言は」

「作成する前に、山本さんがいなくなったんどす」

十月の中旬にも、行政書士が雅一朗の意思確認をするため訪問する予定になっていた、と栗林は言った。

相続人となるはずだったのが十月中旬で、久美子が姿を消したのは九月三十日。法定相続人である雅也にとって、あまりにタイミングが良すぎるではないか。

久美子を亡き者にする動機としては充分だ。

「相続に関して久美子さんは、どういう風に悩んでいたんですか」

「まったく受け取る気はないということどすな。けれども雅一朗さんがあまりに真剣やったんどす。承諾せえへんかったら、食事も去痰《きょたん》吸引も拒否すると言い出す始末で、まるで駄々っ子どしたんや。ほとほと困ってましたな、山本さんは」

久美子は自分のせいで、雅一朗の具合が悪くなったらどうすればいいのかと、心配していた。

「問題の九月三十日も、いよいよ遺産相続の返事をしなあかんけど、どうすればいいかと、ここへきはったんどす」

「栗林さんは、どのように仰《おつしや》ったんですか」

「まずはきっぱりと断る。それでもどうしてもあかんときは、遺言状作成まで考えさせてくれと言う。そして、最終手段として遺言状を作成しておいて、雅一朗さんに万一のことがあったら財産放棄の手続きをして、法定相続人へ権利を譲ることを提案しました」

それを聞いた久美子は、これまでの自分の態度が曖昧だったことをしきりに反省していたのだそうだ。

「その後、向井邸へ行くというようなことは言ってなかったですか」

「あの子が介護にこんようになってから後に、雅一朗さんと話すことがありましてな。三十日の夜にきたかと聞いたが、返答はありまへんどした。まあ、ベッドが置いてあった部屋は今ある広間の奥の方どしたさかいに、襖を閉めてしもたら見えへんし、耳が遠かったさかい気付かんかったんかもしれへんけど」

「庭についてですが、池を壊したこと、どう思わはります？」

真子は、さっき通ってきた坪庭の方を気にしながら訊いた。茶庭という言葉があるぐらいだから、茶人は庭園にもこだわるにちがいない。

「もったいない、の一言どす。枯山水も立派なもんどすけど、昔の池庭《いけにわ》も街中ということを考えたら、凄いもんどすわ。外国人が見ても分かりやすいしね」

「なるほど」

「だいたい、池を作ったんは雅一朗さんですさかいな。幸い戦災に遭わへんかったからあの屋敷が残ったんどす。わたくしの子供時代、あそこに池はなかった。雅一朗さんが、えらい苦労して作らはったんどす」

「こだわりがあったんですね」

「それがないとできまへん。大変な工事やったと振り返ってはったことがありました」

戦前、大きな旧家の庭には防空壕が設置された。それは家の人間が助かるためだけではなく、町内会みんなの命と財産を守るために作られたものだ。

「池はそれを避けるように作らんとあかんかったんどす。庭師も難儀した池やったゆうことですな」

「そんなにまでした池を」

「いとも簡単に枯山水にしてしまわはった。父子の気持が離れてることの象徴みたいなもんどす」

栗林は真子に菓子を勧めた。

「山本さんの性格からして、どこかへ行ってしもても、はがき一枚ぐらいはよこすはずやとは思てましたが、ほんまに亡《の》うなってるとしたら、わたくし悪いことをしましたな」

栗林は久美子が様々なしがらみに耐えかね、京都を出て行ったものと思い込んでいたのだ、とため息をついた。

13

翌日、栗林から聞き込んだ遺言が、久美子殺害の動機になり得るのではないか、と高藤に報告した。それを受けて高藤は、すぐに雅一朗の死亡診断書を書いた医師を捜し出し、死因を確認するよう中野に指示した。雅一朗の死の周辺も気になり出したようだ。

「向井から父の様子がおかしいと、連絡を受けたのが近所の開業医でした。長年の付き合いでしたので、きちんと覚えてましたし、記録も残してありましたわ。死因は吐《と》瀉物《しゃぶつ》が気道《きどう》を塞《ふさ》いだ窒息です」

すでに嚥下《えんげ》性肺炎を患っていて、心肺機能も低下していたところへ自らが吐いたものを喉に詰まらせたというのが医者の所見だったと、中野は説明した。

「医師が駆けつけたときの状態は？」

「心肺停止で、蘇生法を施したんですけど息を吹き返さへんかったちゅうことでした」

「そこに不自然なものはなかったんですか？」

高藤が尋ねた。

「向井が、父親も殺害したと思っているんですか」

「完全に心肺停止状態、つまり死んでいたなら開業医は変死として処理しなければならないはずです。しかし長年懇意にしている地域の開業医の場合、あくまで原則論となります。死んでからの時間の経過にもよるが、向井なら計算するかもしれません」

少し間を置いて高藤は続けた。

「別働隊からの報告では、向井雅一朗が亡くなった頃、いまから十三年前の丸雅の台所事情は一番苦しい状態だったようです。だが雅一朗の目の黒いうちは、彼の承諾なしに向井家の所有する山や田畑をお金に換えられなかった」

「そこにも動機が」

真子は思わず声に出した。

「どうだ片岡。これらのカードで向井を揺さぶれるか」

動機を匂わせる二枚のカード。

「やります」

「証拠はない。それだけに、何が何でも最大の証拠である遺体を掘り出さないといけない」

「はい」

「それでは明日、向井邸を訪問する。鑑識要請ならびに筧田造園への作業依頼も本日中に完了すること。以上だ」

真子は上気した頬を冷やそうと、いち早く廊下へ飛び出した。

「お嬢、とうとうやったな」

後ろから中野の声がした。

「は、はい」

「何や緊張してんのか」

「そりゃあ、責任が……」

「実は、鴻巣さんと会《お》うたんや」

中野が茶封筒を差し出した。

「鴻巣ノートのコピーや。そんなもんようくれたな。捜査ノートなんて自分の恥部をさらけ出すようなもんやで。自信持たんかい」

「えっ」

「お嬢のこと褒めてたっちゅうことや。確かにコピー渡したぞ。明日の準備をしとけや」

「準備？」

「今日は帰って英気を養え。管理官が全然休んでへんって心配しとったで。ほなな」

「あっ」

礼を言おうとしたが、中野はすぐに階段を走り去った。


次の日の午前十時、先発隊として真子と高藤が向井邸へ乗り込んだ。水森率いる鑑識班は五条署内で待機していた。

向井が庭石の撤去に応じた場合、午後に庭師が駆けつける手筈になっている。庭を掘り始める前に鑑識班と合流するのだ。

「その節はお世話になりましたな、片岡刑事」

玄関口で、高藤と真子が挨拶を済ませると向井がにやにやしながら言った。

「不愉快な思いをさせたこと、府警を代表して謝罪します」

高藤が頭を下げた。

「いいんですよ、仕事なんやから。でもまたお目にかかるとは思わへんかったけどね。けどあの山本がな、ぼくを陥れようとしてたんやってな。徳山先生に聞いてびっくりしてるねん。ちょっと変わった人間やとは思てたけど」

向井は上機嫌で話す。

「彼とは古いんでしょう?」

高藤も話に乗った。

「妹さんが、あんじょう親父の面倒を見てくれてたんや。それが急におらんようになった。ここにきてへんか言うて、しつこう訪ねてきよった。そやけどそんなん知らんがな」

「妹さんがこの屋敷に入って、出てこないと警察にも訴えてきたんです」

「そら大変やったな、警察も」

「そんな山本の会社と契約を結んだのはなぜです」

「根負けや。渋ったら、余計に疑ってきそうな感じやった。それにそないに悪い人間でもなさそうやから。しかし裏切られたな……。ほんで、捜査協力ってなんですのん?」

「その山本久美子さんの遺体の捜索です」

「えっ? 何で。何であんな犯罪者の言うこと、真に受けんねん」

向井は柱に片手を付いて首を振った。

「ええ加減にしいや、ほんまに」

真子たちを玄関から中へ上がらせる気はないらしい。

「山本は久美子さんが、この屋敷内から出ていないと言うて聞きません」

高藤に代わって真子が言った。

「勝手な思い込みや」

「あなたに殺されたんだと、言い張ります」

「何で、父親の面倒を見てくれている介護士さんを殺さなあかんのや。相当おかしいのとちゃうか、彼」

「お父さんは、久美子さん宛てに遺言を作成しようとしていた。動機としては充分なんです」

真子は、足の指で土間を摑むように力を入れ、踏ん張った。

「遺言やて」

向井の唇に、力がこもるのを見逃さなかった。

「あなたのお父さんが、久美子さんに遺産を譲ろうとしていたことを、我々は摑んでいます。その少し前に彼女は、ここで姿を消しました。そして、ある場所の防犯カメラは、ここから再び出て行く久美子さんの姿をとらえていません」

「捜査協力だというから、時間をとったのに。そんな話なら出てってくれ。ほんまに十五年前の殺人容疑なんやったら、きちんと強制捜査したらええやろ。できひんのは、立証できるだけの証拠を摑んでへんからやろが。嘘八百並べてもあかんで」

向井はそう言って、口を歪めて嘲笑した。

彼の反応は予想通りだ。

「我々は、あなたのお父さんの死にも疑問を抱いています」

「どうぞ。何とでも言うてくれたらええ。とにかく帰って」

「これは提案です」

真子はわざと笑みを浮かべた。

「そんなもん、いらんて」

「あなたは十月一日の午前零時がくるのを待っている。そうですね」

「何のことか分からへんな」

向井が目をそらせた。

「それなら言います。久美子さん殺害の公訴時効を迎えるからです」

「………」

「十三年前に庭をリフォームしましたね。大震災の後、池の水が減少するといって。

そうではなく本当は池の底の地形が変化したため、そこに埋めたものが露出してきたんじゃないですか。だから急遽埋め直そうとした。しかしそれだけでは、腐敗臭というやっかいものから逃れられない。仕方なく、完全に隠すために枯山水にしたんです」

「だから、作り話を聞く暇はないんやて言うてるやろが。令状を持っといでって」

向井は挑発するように、顔を突き出して言った。

「向井さん、こんなに疑われて嫌じゃないですか。そろそろ終わりにしません?」

「もうとっくに終わった話や」

「警察は向井さんだけを疑っているんやないんですよ。山本は、自殺をした女性の遺体をここに遺棄しています」

「ぼくが鴨居から下ろしたけげた女の子のことやろ。可哀相にな」

「彼女は山本の知り合いでした。その女性が自殺したのをええことに、ここまで運んで鴨居に吊したんです」

「やっぱり病気やな、あの男は」

向井は歯を見せて笑った。

「我々も山本の証言を鵜呑みにはしません」

「当たり前や」

「そんなことをする男ですから、十五年前も今回と同じことをしたんやないかと疑いはじめてます」

「あいつが、同じことをって」

向井が食いついてきた。

「ええ、同じことです」

「どういうこっちゃ」

向井は真子を見て、腕を組み顎を撫でる。

完全に敵だと思い込んでいた相手が、一気に変わり身をしてすり寄ると、味方であるような錯覚に陥る。警察内部で、落としの名人と呼ばれる刑事がよく使う手法だ。

「久美子さんにはどうも悩みがあったようです。それも相当大きな。或いは、彼女は自ら命を絶ったのかもしれない。そして遺体をここの庭に埋められたのではないかと」

「何でうちに埋めるねん」

「あなたのお父さんが、久美子さんに財産を相続させることを知っていたから。まだ妹が生きていることにして、あなたのお父さんに遺言書を書かせてしまおうとした。万一それに失敗したときは、庭に遺体があることで脅しをかけることも企てたのかもしれない」

「自殺した妹をダシに使《つ》こたんか。酷い兄貴や」

「ええ。ただ遺体が出てこなければ、山本の遺棄の目的も追及できません。いいですか、向井さん。遺体が出てこなければ、あなたへの疑いは一切消えます。遺体が出てきても、あなたが殺害したとは限らない。もしあなた自身が久美子さんを殺害していないなら、この賭けに打って出ない手はないんです」

「終わりにするってことか？」

向井が真子の目を凝視し、低い声でつぶやいた。

「そうです。決着をつけたいんですよ、私も」

「ほんまに終わりなんやな」

「はい」

「……一晩考えさせてくれるか」

「一晩、ですか」

真子は隣に立つ高藤を見上げた。

「いいですよ。いつ返事をいただけますか」

高藤が平然と言った。

「そうやな。……明日の一時頃にでも」

「分かりました。じゃあ一時に片岡から連絡させましょう。では、ご協力をお願いします」

それだけ言うと、高藤は一礼をして玄関を出た。真子も後を追った。

「証拠隠滅の危険はないんでしょうか」

車に乗りハンドルを握ると、真子は高藤に訊いた。

「できるならとっくにしてるさ。何トンもの石を持ち上げなければならないんだ」

「それもそうですね」

キーを差し込みエンジンを吹かした。

「よくやったな片岡。上出来だ」

「はっ」

「明らかに動揺していた。必ず乗ってくる」

高藤はシートベルトをセットしながら言った。

「そうでしょうか」

「何だ、また自信がないのか」

「こちらに協力するということは、彼の負けになります。負けを認めるでしょうか」

「彼が年貢を納めるとも思えないが、前には進むじゃないか。出方を見よう」

「出方。ということは、向井にはまだ逃げ道があるんですか」

サイドブレーキを解除して、車を発進させる。

向井という男の悪知恵は底知れない。遺体が出てきてからも言い逃れをする気なのだろうか。

真子が言った山本による久美子遺棄など、まったくの方便に過ぎない。池に遺体を埋めることは大変な作業になる。それを他人の家に侵入してやり遂げることは不可能に近い。

むしろそんな荒唐無稽《こうとうむけい》な話に向井が乗ってきたこと自体が、真子には不気味で仕方なかった。にもかかわらず、高藤は悠然とかまえている。

高藤は一体どこまで真相を摑んでいるのだろうか。彼の目には私には見えない何かが映っているとでもいうのか。

翌日の午後一時に真子が連絡を入れると、一時間後に門を開けておくと向井が言った。

向井の話し方には神妙さもなければ、沈んだ様子もなかった。商談でもまとめるような、淡々とした口調に受け取れた。

それが真子にはまだ信じられなかった。昨日高藤が、向井は任意の捜索に同意するだろうと予測したが、そのときも、どこかで彼が逃げるのではないかと考えていた。向井は自ら破滅するほど切羽詰まっていないし、自暴自棄になるほど弱いとも思えない。にもかかわらず、庭に重機を入れることを承諾したのだ。

もしかすると、大きな間違いを犯しているのではないか。やはり山本は久美子かわいさが高じ、あらぬ妄想を抱いていたのだろうか。久美子は兄を含めた重いしがらみを嫌い、衝動的に家を出たに過ぎないのではなかったか。

向井邸に筧田造園の作業車と鑑識班を乗せたワゴン車が到着したのは、午後二時だった。

作業の開始は、高藤が任意捜索に同意した旨を地検に告げ、裁判所より出された捜索差押許可状の提示により行われた。これは犯罪捜査規範に則《のっと》った令状主義に基づくものだ。そこには捜索の目的として山本祐一の妹を遺棄した可能性による遺体の発見、捜索場所として平成五年当時池のあった敷地内に限るとされ、さらに防水セメントに至るまでの庭石ならびに土砂の撤去のみと厳しく限定されていた。

真子の緊張と不安をよそに、筧田らは手際よく作業を進めていく。

クレーン車は敷地の外からアームを延ばして、庭の石を吊り上げる。比較的小さな石は庭の左端に寄せたが、亀石はそうはいかない。門扉と玄関の間の広いスペースへ運び出した。その間庭師たちは、丁寧に生きたまま苔をはがし、原状回復させる際の植物の手当も同時に行うのだった。

庭の縁石辺りに高藤と中野と共に立って、石が撤去された跡の、ひょうたん形に抜けた土を見詰める。周りが白砂だっただけにくっきりと石の跡が残っていた。

黒茶色の土に、勝手口から入れられた小型のパワーシャベルが突っ立つ。その傍らには三名の作業員がスコップを持って待機していた。

一メートル四方ほどの土の開口が、みるみる広がっていく。

三十分ほどして、図面を見ていた高藤が手を上げ、作業の指揮を執る筧田に合図を送った。

「ほぼ昔あった池の大きさに至ったな」

高藤は真子たちに言った。

全体的に三十センチほどの深さまで掘り進められていた。

「ここからは鑑識課が作業に入りますので、休憩してください」

水森が筧田にそう告げると、七名の係官がひょうたん形の水のない池へと入った。

「出てきますよね」

鑑識係官たちの手元を凝視して真子は高藤に言った。

「二時間ほど、かかるだろう」

答えになっていない。高藤の大丈夫だという返答を期待していた。

向井はどんな心境でいるのだろう。彼も奥の間にいて重機の音や、スコップが土を掘る音を耳にしているはずだ。今日はほとんど姿を見せていないのは、やはり不安があるからなのだろうか。

「班長。防水セメントに突き当たりました」

係官の一人が、水森を呼んだ。

防水セメント層が現れたということは、池の底に行き当たったのだ。もし人体を埋めるとすれば、セメント層の上で底土との間である。堅い防水セメント層をぶち抜いてまで埋めるのは、素人では無理だと思われるからだ。

「意外に、早いな」

高藤の言葉で、もうすぐ結論が出ることを実感した。

胸の高鳴りが期待ではなく、焦燥《しょうそう》に変わりつつある。

池だった部分の約半分が一メートルほどの深さとなっても、遺体らしきものは出てこない。

真子は自分の頭から血の気が引いていくのが分かった。小学校の朝礼で一度だけ貧血を起こして保健室に運ばれたことがある。そのとき激しい耳鳴りがして一切の音が聞こえなくなった。

作業員たちの立てる音を懸命に拾い、まだ聴力のあることを真子は確かめた。

一時間後、約七割の作業が終了したが、やはり何も発見できなかったのである。

今度は立っているのが辛いほど、足の力が抜けてきた。わずかに残された土の中には、久美子の遺体などあるように思えない。

「大丈夫か」

高藤の声にも、さすがに強さはない。

「警部、申し訳ありませんでした」

うつむいたまま真子は言った。

「君に責任はない」

「ですが……」

「これで終わりじゃない。次の一手を考えるんだ」

「…………」

鑑識課の大きな照明が灯った午後六時過ぎ、すべての作業は終わった。

「水森班長、ご苦労様でした」

そう声をかけ、高藤はそこにいるみんなに捜索の終了を告げた。

「筧田さん。お手数をおかけしました。明日、原状回復の工事をお願いします」

「一日では無理とちゃうかな」

汗を拭い筧田は答えた。

「どれぐらいかかりますか」

「まあ少なくとも、三日は欲しいですわ」

「ではそのように。請求書は五条署までお願いします」

「おおきに」

嬉しそうな顔で筧田は頭を下げて、作業員たちのいるところに戻っていった。

「これで、一切が終わったようやね」

向井が広間の奥から姿を現し、庭にいる真子たちへ言葉を投げかけた。

「ご協力、感謝します。責任を持って原状の回復に努めますので」

と言う高藤を見下ろし、向井は薄笑みを浮かべていた。

真子は自宅を出て南へ向かい、伏見の宇治川《うじがわ》分流の畔《ほとり》を歩いていた。川沿いに造り酒屋の蔵が建ち並び、復元された十石舟がゆっくりと遊覧している。かつて龍馬が初めて大坂から入洛する際に乗船したのは、もう少し大きな三十石舟だった。その後も龍馬は伏見という土地との縁が深い。

真子の目的は、龍馬が定宿《じょうやど》とし、九死に一生を得た場所でもある船宿《ふなやど》だ。川風から離れ、乗船場を通り過ぎると二階建ての、格子のはまった古い町家が見えてくる。提灯が下げられ、そこには『寺田屋』と大きな筆文字で書かれていた。

寺田屋事件の舞台として有名だが、その四年後、幕吏に襲われた龍馬が風呂に入っていたお龍の機転によって命を救われたエピソードも、小説や映画の名場面となっている。

お龍は好きではないが、このエピソードだけは深く胸を打った。龍馬の命を助けるためにはなりふり構わないひたむきさに惹かれる。

先頃、現存する寺田屋が火事で焼失した後に再建されたものだと物議をかもしたが、真子には大したことではなかった。龍馬がことあるごとにこの地を訪れ、仲間と泣いて笑って、議論を闘わせた熱気を感じたくて時折足を運んだ。

特に酷く落ち込んだときは、寺田屋の入り口にある毛氈《もうせん》を敷いた床几《しょうぎ》に腰をかけて、訪れる観光客を眺める。そうしているうちに、龍馬の何かをやろう、やらねばならないというエネルギーがどこからともなく伝播してきた。

しかし今回はいっこうに何も感じない。すでに二時間、そこにいたが気力も回復しなかった。たまった休日を一日でもいいから消化するよう管理官から指示された瞬間に、寺田屋に行こうと思いつき、ここにくれば何とかなると思ったのに——。

「羊羹《ようかん》、食べないか」

そう頭上で声がして、見上げると高藤の顔があった。

「警部」

立って敬礼をしようとした真子を、高藤は手で制した。

「君はいま、非番だ」

誤認逮捕に続き、久美子の遺体捜索の大失敗は高藤の立場を相当悪くしているはずだ。合わせる顔がない。

「どうして、ここが？」

「君のお母さんに聞いた。君にもまして京言葉の使い手だな」

母に行き先など伝えていない。

「何かあると、寺田屋なんだって」

「母がそんなことを？」

「まるで元気がなかったそうだ。心配してらしたぞ」

「はぁ」

「いかんな親不孝は」

高藤は床几に座り、手にした羊羹の竹の皮をほどいた。

「でも、なぜ警部が」

「あれから、いろいろ考えた。向井雅也という人間は、非常にミスリードが上手いと思ってね」

「庭を掘り返すことも、ミスリードやということですか」

「うん」

一本の羊羹を無造作に半分に折り分け、一方を真子に差し出した。

「半分も」

「これ、旨いんだろう？」

「いくら美味しくても」

「食えんか」

「いえ、いただきます」

「すまんな、体育会系なもんだから」

「アメフトをされてたんですよね。広報で読みました」

「万年補欠だ。一度もゲームに出たことはない」

補欠なのに高藤は自慢げに言う。

「それでも最後までやめなかったことが、自慢だな」

「嫌にならなかったんですか」

「何度もやめたかったさ。いくら練習をしても、レギュラーになれないんだからな。空しいと思ったよ」

羊羹にかぶりついた高藤に、仕事で見せるスマートさはなかった。

「でも、続けたのはアメフトがお好きだったんですね」

「嫌いではない程度だ。だってそうだろう、ゲームに出ないんだから。本当の面白さは練習試合だけでは分からん」

「なのにどうして続けはったん、いえ続けられたんですか？」

「非番は普通に話せ。京言葉も嫌いじゃないんだ。憧れの女性は、お龍さんだからね」

お龍は典型的な京美人だと言われている。

「そう……ですか」

「補欠でベンチを暖めていたんだが、あるゲームに勝ったとき監督が言ったんだ。主力選手らと同じようにありがとうってな。で、フィールドに出ている者もベンチで待機する者もみんな一緒に闘っているから勝てたと」

「みんな一緒に」

「ありがとうって頭を下げられた瞬間、空しかった心に、何かが充填された感じがした。その監督が龍馬が好きだったんだ。以来龍馬ファンさ。私も単純なんだね」

龍馬像を見上げながら、高藤はもう一口羊羹を囓《かじ》った。

「捜査もチームでやる。そして私のチームに入ったら、それぞれの立場で一緒に闘ってるんだ。戦いには勝ちもあれば負けも付きもの。負けてもチームなんだ」

負けてもというときに、高藤は真子の顔を見た。

照れくさくなって、目をそらした。

「あの。さっきお龍さんが理想だって言わはりましたね」

「うん」

「うちは、龍馬亡き後のお龍さんの生き方に、納得がいかへんのです」

「高知の龍馬の姉、乙女さんの下に身を寄せたときの振る舞いか。月琴に興じ、方々を遊び暮らしたと言われているな」

乙女の怒りに触れて離別された後、西郷隆盛などを訪ねて廻り生きながらえた。それら援助がなくなると、再婚し、裕福な身の上になったにもかかわらず、酒乱で旦那を困らせ、挙げ句身体を壊したのだ。行く先々で龍馬の妻だと吹聴《ふいちょう》しては大酒をあおるため、閉口したと述懐する者もいる。

「何か、龍馬の評判を落としてるようで」

真子も羊羹をほおばった。甘味《あまみ》でほっぺたが痛い。

「それでも六十六歳まで、生きたじゃないか。私は生きながらえたという表現が嫌いだ。お龍さんは生きた。三十三歳で消えた龍馬というものを語りながら、一心不乱に生き抜いたんだ。そのしたたかさが好きだ。強さに憧れるんだ」

「したたかさ、強さ」

「生きる意味を問うまえに、生きていることがすでに意味を持っていると、私は考えている」

「生きていることに意味がある」

「自殺願望者の命を救う、山本の仕事はすばらしいと思った。だから彼の言うことを信じてやる気になったんだ」

「うちも、そうです。命を大切に思っている人間やと思たから」

「夏山さんの遺体を利用したことは、断じて許せんがな」

「うちも……。そやけど、久美子さんは早く見つけたげたい。そやのに……」

「片岡、もっとしたたかになれ。京女は柳のような強さが信条なんだろう」

「そうや、そうです」

京女は柳だ。どんな風にも折れたりしない。

「へこたれたらあきませんね」

大きな口で羊羹を食べた。

「よし。もう今後の捜査の話をしてもいいな」

「はい」

単純なのは、自分の方かもしれないと真子は心中で思った。

「片岡が入手した、鴻巣氏のノートを見せて欲しい」

真子は俄《にわか》に返事ができなかった。高藤に報告していない事柄だ。

「中野主任から聞いた」

「そうですか……」

「原点に立ち返ろうと思ったんだ。ただ、十月一日の時効成立まで四日しかない」

「いま持ってます」

慌てて真子は言った。時効との戦いをしていることを思うと、落ち込んではいられない。

事件関係の書類は、個人情報につながるもの以外は、常にバッグに入れて持ち歩いている。いつでも検証できる状態にしておくことで安心できた。

「これです」

封筒ごと高藤に渡した。

「昨日の庭での作業を見ていて気付いた。久美子が呼び出された夜に殺害されたとして、それから池に遺体を隠すのは一人じゃ無理だ。大がかりな道具を使わないのなら、尚更《なおさら》難しい」

封筒から出したコピー書類に、高藤が目を落とす。

「一人では、ない？」

「いや共犯者がいるとも思えない。もしそんな人間がいるなら、もっと別の場所で殺害し遺棄するだろう。あの家の方が都合が良かったんだと思う」

「屋敷内の方が遺体の隠蔽がしやすかった。それは庭があるからではないんですか」

「だから、そこに何かからくりがあるんだ。あえて犯行現場に選ぶには、それなりの理由があるはずだ」

「一人でも隠せる場所ですか」

「そうだ。鴻巣氏の捜査メモにもあるが、屋敷内の収納場所を調べている。そして色んな道具類も見ているが、使用された形跡がなかったとある。遺体隠蔽を疑って刑事の目で見て調べているんだ」

「埋めたんとは違う、ゆうことですか」

「耳が遠くても、襖の向こうに父親が寝ていた。殺して掘って、そこに遺体を埋めるのはいくら胆のすわった向井でも危険だと思うだろう」

「じゃあ何故池を壊して、枯山水に変えたんでしょう。池のあった場所にことさら大きな石まで置いて」

少し声量を上げたので、龍馬像をカメラに納めていた数人の女性が二人の方を見た。

「妹が向井邸内でいなくなった、と主張していた山本の存在は向井も知っている。そんな状況でたった一年半後に庭を改造するのは、勇気のいることだと思わないか」

「掘ってる現場を押さえられる危険もあります」

「それでも、枯山水にする必要があった」

「向井は子供の頃に、父から叱られると暗い庭へ放り出され、ことに冬の寒い日の池にはいいイメージを持っていません」

「幼少期の押し入れか」

「警部も押し入れに？」

「だいたいがそうじゃないか。狭く暗いものへの恐怖を植え付けられたよ。向井にとって庭の池は父親の叱責と重なるんだな」

「ただ、それほど嫌だったとしても、池を壊す理由としては弱い気がするんです。でも実際にあの忌まわしい震災の後に、工事をしてます。やはり、物理的な理由なのではないでしょうか」

「地盤の変化か」

「池の水が減少したからと向井は、筧田さんに言ってますね」

「池の水位。粘土層の上に防水セメントを張っていたんだな」

「私は、水の減少と聞いたとき、遺体を埋めた際、セメントに損傷を与えたんかとも考えたんですけど」

だがそれだと一年以上かかって、徐々に水位が減少したことになる。

「やっぱり地震で損傷したゆうんが、本当の話なのかもしれませんね」

足下の地面を見た。

「鴻巣氏のノートに、気になる記述があるな」

高藤が書類を真子に示し、下段の方の細かい文字を指さした。

そこに「十月一日シリカゲル五キロを四袋購入するも、縁の下の湿気取り剤としてすべて使用」と書いてあった。それは九月三十日から一週間の物品の流れを調べたリストの中にあった。その他の植木用の肥料、腐葉土、除虫剤などはそれほどの量でもない。

「鴻巣氏も死体遺棄を想定して、物品の流れを押さえている。それにしても二十キロは多すぎるな」

「鴻巣さんは、さらに『病床のある部屋の縁の下に大量のシリカゲル。古い木造で加湿器を使うため冬になる前に対処す、と聞く』と記してますから、量の多さが引っかかったんでしょうね」

「確かに広い屋敷だからな。しかし多いという印象は拭えない。単に湿気を取るためだったのだろうか」

「湿気取り、か」

それが消臭剤などなら、遺体への対応ということになるのだが。湿気取りでは話にならない。むしろ呉服屋なら当然の配慮とも言えた。

着物類は湿気を嫌う。真子の家には大量の舞扇《まいおうぎ》や着物があった。夏は虫干し、梅雨前には湿気取り対策にかり出されたものだ。

真子が初夏の香りとして思い出すのは、長い間袖を通さなかった着物を蔵から出す際の独特の匂いだ。あの樟脳《しょうのう》と湿気が混ざったような匂いを嗅ぐと、母の小言を思い出す。真子の家に伝わる古い着物は、曾祖母の代から大切にしてきたものだから、丁寧に扱えというのが、虫干しでの母の決まり文句だ。

母の言葉を思い出した瞬間、何か重要なことを忘れているような奇妙な感覚に襲われた。大事なことなのに、思い出せない。

「どうした、気分でも悪いのか」

高藤が真子の苛つきを察知した。

「いえ、すみません。何か重要なことがあるのに、それがなんなのか思い出せへんのです」

「事件に関することか？」

「もちろんです」

ここ数週間、二人の女性、千紘と久美子のことしか頭になかった。高藤は、近くの喫茶店に行こうと言い出した。きっと羊羹が甘すぎたせいで、喉が渇いたのだろう。

高藤を、竜馬通りにある喫茶店へ連れて行った。店内にはフレンチローストの香りが充満している。

「無理に思い出そうとすると、かえって出てこない。シリカゲルの話のときに、何かを連想したんだろう？」

珈琲が運ばれると、カップを持ち上げて高藤が訊いた。

「私、母に言われてよく虫干しを手伝ったんです」

虫干しを手伝ったために、初夏のイメージが蔵から着物を運ぶ際に香る樟脳の匂いになったことを話した。

「一緒に母の決まって言う言葉を思い出して、そこからが……」

思い出せない。

「お母さんの言葉から連想することだな」

「ええ。曾祖母の代から守ってきた着物やから、あんじょうしなあかんって」

「着物が関係しているのか」

「ええたぶん。でもこれだけ警部を巻き込んで、つまらへんことやったらどないしょう」

「そんなこと、気にするな」

「はい」

何か記憶の糸をたぐり寄せるワードがないか、一心に探した。

徐々に店が混み始め、時計を見れば正午前だった。

ガイドブックを手にした客たちは、ランチを注文した。

「あの、寺田屋は建て替えたものですか？」

女性客の一人がマスターに尋ねたのを、真子は聞くとはなく耳にした。

「鳥羽伏見の戦いで、この辺は火の海やったと聞いてるなあ。近所に住んでるもんはみんなそういう風に言うとるね」

「えっ。鉄砲の痕とかも偽物なんですか」

「さあ、それは分からへんね。焼けても一部が残ることもあるさかい。たとえ再建でも、龍馬はんのファンは、そんなことにこだわらへんのんちゃうかな。ロマンは焼失せえへんってなもんや」

マスターは大声で笑い飛ばした。

焼失、火事。

「そうや、焼け残ったんです」

真子が口走った。

「焼け残った？　寺田屋がか」

「いえ、うちの家に伝わる着物です」

「ひいお祖母《ばあ》ちゃんの着物のことだな」

「私の生まれる前、近所で火事があったんです。あわや類焼かと思たところで、鎮火されたんだそうですけど。そのとき母やお弟子さんたちで、着物を床蔵《ゆかぐら》に運んだと聞かされました」

「床蔵って」

「蔵の床下にもう一つ収納する場所があるんです。蔵自体も漆喰で燃えにくいんですけど、その床下ですから」

「防火の知恵か」

「それで思い出したんです」

「記憶がつながったのか」

「はい。栗林さんと話したときに床蔵を連想したんです」

雅一朗が庭に池を作る際、防空壕を避けるのに苦労したんだという、栗林の話をした。

「防空壕か」

「向井邸の庭には、いまも残ってるはずです」

「それなら、土を掘ることもなく遺体を隠せるな」

「池の水が徐々に漏れていったのも、地震で防水コンクリがひび割れ、そこから防空壕の方へ流れ出たためではないでしょうか」

女性たちの黄色い笑い声に負けじと、真子は高藤へ顔を近づけて言った。

「法務局と筧田造園、栗林に当たって、防空壕の正確な位置を調べよう」

「いまから私も捜査に加わります」

「分かった。すぐに戻って臨時捜査会議を招集する」

高藤は席を立った。

14

法務局の資料に、向井家における防空壕の記載はなかった。しかし筧田造園には古い図面、つまり日本庭園を造る際の設計図が残っていて、そこにはっきりと防空壕の位置と形が記されていたのだ。

図面を栗林に見せたところ、防空壕の入り口がどこにあるのかを思い出した。

庭の左側にある物置の床に入り口があり、枯山水のほぼ中央付近までのびる長方形で六畳ほどの広さだという。

そこまでの調べに夜半までかかった。


九月二十七日。

「後三日と十数時間しかない。何としてもその間に、あると思われる防空壕の捜査を敢行したい」

高藤が刑事課の全員を集めた会議で、そう言った。

「警部、今度失敗したら左遷で済みまへんで」

中野は眉をひそめて高藤を見た。その顔は明らかに防空壕捜索への反対の立場を示している。

「なんで、お嬢の言うことを聞きますのんや。前回の空振りで、懲りましたやろ」

「あの、主任」

真子が声をあげた。

「何や。わしは警部に訊いてるんや」

「こないだは、池のみの捜索やったので向井は平然としてました。私はまんまと彼のミスリードに乗ってしまったんです」

「今度かて、罠かもしれへん」

「どうして罠を張る必要があるんです。それは向井が久美子さんを、殺害したからではないんですか」

いまの真子は怯まない。高藤が自分の考えに賛同していてくれるからだ。単に心強いというだけではなく、前回とちがって絶対に久美子を見つけられるという自信があった。

防空壕を使ったとしたら、ベッドにいる雅一朗の気付かないうちに殺害して遺体を隠すことができる。池の水位が下がりはじめて、その原因を探るとなれば地中にぽっかりと空いた穴の存在がばれる。

常に山本が庭を怪しんでいることを知っている向井は、むしろ防空壕の存在を隠すために池を壊し、石を置いた。誰もが池を壊すという方に目が向く。その上にこれ見よがしな巨石を乗せられれば、そこに違和感を覚えるだろう。

真子も亀石に目を奪われた。しかし今回はちがう。もう向井のからくりに惑わされることはない。

「あんな醜態さらしといて、どんな顔して任意捜査を依頼できるんや」

「今度は庭じゃありません」

「なんやて？」

「物置の任意捜索です」

「……物置」

「そうです。物置です。防空壕は庭の下ですが、我々は物置を調べるんです」

「物置でも何でもええけど、もう一回、向井がチャンスをくれるゆうんか。犯罪捜査規範の第百八条を覚えてるやろ。言うてみぃ。新米刑事やったらすらすら出てくるはずや」

「人の住居又は人の看守する邸宅、建造物若しくは船舶につき捜索をする必要があるときは、住居主又は看守者の任意の承諾が得られると認められる場合においても、捜索許可状の発付を受けて捜索をしなければならない」

淀みなく答えた。

「その任意の承諾ちゅうのんが得られると、思うか」

「それは……」

視線を泳がし、高藤の方を見て止めた。

「中野主任」

高藤が改まった声で中野の名を呼んだ。

「なんです？」

中野が真子から高藤へ視線を移す。

「今度は強制捜査に切り替えようと、思います」

その高藤の言葉には、中野だけでなく一同から驚きの声があがった。

「容疑は？　何の容疑でガサ入れを」

ひときわ大きな声で中野が質問した。

「本丸は山本久美子殺害の容疑になります。とっくに時効を迎えている遺棄罪は名目だけ。三日後の深夜十二時に改正前刑訴法の公訴時効が完成します。その前に、何としても起訴に持ち込みたい」

逮捕しても、起訴しなければ公訴時効は停止しない。

「向井って外国人との付き合いもあったんやから、海外渡航ぐらいしてませんか？」

中野が訊いた。

「向井はこの十五年間、海外から客をリゾート施設に招いてはいるが、一日たりとも海外渡航歴がなかった。注意していたのだろうと思います」

「やっぱり食えんやっちゃな。それにしても明明後日《しあさって》の十二時までに起訴って、身柄も拘束もしてへんのですよ」

不服そうに中野が言う。

「だからガサ入れで、証拠の発見に踏み込みます。前回は別件での捜索ですが、今回はずばり山本久美子の殺害容疑で逮捕状を申請するつもりです」

そして、庭を捜索する名目を山本の遺棄としたことが、いまとなっては運が良かったのだ、と高藤は言い放った。

「遺体が見つかれば、その場で逮捕できますけど……」

中野はまだ渋い顔をしている。

「中野主任の懸念はよく分かります。しかしやると決めました。そして敢行した以上、必ず見つける。全責任は私がとります」

その言葉には、これまで以上に熱がこもっていた。高藤の覚悟が、身体全体から感じ取れた。

気迫に気圧《けお》されたのか、その場は静まりかえった。

翌九月二十八日の夕刻、京都地裁より逮捕状が下りた。

山本祐一の告訴状と、山本久美子が向井の別邸に入ったが出て行っていないことを証すビデオによる状況証拠に加え、夏山千紘の縊死体遺棄事件での供述の不自然さ、さらに庭の池を取り壊した理由、池の水位低下原因への推測など細かな疑念を集めたこと、何より遺産を久美子に相続させる遺言書作成の時期が迫っていたという動機の浮上で、ようやく検事は地裁へ書類の発行を請求した。

その逮捕状を携《たずさ》え、高藤を先頭に真子たち捜査員と水森率いる十三名の鑑識係官が向井邸へ向かったのは、すでに午後六時を回っていた。

仕事の都合を理由に、訪問時間を六時と指定した向井は参考人のつもりだったようだ。玄関先で、捜査チームの多さに驚いた顔を見せた。

高藤は訪問事由を曖昧にしか伝えていない。本来は家宅捜索をやる場合、立会人の要請をするため、事前に詳しい説明をしなければならないが、緊急性を優先した格好だ。

きちんとした法的手続きをするのが高藤のやり方なのだろうが、それを曲げたことでいかに時効の完成を阻止したいと思っているのかが、真子にも伝わってきた。

寺田屋で話してから、真子の高藤への見方が少し変わった。

「向井雅也さん、本日はあなたに対する逮捕状を持参しました」

高藤が令状を向井の面前に示した。

「………」

「家宅捜索の令状もここにあります」

「どういうことや？　ついこないだあんなことしたばっかりやないか。まだ庭かて元通りには戻ってへんのやで」

向井は高藤や中野、真子を順に睨みつける。

「確かめさせてんか」

「どうぞ」

高藤が差し出した書類を、向井はひったくるように手にとった。

「これはおかしいんやないか。山本久美子の死体遺棄と殺害容疑って何のこっちゃ」

「記載の通りです。これから、家宅捜索に立ち会っていただきます」

「待てよ。ここに『物置の内部および床下収納部分』て書いてあるけど、そんなもんあらへん」

「調べは付いています」

高藤はきっぱり言う。

「認めへん」

向井は首を振った。

「物置へ、立ち入ります」

高藤は向井を押しのけるようにして中に入った。その後に中野、真子も続く。さらに後ろから三人の刑事と水森たち鑑識係官たちがなだれ込んだ。

「ちょっと待たんかい」

後ろから追いかけてきた向井が、叫びながら真子のスーツの袖を掴んだ。

「向井さん、いま拘束はしませんが、邪魔をすればそれも考えます」

目を見て言った。

向井が怯み、袖から手を離した。

「立ち会《お》うてもらいまひょか」

中野がドスのきいた声で向井に言った。

「後で覚えてろ」

吐き捨てるように向井が言って、中野の前を歩いた。

庭に出て左側の物置の入り口に着くと、高藤が向井と向き合う格好になった。

「鍵を開けていただきます」

高藤が鉄製の錠前に目をやった。

「鍵は居間や。そこの飾り棚の中にある」

仏頂面でぶっきらぼうに答えた。

それを聞いた若い刑事が家屋に入って、鍵の束を持って戻ってきた。

高藤が受け取り鍵穴を見て、鍵を一つ選んで錠前に差し込む。古風な音がして錠は外れた。

「向井さん。防空壕への入り口を教えてください」

物置の前に鑑識係官が設置した照明に、振り向いた高藤の顔が映し出された。

「防空壕って何のことかな」

「いいでしょう」

高藤が水森に目配せをした。

水森は機材を持った係官を連れて、高藤の横を通り抜け物置内部へ入った。

間もなく照明設備をセットしたのか、内部が明るくなった。

「戦時中、丸雅の先々代は、お宅に作った防空壕を町内の方々にも使って貰うようにされていたんですね。自分のことだけを考えている方ではなかった」

「何が言いたいんや」

「町内の方から、防空壕の存在を聞いたものですから」

「栗林か」

「猩々庵の主人に、山本久美子さんはお茶を習っていました。その折りにいろんなことを相談していたんですよ」

「…………」

「遺産相続のこととかね」

「いらんことを」

向井が舌打ちをした。

その直後、物置のまぶしい照明の光の中から、水森の叫ぶ声がした。

「防空壕、開きました」

その瞬間、向井は顔を地面に向け、足下をじっと睨み付けていた。光の中に浮かぶ彼のシルエットの周りを微細な塵《ちり》が浮遊し、彷徨《さまよ》いゆらめいていた。

真子が物置に飛び込み、床に空いた穴へと進入した。そのとき中から水森の声が聞こえた。

「ホトケさんを発見しました」
水森の声は物置に反響した。

久美子の遺体はセメントで固められていて、そこから出すと完全にミイラ化していた。浴槽ほどの大きさのセメントの固まりだったが、遺体のミイラ化に伴い陥没し、亀裂が生じた部分から黒髪が覗いていたため、水森は遺体発見と叫んだということだった。

セメントはもろく、鑑識係官が木槌《きづち》や手回しドリルで簡単に剝《は》がせた。大量のシリカゲルが遺体を覆い、完全にミイラ化していたことによって腐敗臭はそれほど感じなかったらしい。

遺体はすぐにK大学法医学教室へ搬送された。そこで解剖され、歯形などから山本久美子であることが明らかになった。確実にするために毛髪などからDNA検査を行うことになっている。

向井は遺体発見と同時に一旦、死体遺棄罪で身柄を確保した。
九月二十九日月曜日の朝、高藤は第一取調室で向井と対峙していた。補助官は真子が務める。

時効の完成まで三十八時間を切った。そのことを承知している向井は、完全黙秘を決め込んでいた。千紘の遺棄罪容疑のときとは違い、世間話にも応じることはない。無駄な言葉を発する気配はまったくなかった。

時間はどんどん経っていく。さすがの高藤も為《な》す術《すべ》がなかった。

このままでは、向井が千紘事件のときに目論んだ、取調中に久美子殺害容疑の時効を迎える計画と大差はなくなる。

起訴できなければ、時効完成後に確たる証拠が出てきても、向井を裁きの場に立たせることはできないのだ。

「君の考えはとうに分かっている。ただただ十月一日の午前零時を待っているんだろう」

向井は目を閉じうつむいたままだ。取調室の席に着いてから、昨夜もまた今日の朝もその状態のままだ。やはり禅僧のように微動だにしなかった。

「時効を迎えても、無実じゃない。山本久美子を殺害し、あんなに暗く寂しい場所に遺棄した罪は消えない」

「…………」

向井は黙ったまま、前回同様瞑想するだけだ。

仕方なく、何度か休憩を挟み、その夜十一時に取り調べは終了した。

刑事部屋に戻ると、中野が高藤に駆け寄ってきた。

高藤は首を左右に振って見せ、それに中野が小さくうなずく。

「道場で休んでくるよ」

片手をあげて、高藤は部屋を出て行った。

真子にはその後ろ姿が小さく見えた。

「お嬢、やっこさん完全黙秘か」

中野が入り口付近に置いてある応接テーブルのソファに座り、真子に訊いた。

「座禅組んでるみたいな感じです」

真子も脱力したように椅子に腰を落とした。

「死体遺棄では、公訴を提起しても門前払いになるだけやで。せめて殺《や》ったちゅう自白でもないと殺しで起訴には持ち込めへん。検察官かてやばい橋は渡りよらんやろ」

脱税などの事件では、逃亡している被疑者に対して在宅起訴を繰り返し、地検が時効の成立を阻むこともある。しかしそれは帳簿類など裏付け資料が揃っていることが前提だ。

しかし向井に関して、久美子のミイラ化死体という遺棄を匂わすものはあるが、殺人の証拠ではないのだ。

「何か突破口あらへんのかな。思いつかへんか、お嬢」

「悔しいんですけど……」

奥歯を噛んだ。

久美子の変わり果てた姿を思い出すと、腹が立つことを通り越して気分が悪くなる。作業がしやすいことを考えた飾り気のない服装が、彼女の慎ましやかな日常を彷彿とさせた。結婚を前にしても久美子に華やいだ気分はなかった。両親の離婚、母親の自殺という不幸がつきまとっていたからだ。

けれども懸命に生きてきた。生きていればこの先、彼女の精神的な傷も癒え、幸せな暮らしもあったにちがいない。

それを身勝手な考えで、何もかも壊した向井が許せない。久美子殺害で逮捕しながら不起訴になってはやりきれない。

「おおそうや、ついさっき、山本に久美子さんが見つかったこと言うといた」

「どんな風でした？」

「泣いてた」

「そうですか」

「覚悟はできてたけど、遺体が出てきたと聞いたら辛かったんやろ。ああいうのんが号泣ちゅうやつやろな。泣いた後にお嬢に礼が言いたいって、ほんま感謝しとったで」

「もうすぐ、夏山千紘の死体遺棄で起訴ですね」

証拠固めの起訴前勾留十日もあと二日で終わる。ということは向井の時効成立を、同じ五条署内で迎えるのだ。

「皮肉なもんやな」

真子が口にしようと思った言葉を、中野が言った。そして二瓶から聞いた山本の過ごした一夜のことを思い出した。

久美子が発見されたいま、山本の向井に対する憤怒は計り知れない。あの夜と違うのは、向井に鼻歌を口ずさむ余裕などなく、時間の過ぎるのをじっと待っていることだ。

もしや、高藤が山本への十日間の勾留を申請したのは、これが目的。いや、それは考え過ぎかもしれない。

九月三十日。

朝も昼も向井は食事を摂らなかった。相変わらず声を一切発せず、ますます断食行《だんじきぎよう》でもする禅僧のようだ。

高藤の方も一方的に話しているために、疲弊していくのが背中越しでも分かる。そして徐々に口数が減っていく。

午後十一時半を回った頃には、第一取調室は完全に沈黙に支配されていた。

腕時計の音が聞こえ、確実に時間が経つことだけは痛いほど分かった。

午前零時まで五分を切ったとき、部屋のドアをノックする音が響いた。真子がびっくりしてドアを開くと、そこに水森がいた。

「お嬢。このメモを警部に」

差し出された二つ折りのメモを受け取った。

「がんばれな」

「ありがとうございます」

真子は会釈してドアを閉め、メモを高藤に渡した。それを黙読しながら、高藤が感慨深げに宙を仰ぐ。

心なしか高藤の背中に生気が蘇ってきたように見えた。いったいあのメモには何が書いてあったのだろうか。

しかし高藤は黙ったままだ。

もう時間がない。

高藤は壁の時計を見上げた。

真子は自分の腕時計を見詰める、電波時計だから正確だ。
五、四、三、二、一。
「時間だな」

「そうやな。今日は十月一日やな」

向井が声を出した。嬉々とした表情で、高藤と真子を見た。

二人の刑事がどんな顔をしているのか、観察するような目だ。

悔しさで、胃の辺りがきりきり痛むのを感じた。たまらず手に持ったボールペンを強く握りしめる。二の腕が小刻みに震えた。

「京都地検の、常識ある検事はんに感謝せんとな」

やはり向井は、起訴しなければ時効の停止ができないことを知っていた。

「もう、教えてくれてもいいだろう」

「何を？」

「どうしても分からないことがあるんだ」

「それを言うんやったら、全部やろ」

向井がくしゃくしゃの顔で笑った。

「全部か。そうかもしれん」

高藤はのんきなことを言った。

「ただ、一番分からないことから教えて欲しい」

「一番か。何や」

「シリカゲルだ」

「シリカゲル？」

「ああ。遺体は大量のシリカゲルに包まれていた」

「ああ、それか」

「あれが分からん」

「知らんのか？　乾燥剤や」

「乾燥剤を遺体に？　はじめからミイラ化を考えていたのか」

「そんなもん考えてない。シリカゲルは湿気だけやのうて、匂いも吸着する。ほんまは樟脳をつかいたかったんやけど、もう呉服屋やないのにぎょうさん買《こ》うたら変やろ」

向井にもう緊張感はないのか、得意げに話す。

「シリカゲルは大量に購入しても、怪しまれないのか」

「そやな。庭に利用したり、縁の下に撒いたりな」

「しかしよく思いついたな。十月一日に購入しているんだから」

「そこまで調べてんのか。まあもう時効やからええやろ。あの女を処分した次の朝、ふと思いついたんや。防空壕はセメントで埋めてしまうつもりやったけど、それまでに匂いがしたらかなんさかいな」

「で、すぐに撒いたのか」

「そらすぐや。怖いことは早《は》よ済ませんと」

「怖い？」

「当たり前や。自分が殺した女の死体をもう一回見なあかんのやで。誰かて震える」

肩をすぼめて、向井は震えてみせた。どこまでも人を馬鹿にした態度だ。

「殺害の方法は？」

「馬乗りになって首を絞めた」

「動機はやはり……」

重要な語句は当事者に言わせる、尋問の鉄則を踏襲している。

高藤の尋問を聞いていて妙に思った。すでに時効の完成した事件の容疑者を取り調べている。尋問の継続が行われているのだ。

改めて時計を確認すると、零時二十分になろうとしていた。

しかし高藤の切れない緊張感が、記録し続けなければならないと再びペンを握り直させた。

「あの女が悪いんや。上手いこと親父をたらしこみよった。僕が親父からいろんなことを言われながらも家を飛び出さへんかったんも、財産があったからや。それをちょっと介護しただけで、何で赤の他人に持っていかれなあかんのや。あほらしもない」

「遺言のことはいつ知ったんだ」

「それがあの女、どういうつもりか知らんけど、自分からゆうてきた。迷惑げな言い方で、困ってるようなふりしてな」

「それで？」

「こっちも一旦相続した後、すべてを譲渡せえと言うたった。もちろんそんな気はあらへん。試したったんや」

「何を試す」

「ほんまは欲しいのに、いらんふりしてるのを見破ったろと思たんや」

久美子は、端《はな》から相続するつもりはない、と言ったという。

「つまり、こちらの提案も飲む気ないゆうことやわな」

それは違う、と真子は思った。

久美子は離婚と自殺をした母親の眷属だと言って、自分と結婚することで婚約者を不幸にするかもしれないと悩む女性だ。降って湧いた財産に目がくらむとは思えない。

純粋に、遺産相続を巡るいざこざに、巻き込まれたくなかったにちがいない。

向井は自分の欲深さのために、人もそうであると思い込んでいる。

「九月三十日の夜、山本さんを呼び出したのは君か」

「遺産のことで内緒の話があるさかいって言うたら、飛んできた」

しかし久美子は茶の師栗林にだけはその前に会った。これから起こる身の危険を察知していたのだろうか。

「それで殺害か。酷い話だ」

「刑事さんかて、数十億の遺産を他人に持っていかれる立場になったら、何でもやるって」

「しかしシリカゲル、多量に使ったな」

「また乾燥剤の話かいな」

「何せ、遺体を覆い尽くす量だ」

「戦時中の馬鹿でかい行李《こうり》があって、その中に放り込んだかいな。それいっぱいになるまでシリカゲルを入れたんや。シリカゲルの風呂みたいにな」

「向井、よく聞け」

高藤が大声で言った。

「何やねん、急に」

「さっき、鑑識から知らせが届いた」

真子が渡した水森からのメモのことだ。

「それがどうしたんや。どうせ不起訴やろが」

「生憎《あいにく》だが、そう上手くはいかないようだ」

「何っ」

向井が真剣な顔になった。

「久美子さんの遺体の肺から、二酸化ケイ素の微粒子が検出された」

真子は声を上げそうになった。

「……どういうことや」

向井は訝《いぶか》るような顔で訊いた。

「二酸化ケイ素の微粒子とは、シリカゲルのことだ」

「ちゃんと分かるように言えよ」

「君がシリカゲルを撒いたのは十月一日だと言った」

「……えっ」

「そうだ。死んだ人間がシリカゲルを吸い込むことはない。ミイラ化した遺体の肺胞に混入することもあり得ない」

「まさか。そんなはずない」

「久美子さんは、君がシリカゲルを購入し、撒いた時点まで、生きていたんだ」

久美子は首を絞められ仮死状態に陥ったが、防空壕内で息を吹き返していたのだ。

「いいか、向井。時効の算出起点はその犯罪が終了した時点だ。つまり君が久美子さんを殺したのは十月一日ということになる」

「…………」

「公訴時効は明日、十月二日の零時だ」

「そんなアホなことが……」

向井が蒼白な顔で真子を見た。

「遺体は出てきても、それは遺棄罪や。そや遺棄罪やったらとっくの昔に時効やないかい」

「殺人容疑で起訴する。さっきも言っただろう。君がシリカゲルを撒く前までは久美子さんは生きていた。君がシリカゲルの風呂で、窒息させ死に至らしめたんだ。すでに君が死んだと思うくらい彼女は衰弱していたと推定できる。その上に大量のシリカゲルを投入した。法律を勉強したようだから言うが、行為者が犯罪事実、特に結果発生を可能なものと認識している場合に該当する」

「……どういう意味や、分からへんって」

「未必の故意に当たる」

「未必って？」

「未必の故意があれば故意犯が成立する。つまり殺人を犯したことと同じなんだ」

「くそっ。何でや。親父が死ぬまで我慢してきたのに」

向井は頭を抱えた。

「向井、その父親の死にも警察は疑問を持っている。犯罪行為を犯した人間はどこかで裁かれるんだ。それはどこへ逃げても、必ず」

「うるさい」

向井はうつろな目で、高藤を見ていた。

「久美子さんが一日生きたことで、時効は完成しなかった。人が懸命に生きること、それがたった一日であっても、その意義は大きいんだ、向井」

その高藤の言葉は、寺田屋の軒先で、お龍の生き抜いたしたたかさ、強さについて話したことを真子に思い出させた。

エピローグ

真子は、未決勾留者として収監されている山本と面会するために、伏見の京都拘置所にきていた。

制限時間は刑事といえども、十五分間とされた。

透明アクリル樹脂越しに見る山本は、どこかすっきりとした表情に見えた。

「いろいろお世話になりました」

真子の顔を見ると、山本は椅子に座る前に深々と頭を下げた。

「久美子さんのことですが」

「はい」

「向井を久美子さん殺害容疑で、起訴しました。いえ、起訴できたと言った方がいいかもしれません。久美子さんが一日、生きていてくれたお陰です」

真子はごく簡単に遺体の状況を説明した。

「そう、ですか」

唇が震え、返事するのが精一杯のようだ。歯は食いしばっていたが、目からはぼろぼろと涙が流れ出た。

「久美子さんは本当の意味のエクステンドだったんです。生きていることの凄さを、私は妹さんから教えられた気がしています」

「生き延びようとしたんですね」

山本は手で涙を拭った。

「山本さんに見て欲しいものがあります」

山本が落ち着くのを待って、バッグの中から一枚のコピー用紙を出した。

「夏山さんのノートに挟んであった、新聞の切り抜きのコピーです」

「一生懸命勉強してましたから」

「これは勉強のためにコピーしたものとは違います」

「そうなんですか」

山本は目を凝らして、記事の内容を読もうとしていた。

「読めますか」

アクリル板に用紙を密着させた。

「ああ、エクステンドを取り上げた記事ですね」

「そうです。あなたがインタビューに出てます」

「これが何か？」

「このコピーの裏に鉛筆で、夏山さんが文章を書いているんです」

「千紘ちゃんが」

「あなたが記事のインタビューでこう言ってます。『私自身、母を自殺で失っています。それからずっと自分を責め続けてきました。何故分からなかった、どうして止められなかったのか。答えはひとつ、自分が未熟だったんです。私には妹がいます。精神的な痛手を受けた彼女ですが、生きていてほしい、と祈る毎日です。自殺者の家族はいつまでも癒えない傷を抱えて生きることを知って欲しい』」

真子は読み終えるとコピー紙を裏返した。

「そして夏山さんの文章です」

どこまでいっても妹。私は彼の妹の代わり。ほんとうの愛なんてもらえない。ほんとうには私を救ってくれない。さらし者の私など、だれも本気で愛してくれない。だからもう――。


「……どういうことなんですか」

「あなたは久美子さんのことを言っただけでしょうが、夏山さんは精神的な痛手を受けたという言葉から自分に重ね合わせたんでしょう」

「しかし……」

「この記事は、彼女が自殺する前の日の夕刊に掲載されました」

「千紘ちゃんは……」

「夏山さんはあなたに特別な感情を抱いていたのだと思います。これまで散々な目にあい、人を信じられなくなった彼女が、やっと誰かを信じようと思った。それがあなただったんです」

「知らなかった。まさか千紘ちゃんがそんな風に」

「成長していたんです。何とか立ち直ろうとしていたんです」

「……私が千紘ちゃんを苦しめていたんですね。なんてことだ」

アクリル板の向こうの山本の顔は、いっそう悲しげになった。

「刑事さん、私はどうすれば……」

「そんなことを責めてるんやありません」

「えっ？」

「夏山さんはやっと信じられる人に出会えた。そやのに遺体とはいえ、よくもその手で首を絞められたもんですね」

「それは……自分でも何が何だか分からなかったんです」

「できることやない。大切に思てたら、温かみの残ってた夏山さんの首に手をかけるなんて」

「………」

山本は黙って真子を睨んだ。

「その上で向井のような人でなしの面前に、これ見よがしに晒した。晒し者になるのが死ぬより怖いと思てはった千紘さんを、あんたは、あんたは人形のように……。そんな、そんな裏切り、うちは許せぇしまへん」

真子は刑事であることを忘れて、声を張り上げていた。そして席を立ち、山本を振り返りもせずに外へ出た。

近くに川が流れ、十月にしては冷たい風が頬を打った。

川岸から河原へ下りる。色づいていない楓並木を歩いた。

いま自分がとった態度を、高藤が知ったらどう言うだろう。

真子は初めて高藤に会ったときのことを思い出した。

京言葉を訛りと言って、それを直せと指示した憎らしい顔。何もかも理路整然と分析する態度。

「余計なお世話やわ。スカンタコ」

そうつぶやき、無性にスカンタコに会いたくなった。

解説

小梛《おなぎ》治宣《はるのぶ》（日本大学教授・文芸評論家）

鏑木蓮が、『東京ダモイ』で第五二回江戸川乱歩賞を受賞したのは、二〇〇六年のことである。一九六一年生まれの著者は、このとき、四十四歳、決して早いデビューではない。その二年前の二〇〇四年に「江戸川乱歩記念 立教・池袋ふくろう文芸賞」を短編「黒い鶴」で受賞しているとはいえ、むしろ遅いといってもいいくらいだ。だが、その「遅さ」は、著者にとってはプラスに働いていた、と私には思えるのだ。というのは、『東京ダモイ』の中には、作者がそれまでに密かに蓄積してきた小説の種子のごときものが至る所から窺《うかが》えたからである。一朝一夕にして書ける類《たぐい》のものではない、と思わせる奥の深さがあったのだ。

このことは、『日本推理作家協会』の会報に寄せた入会の言葉の中に「苦節十九年の末」と書かれていることから裏付けることができる。この約二十年に及ぶ助走期間が、鮮やかな離陸《テイクオフ》とその後のさらなる飛翔を可能ならしめたのであろう。デビュー後五年間の作者の九冊の著書がそれを如実に物語っている。デビュー作を含めて十冊――この十冊という数字は、作家にとっての最初の一里塚のようなものである。そこをどう越えるかで、書き手の将来もある程度見えてくるものである。デビューしても、ここまで至れずに終わる作家も少なくない。そうした例を私も数多く見てきている。

では、鏑木蓮という書き手はどうか？　この解説を書くにあたって、私は改めてその十冊のすべてを読み直してみた。そこで感じたのは、この作者の小説に対する姿勢の純粋さである。鏑木蓮が作品の根底に置いているのは、「生命《いのち》」である――と私には思えるのだ。ミステリーという形式で小説を書くことで、「生命」の大切さやその輝きをより鮮明に浮かび上がらせようとしているのではあるまいかと。だが、それは一つ間違えると、作品そのものを上すべりの感傷的なものにしかねない危険を伴ってもいる。だが作者の描く世界は、ミステリーの骨組みをしっかりと整えた上で、そこに「生命」というテーマを与えることで、従来のミステリーとは一味も二味も違った、独自の世界が構築されているのだ。「生命」――それは、「生きる」ことであり、生きることから生ずる様々な喜怒哀楽のドラマを生む源泉でもある。作者は、その「生命」の生み出すドラマをミステリーであると考えているのではないか、とすら私などは思ってしまうのである。『思い出探偵』やその続編の『思い出をなくした男』などは、その典型であろうか。

さて、『東京ダモイ』の後、長編二作目の『屈折光』（二〇〇八年）が出版されるまで二年が経過する。それだけの時間を要しただけに『屈折光』は、受賞第一作に挑む作者の情熱がひしひしと伝わってくる医療サスペンスの力作であった。本書は、そのあとに書き下ろされた長編三作目にあたる。出版時は『エクステンド』というタイトルであったが、今回文庫化の折に『時限』と改題された。ミステリーとしてみると、この緊張感のある『時限』の方が適当であろう。しかし、本書が狭いミステリーの枠を超えた人間のドラマとしても充分に鑑賞に耐え得る作品であることを考えると、『エクステンド』というタイトルも捨て難い。そのあたりは、一読して味わってみていただきたい。『東京ダモイ』にしても、『屈折光』にしても、そのタイトルに込めた作者の思いやメッセージが、読後に読む者の心にじわじわと浸み入ってくるのが、鏑木蓮の持ち味の一つだが、本書ではそれがさらに強められているともいえる。

京都にある会社社長の別邸で若い女の死体が発見された。第一発見者はその別邸の持ち主、向井《むかい》雅也《まさや》である。向井が金沢へ出張した帰りに得意先の男と一緒に別邸へ向かったところ、そこで鴨居からぶら下がった女の首つり死体と遭遇したのだった。向井にはアリバイがあり、その女とは面識がないという。その女が勝手に他人の家に侵入して自殺したというのか。だが、死体の頸部《けいぶ》には、縊死《いし》の原因である紐の痕とは別に手で絞めた扼殺《やくさつ》痕が認められた。とすれば、自殺に見せかけた他殺ということになる。とはいえ、わざわざ他人の家に侵入して手の込んだ工作をする犯人の意図が見えない。

京都府警五条署の刑事課に配属されたばかりの新米刑事《デカ》、片岡真子《かたおかまこ》が、この事件の捜査にあたることになった。女刑事といえば、乃南アサの直木賞受賞作『凍える牙』の主人公、音道貴子《おとみちたかこ》のようなタイプを想像しがちだが、片岡真子は、これまでのミステリーには登場してこなかったまったく新しいタイプのヒロインといえる。その意味では彼女はミステリー界のニューヒロインであり、鏑木蓮の世界そのものの幅を拡げるスプリングボード的役割を演ずるキャラクターでもあった。

鏑木蓮はこれまでも魅力的な女性のキャラクターを作品に登場させていた。『東京ダモイ』では、事件を追う出版社勤務の槙野《まきの》の妹の英美《えみ》や上司の朝倉晶子《あさくらあきこ》、『屈折光』では、神の手をもつ脳外科医の父親に反発して、獣医になった内海綾子《うつみりょうこ》が主人公となる。いずれも存在感のあるキャラクターで、読後も彼女たちの残像が心に残っているほどである。本書の片岡真子は、朝倉晶子や内海綾子とは一見共通点がないようにも見えるが、この二人を造形した作者だからこそ生み出せたキャラクターであるともいえる。

京都府警の先輩刑事たちから「お嬢」と呼ばれている真子は、母が花街で日本舞踊の師匠をしており、文字通りの「京女」、署内でも悠長な京言葉で話す。真子とペアを組むことになった警察庁から府警本部に赴任してきたばかりの高藤《たかとう》には、その警察官には不釣合な京言葉が気に入らないようでもある。だが真子は、特にそれを改めるわけでもない。この真子の発する京言葉が、小説の中に独特の間《ま》を感じさせ、アンバランスのように見せながら、不思議なバランスのある世界を生み出していくのだ。これまでの作者の作品とは違った意味での、ゆとりと言おうか奥行の深さが本作からは感じ取れるようになったのである。この点に、鏑木蓮という作家の成長の跡を認めることができる、と私は思うのだ。

この作品以降、鏑木蓮の小説は、「読む」というよりも、むしろ物語の中の時間の流れに身を任せているうちに自然にストーリーが進行していくような、そんな気分にさせられる。最新刊の『しらない町』は、その典型といえる。

さて、話を本作に戻そう。女の死体には身元を明らかにするものは一切なかったが、手首にはリストカットの痕が無数にあった。現場の庭からは指輪をペンダントトップにしたペンダントと、死体があった別邸の、今は使われていない古い鍵が発見された。しかも、その鍵からは発見者の向井と被害者の指紋が検出されたのだ。そうした証拠品をみせられた向井は、被害者と会ったことがあるかもしれないと言い出したのだが……。

その向井の取調官をあろうことか真子が務めることになった。補助官は警察庁のキャリア高藤警部だ。狭い取調室に漂う緊迫した空気の中で、したたかな素顔を次第に顕わにしていく容疑者の向井に挑んでいく真子、その様子を黙って見つめる高藤警部――この三者の醸《かも》し出す雰囲気が、本書の読み所の一つである。やがて、終盤になると、この三者がタイトルにもなっている「時限」をめぐって、せめぎ合うことになるのであるが……。

さらに事件は、被害者の女性の身元が判明したことで、新たな局面を見せ始める。この事件の背景に、過去の不可解な失踪事件が絡んでいた疑いが出てきたのだ。予測不能な展開で進んでいくストーリーのその先にはどのような結末が待っているのであろうか……。叙述トリックが仕掛けられていることも含めて、ミステリーとしての読み応えも十分である。

読後、行間から滲《にじ》み出してくる被害者の無言の「生きたい」という叫びが、いつまでも心に響いてくるはずである。本書を私が「生命《いのち》」のミステリーと評する由縁である。そのあたりをじっくりと味わっていただきたい。

本書は二〇〇八年十二月に小社より『エクステンド』として
刊行された単行本を改題したものです。

|著者| 鏑木 蓮　1961年、京都市生まれ。2006年、『東京ダモイ』で第52回江戸川乱歩賞を受賞しデビュー。社会派ミステリー『白砂』(双葉社)が大ヒットした。他の作品に、「片岡真子」シリーズ第二作である『炎罪』や、『屈折光』『救命拒否』『真友』『甘い罠』『疑薬』(講談社)、『思い出探偵』(PHP研究社)、『喪失』(KADOKAWA)、『残心』(徳間書店)、『黒い鶴』『見えない轍』(ともに潮出版社)などがある。

時限《じげん》

鏑木《かぶらぎ》 蓮《れん》

講談社文庫

定価はカバーに
表示してあります

2012年3月15日第1刷発行
2020年3月18日第10刷発行

発行者——渡瀬昌彦
発行所——株式会社　講談社
東京都文京区音羽2-12-21　〒112-8001
電話　出版 (03) 5395-3510
　　　販売 (03) 5395-5817
　　　業務 (03) 5395-3615

デザイン—菊地信義
本文データ制作—講談社デジタル製作
印刷———豊国印刷株式会社
製本———株式会社国宝社

Printed in Japan

ISBN978-4-06-277218-1

講談社文庫刊行の辞

二十一世紀の到来を目睫に望みながら、われわれはいま、人類史上かつて例を見ない巨大な転換期をむかえようとしている。

世界も、日本も、激動の予兆に対する期待とおののきを内に蔵して、未知の時代に歩み入ろうとしている。このときにあたり、創業の人野間清治の「ナショナル・エデュケイター」への志を現代に甦らせようと意図して、われわれはここに古今の文芸作品はいうまでもなく、ひろく人文・社会・自然の諸科学から東西の名著を網羅する、新しい綜合文庫の発刊を決意した。

激動の転換期はまた断絶の時代である。われわれは戦後二十五年間の出版文化のありかたへの深い反省をこめて、この断絶の時代にあえて人間的な持続を求めようとする。いたずらに浮薄な商業主義のあだ花を追い求めることなく、長期にわたって良書に生命をあたえようとつとめるところにしか、今後の出版文化の真の繁栄はあり得ないと信じるからである。

同時にわれわれはこの綜合文庫の刊行を通じて、人文・社会・自然の諸科学が、結局人間の学にほかならないことを立証しようと願っている。かつて知識とは、「汝自身を知る」ことにつきていた。現代社会の瑣末な情報の氾濫のなかから、力強い知識の源泉を掘り起し、技術文明のただなかに、生きた人間の姿を復活させること。それこそわれわれの切なる希求である。

われわれは権威に盲従せず、俗流に媚びることなく、渾然一体となって日本の「草の根」をかたちづくる若く新しい世代の人々に、心をこめてこの新しい綜合文庫をおくり届けたい。それは知識の泉であるとともに感受性のふるさとであり、もっとも有機的に組織され、社会に開かれた万人のための大学をめざしている。大方の支援と協力を衷心より切望してやまない。

一九七一年七月

野間省一